## Das Buch

Franzi hat drei Kinder und eine Affäre mit ihrem Exmann Michael. Zusammenleben können die beiden nicht mehr, so ganz aufeinander verzichten aber auch nicht. Und das muss ja niemand wissen.
Was Franzi hingegen nicht weiß: wer ihr leiblicher Vater ist.
Franzis Mutter hat in den siebziger Jahren Villen im Grunewald ausgeraubt. Und bei ihrem letzten Beutezug ein sehr wertvolles Gemälde mitgehen lassen – das jedoch bei ihrem Geliebten blieb. Zufällig findet sie heraus, dass Franzis Vater nun offenbar ganz in der Nähe lebt. Weiter schweigen oder doch lieber lügen? Denn manche Geheimnisse sind brisanter als andere …

## Die Autorin

Katia Weber, 1978 in Bonn geboren, lebt nach Auslandsaufenthalten in Australien, Venezuela und Frankreich wieder in ihrer Heimatstadt. Sie ist freie Übersetzerin und Lektorin. *Kleine Lügen erhalten die Familie* ist ihr erster Roman.

KATIA WEBER

# Kleine LÜGEN erhalten die FAMILIE

Roman

Ullstein

Besuchen Sie uns im Internet:
www.ullstein-taschenbuch.de

FSC
www.fsc.org
MIX
Papier aus verantwortungsvollen Quellen
FSC® C083411

Originalausgabe im Ullstein Taschenbuch
1. Auflage Juni 2017

Umschlaggestaltung: Favoritbuero GbR, München
Titelabbildung: © Beskova Ekaterina/shutterstock
Satz: KompetenzCenter, Mönchengladbach
Gesetzt aus der Aldus nova
Druck und Bindearbeiten: CPI books GmbH, Leck
ISBN 978-3-548-28890-1

*Für Petra Buttenberg*

# Im April

Franziska Vanassian stand ratlos auf dem kleinen Platz vor der Autovermietung. Sie hatte gedacht, es ginge ihr gut und alles sei so wie immer. Normal halt. Mal davon abgesehen, dass sie vielleicht ein wenig wacher war als sonst, immerhin hatte sie gerade einen ziemlich breiten, ziemlich langen Laster durch die Innenstadt gelenkt, um Michaels Umzugskisten in seine neue Wohnung zu bringen.

Doch jetzt merkte sie, dass nichts normal war. Ihre Hände zitterten. Nein. Alles zitterte. Wie bei einem Erdbeben. Sie hatte sich in letzter Sekunde in den Schutz eines Türrahmens gerettet, und jetzt klammerte sie sich mit aller Kraft an das Holz und sah dabei zu, wie um sie herum alles zusammenkrachte. Nicht in sich zusammenstürzte. Es krachte. Mit Verlusten. Mit Verletzten und Wunden.

Dabei ging das Leben um sie herum tatsächlich ganz ungerührt weiter. Der Verkehr surrte und brummte vorbei. Ein Linienbus holperte über eine Bodenwelle, seine Stoßdämpfer schnauften. Ein Kind fuhr mit dem Rad auf dem Bürgersteig vorüber, die Reifen entlockten den losen Betonplatten ein hohles Geräusch. Das Kind, ein Mädchen mit blonden Zöpfen, fuhr im Stehen und redete leise vor sich hin. An dem Lenker war statt einer Fahrradklingel ein grüner Gummidino angebracht. Jana, Franzis jüngste

Tochter, hatte auch so eine Kinderhupe besessen. Sie wurde gestohlen. Jana hatte still geweint, als sie feststellte, dass Dino nicht mehr da war.

Genauso hatte sie auch geweint, als Micha und Franzi ihr erklärt hatten, dass Micha ausziehen würde.

Die Luft war frisch und feucht. Franzi betrachtete die graue Häuserwand gegenüber. Vor einem Fenster im zweiten Stock vertrockneten die Begonien in einem Blumenkasten aus Plastik. Sie überlegte, wo sie ihren Wagen geparkt hatte. Sie konnte sich einfach nicht erinnern. Anscheinend war all ihre Kraft darauf gerichtet, sich zusammenzureißen. Und darüber hatte sie alles andere vergessen.

So. Das war's jetzt oder wie?, dachte Franzi. Die Erde bebt, und links und rechts fällt Lametta von den Bäumen, und ich weiß nicht mehr, wo das Auto steht.

Nun war es also passiert. Micha war ausgezogen. Aus dem gemeinsamen Haus. Aus ihrem gemeinsamen Schlafzimmer. Aus Franzis Herzen. Es stimmte wirklich, auch der letzte Teil. Sie spürte Micha kaum noch. Wie konnte das sein? Niemand hatte ihr jemals nähergestanden. Es gab niemanden, der ihn verdrängt hatte. Sie war auch nicht wirklich wütend auf ihn. Oder zumindest nicht mehr. Ihr Herz war nicht wund oder aufgebracht. Aber die Perspektive war weg.

Sie stand auf einem Balkon ohne Aussicht.

Gib doch einfach zu, dass du traurig bist und es dafür keine Worte gibt, dachte sie. Aber der Gedanke machte ihr Angst.

Der Wohnungsschlüssel, den Micha ihr eben zurückgegeben hatte, wog mindestens eine Tonne in Franzis Hosentasche. Er war so schwer, dass sie kaum von der Stelle kam. Wie in Trance spazierte sie in Richtung Rheinufer. Dort blieb sie eine Weile stehen und sah zwischen den Trauerweiden hindurch aufs Wasser. Containerschiffe schwebten an ihr vorbei. Franzi konnte hören, wie ihre Dieselmotoren arbeiteten. Das Stampfen und Tuckern wirkte beruhigend auf sie. Ein paar kreischende Möwen segelten über den Fluss, der gleichmütig gen Norden strömte. Eine schlammbraune Lawine, die durch nichts aufzuhalten war.

Der Fluss ist unerschütterlich, dachte Franzi, er ist völlig unbeeindruckt von dem, was links und rechts passiert, und kennt nur eine Richtung: vorwärts. Wenn der Fluss das kann, kann ich das auch. Nach vorn schauen. Weitermachen.

Womit eigentlich?

Sie hatte drei wunderbare Kinder und ein Haus, das ihr ohne Micha überraschend groß erschien, eine Mutter mit einer Menge guter, aber unbrauchbarer Ratschläge, keinen Job und keinen Plan. Das Wort ›Zukunft‹ löste in Franzi ein freudiges Kribbeln in der Magengegend aus, das jederzeit in Übelkeit umschlagen konnte. Denn ein Neuanfang war aufregend, aber die damit verbundene Ungewissheit konnte sie nur schwer ertragen. Was, wenn sie ohne Micha nicht zurechtkam und alles den Bach runterging? Was würde dann aus den Kindern?

Der Parkplatz mit dem Glascontainer, dachte Franzi

plötzlich. Da stand ihr Wagen! Als sie ausgestiegen war, hatte eine Scherbe unter ihrer Schuhsohle geknirscht.

Franzi warf noch einen letzten Blick auf den Rhein, dann wandte sie sich zum Gehen. Das neue Leben musste noch einen Moment warten.

Jetzt wollte sie erst mal nach Hause.

*Erstes Kapitel*

# »Riecht wie Frühling hier.«

Das hatte Oma Brunhilde gesagt, als sie Toni und seinen besten Freund Eli fast dabei ertappt hatte, wie sie einen Joint in Tonis Zimmer rauchten. Es war ihnen gerade noch gelungen, den Joint auszumachen, die Terrassentür aufzureißen und die Luft mit den Armen und einer Computerzeitschrift wegzufächern.

Zumindest teilweise.

»Warum habt ihr die Tür abgeschlossen?«, fragte Oma misstrauisch.

»Weil ich Wert auf Privatsphäre lege«, antwortete Toni wütend.

Die Worte trafen sie. Sie versuchte, es sich nicht anmerken zu lassen, doch ihre Mimik verriet sie. Toni fühlte sich sofort schlecht, aber er war zu stolz, um sich bei ihr zu entschuldigen. Noch drei Jahre, dachte er, dann bin ich nicht mehr in der Pubertät, und es ist wieder okay, vor meinen Freunden zivilisiert mit Familienmitgliedern umzugehen.

So lange musste sich Oma allerdings noch gedulden.

»Es gibt gleich Abendbrot. Möchtest du mitessen, Eli?«, fragte Oma, um das Thema zu wechseln.

Eli nickte und strahlte sie an.

»Gern! Ich habe tierischen Hunger.«

Toni beneidete ihn um seinen entspannten, freundlichen Tonfall und sein offenes Grinsen. Andersherum war es natürlich genauso für Toni, wenn er bei Eli zu Hause war. Dann verhielt sich Eli unmöglich, antwortete einsilbig oder grunzte, statt zu reden, und Toni genoss es, den wohlerzogenen, liebenswerten Jungen von nebenan zu mimen. Wäre auch noch schöner, wenn irgendjemand behauptete, seine Eltern hätten ihn schlecht erzogen.

Es kam allerdings immer seltener vor, dass er zu Eli ging. Eli war meistens bei Toni, denn dort hatten sie ihre Ruhe, insbesondere, seit Papa weg war und Mama wieder richtig arbeiten ging. Und Ruhe war verdammt wichtig (*Essentiell,* hätte Eli gesagt), vor allem, seitdem Werner angefangen hatte, sie mit Stoff zu versorgen.

Als Werner die erste Tüte Gras anschleppte, saß Toni gerade am Computer und chattete mit Alexa, 22 Jahre alt, Medizinstudentin aus Heidelberg und dem Foto nach zu urteilen total scharf. Alexa hatte lange hellblonde Haare und blaue Augen, denn genauso stellte sich Toni seine Traumfrau vor. Ungläubig starrte er auf den Bildschirm, weil Alexa gerade beschrieb, wie sie es am liebsten mochte. Das blieb nicht ohne Folgen.

Da kratzte es plötzlich an der Zimmertür.

Zwischen einem Klopfen und einem Kratzen bestand ein himmelweiter Unterschied, aber Toni erschrak so heftig, dass er das Geräusch nicht sofort einordnen konnte.

Mama, Maria und Jana klopften. Der Einzige in der Familie, der kratzte, war Werner. In diesem Augenblick konnte Toni jedoch nur den einen Gedanken fassen: Jemand war im Begriff, die Zimmertür zu öffnen. Und das passte ihm aufgrund der Situation in seinem Schritt gar nicht in den Kram. Er starrte in Richtung Tür, hielt die Luft an und wartete.

Alexa wartete ebenfalls auf eine Reaktion. Ihre Chat-Nachricht blinkte beinahe vorwurfsvoll auf dem Bildschirm, und die drei Pünktchen hinter dem letzten anzüglichen Wort, das einem rote Hitzeflecken ins Gesicht jagte, ließen keinerlei Zweifel daran zu, dass Alexa »es« auch wollte, und zwar sofort.

Es kratzte erneut.

Toni stand auf. Als er die Tür öffnete und den wedelnden Hund zu seinen Füßen sah, hatte er immer noch diesen gewissen Gesichtsausdruck: schuldbewusst und wachsam. Dass er etwas Verbotenes getan hatte, war ganz offensichtlich.

Für jeden außer Werner.

Der stand vor Toni, die Hinterläufe leicht x-beinig eingeknickt, wie es nun mal so seine Art war, und himmelte Toni mit leuchtenden Augen an. Es war kein Geheimnis, dass Toni Werners favorisiertes Herrchen war. Er liebte auch Tonis kleine Schwester Jana, aber wenn ein Gewitter aufzog, verkrümelte sich Werner nicht unter ihrem Bett, sondern unter Tonis. Vielleicht lag es daran, dass unter Janas Bett zu viel Spielzeug herumlag.

Auch unter Tonis Bett lag immer viel Zeug. Sportschuhe, alte Schulhefte, Socken voller Staubflocken, Federbälle. Und manchmal eben der Hund.

Tonis körperliche Erregung war beinahe so schnell verflogen, wie sie gekommen war. Schade eigentlich.

Er bückte sich und streichelte den Hund zwischen den spitzen Ohren. Werner hatte kluge Augen. Das bedeutete nicht, dass er besonders klug war, aber er erweckte zumindest den Eindruck. Und wenn ihm danach war, hörte er aufs Wort.

»Na?«, meinte Toni und kraulte Werner noch ein bisschen mehr.

Werner schien nicht so recht bei der Sache zu sein. Er gab ein eigenartig ersticktes Winseln von sich und sah Toni erwartungsvoll an. Er machte ein paar Schritte, blieb in der Mitte des Zimmers stehen und drehte sich zu Toni um. Er winselte noch einmal.

»Was hast du denn?«

Werner tappte mehrmals auf der Stelle. Genau genommen sah *er* auch so aus, als hätte er etwas ausgefressen. Toni schloss vorsorglich die Tür.

Das war Werners Zeichen gewesen. Er ließ das durchsichtige Plastiktütchen aus dem Maul auf den Teppichboden fallen. Anschließend legte er sich daneben, ohne das kleine Paket aus den Augen zu lassen, und hechelte. Toni trat näher heran.

Er musste das Päckchen nicht hochheben und genauer betrachten, er wusste sofort, dass es Gras war. Es roch auch danach, denn Werner hatte mit seinen spitzen Eckzähnen mehrere Löcher in die handtellergroße Tüte gestanzt.

Toni betrachtete das kleine Wunder auf seinem Teppich und überlegte, wie viel Gramm das wohl waren. Das war sicher teuer gewesen.

»Wo hast du das denn her?«, fragte Toni.

Werner wedelte stolz mit dem Schwanz, verhielt sich sonst aber ruhig. Keine Frage, er würde seine Quelle nicht preisgeben. Das hatte er sicher bei der Polizei gelernt.

Werner war ein Schäferhund und in seinem früheren Leben mal Beamter gewesen, das wusste Toni von Tante Judith. Sie hatte Werner mitgebracht – und anschließend vergessen, wieder mitzunehmen. So formulierte Mama es immer.

Judith war Journalistin, die fleischgewordene Karla Kolumna mitsamt vergessenen Kugelschreibern irgendwo in der Frisur, zerstreut, fahrig, scharfzüngig und auch ein bisschen irre. Mamas jüngere Schwester war in jeder Hinsicht anders. Nicht nur anders als Mama.

Anders als Menschen.

Sie kannte eine ganze Menge Leute, aber wie der Kontakt zur Hundestaffel wieder zustande gekommen war … Wahrscheinlich über den Nachbarn, Herrn Mauritz. Der war Kriminaloberkommissar oder so ähnlich.

Toni hob die Tüte auf und wog sie in der Hand. Aufmerksam verfolgten Werners schwarze Augen jede seiner Bewegungen. Er hatte Toni schon eine ganze Menge Geschenke von seinen Ausflügen durch die Nachbarschaft mitgebracht, vom abgetrennten Puppenarm bis zum mumifizierten Mäusekadaver. Es gab da nämlich ein kleines Problem mit Werner: Er büxte gern aus. Er hatte sich schon zahlreicher Halsbänder entledigt, Houdini-Style, konnte das Törchen im Gartenzaun öffnen und kam überhaupt durch so ziemlich jede Tür, die nicht abgeschlossen war, indem er die Klinken mit den Pfoten herunterzog. Toni nahm an, dass er diese Fertigkeiten während seiner Ausbildung zum Polizeihund erworben hatte.

Zum Glück blieb Werner nie lange fort. Gewöhnlich drehte er nur eine Runde um den Block, ein Hund auf Streife, der in seinem Quadranten Patrouille lief. Einige Nachbarn sahen es gelassen, weil sie wussten, dass Werner eher trantütig und gutmütig war. Andere wiederum regten sich jedes Mal fürchterlich auf und hatten auch schon damit gedroht, Anzeige zu erstatten, aber Mama schaffte es irgendwie immer, sie zu besänftigen. Und während sich Mama also mit den spießigen Fischers und Sieberts aus der Reihenhaussiedlung eine Straße weiter auseinandersetzte, sicherte Toni weiterhin Vogelreste und versteinerte Hundehaufen aus Werners Maul.

Dieses Mal war es anders. Werner schien klar zu sein, dass das hier etwas ganz Besonderes war.

»Das hast du fein gemacht«, sagte Toni und zauberte ein weiches, zerdrücktes Leckerli aus seiner Hosentasche.

Während Werner kaute und sich von Toni mit einer Hand kraulen ließ, betrachtete dieser die Plastiktüte eingehender, drehte sie, legte sie auf seinen Schreibtisch und grübelte weiter. Jemand musste die Tüte verloren haben und ärgerte sich wahrscheinlich gerade schwarz. Plötzlich schoss Toni ein anderer Gedanke durch den Kopf.

Diese Menge Gras war illegal.

Und darauf reimte sich: Mirdochegal.

Er hatte sogar irgendwo Blättchen und Filter. Bevor er sich daranmachte, einen Joint zu bauen, drehte er noch schnell den Schlüssel an seiner Zimmertür um. Werner leckte sich derweil die Pfoten. Ihn störte es offenbar nicht weiter, dass Mama das Leckerli aus der Hosentasche schon mal auf 30 Grad gewaschen hatte.

Toni ließ sich auf seinen Schreibtischstuhl fallen, schloss das Fenster auf dem Bildschirm, aus dem ihm der nächste nicht jugendfreie Kommentar von Alexa entgegenblinkte, und schickte Eli eine Nachricht, er solle schnell vorbeikommen. Aber nicht klingeln, durch den Garten.

Eli war schon seit dem Kindergarten Tonis bester Freund. Er wohnte nur zwei Straßen weiter und hatte eine superhübsche ältere Schwester, Elena. Eli und Ela. Nicht besonders einfallsreich, aber gut. Auf einer Party im letzten Sommer hatte Toni Ela beim Flaschendrehen küssen dürfen. Seitdem träumte er nachts manchmal von ihr. Der Kuss und die Träume waren schuld daran, dass Toni jetzt zuverlässig rot anlief, wenn er Ela sah.

Eli musste schon auf dem Weg zu Toni gewesen sein, denn keine zwei Minuten später klopfte es an die Terrassentür. Werners Kopf schnellte hoch und er bellte zweimal, eher automatisch als aufgebracht. Er hatte eine sehr tiefe Hundestimme. Toni zuckte so heftig zusammen, dass ihm das Glas Wasser aus der Hand fiel. Auf dem beigen Teppichboden bildete sich ein großer Fleck in Form eines Fragezeichens. Sogar mit Punkt unten.

»Junge, Junge …«, entfuhr es Toni.

Er drückte mit der Faust auf sein Herz und öffnete Eli die Tür, der ihm entgegenstolperte. Seine Ponyhaare waren mittlerweile so lang, dass er kaum noch etwas sehen konnte. Er hatte zudem die Angewohnheit, immer nach unten zu gucken, wenn man mit ihm redete. Das sollte vermutlich lässig wirken, sah aber eher so aus, als wenn er furchtbar schüchtern und verklemmt wäre. Außerdem vermutete man immer eine Pickelarmada unter seinem Haarvorhang.

»Hey, Mann«, sagte Eli.

»Hey.«

Sie standen sich schweigend gegenüber und wussten vor lauter Coolness nicht, wie sie sich begrüßen sollten. Das kam in letzter Zeit öfters vor.

»Guck mal, was Werner gefunden hat.«

Toni deutete auf den Plastikbeutel. Als Eli begriff, was sich darin befand, war alle Coolness schlagartig verflogen. Mit weit aufgerissenen Augen starrte er Toni an.

»Ist das –?«

Toni nickte.

»Wo hat er *das* denn her?«

Elis Stimme überschlug sich fast. Toni zuckte die Achseln.

»Keine Ahnung. Hat er gerade hier abgelegt.«

»Krass!«

Eli ließ sich auf Tonis Bett fallen.

»Willste?«, fragte Toni und hielt ihm den fertigen Joint entgegen.

Eli grinste von einem Ohr zum anderen. Die beiden hatten schon häufiger zusammen gekifft.

»Klar, Mann!«

Toni hatte nichts anderes erwartet.

*Zweites Kapitel*

# »Endlich zu Hause!«

Mit diesen Worten ließ Franzi den schweren Schlüsselbund von ihrem kleinen Finger auf den Küchentisch gleiten und stellte die Einkaufstüten ab. Sie stieß einen Seufzer aus. Der Tag war anstrengend gewesen, und sie hatte Kopfschmerzen. Am liebsten hätte sie ihre Mutter direkt wieder hinauskomplimentiert, aber das ging natürlich nicht. Erstens war es unhöflich, und zweitens hätte sich Jana vermutlich darüber aufgeregt. Seitdem Franzis Mann Michael ausgezogen war, reagierte ihre jüngste Tochter besonders empfindlich auf Streitereien und Unfrieden. Die Trennung machte ihr zu schaffen. Sie war schließlich auch erst acht.

»Habt ihr das mit dem Auto geregelt?«, fragte Brunhilde.

Franzi stand mit dem Rücken zu ihrer Mutter, so dass sie genüsslich die Augen verdrehen konnte.

»Nein, Mama. Wann denn?«

Brunhildes Stimme hatte sofort wieder diesen nörgelnden Unterton.

»Ein Telefonanruf, Franzi. Nur ein Telefonanruf, und ihr könntet das klären. Micha, wie viel Geld willst du für den Wagen? Und dann lässt du die Papiere ändern. Das ist doch nicht so schwer! Du musst jetzt langsam mal anfangen, dich mit ihm auseinanderzusetzen.«

Franzis Brauen zogen sich über der Nasenwurzel zu einem schmalen Strich zusammen.

»Auseinandersetzen? Ich habe im letzten Jahr nichts anderes getan, Mama. Wenn es eins gibt, was ich jetzt gerade überhaupt nicht haben möchte, dann sind das noch mehr Auseinandersetzungen mit Micha. Ich brauche eine Pause.«

Auch von dir, hätte sie am liebsten hinzugefügt.

Micha und sie hatten im Frühjahr beschlossen, dass es nicht mehr funktionierte. Es, das waren zwanzig Jahre Franziska und Michael, davon knapp fünfzehn Jahre als Ehepaar. Es, das war mehr als die Hälfte von Franzis Leben. Es war auch mehr als die Hälfte von Michas Leben, aber Franzi wusste nicht, ob er diese Art Rechenspiele auch praktizierte. Und falls ja, ob ihn die Zahlen in irgendeiner Form juckten.

Sie hatten alles Mögliche versucht. Sie hatten sich mit anderen Paaren unterhalten, die ebenfalls schon sehr lange zusammen waren, und sich von ihnen bestätigen lassen, dass sie genau dieselben Probleme mit sich herumtrugen. Zu viel Elternsein, zu wenig Paarsein. Und dann der Alltag.

Franzi und Micha waren bei einem Paartherapeuten gelandet, der ihnen viele Fragen stellte. Wie oft sie miteinander schliefen, ob es Seitensprünge gegeben hatte. Sie beantworteten brav seine Fragen. Sie schliefen miteinander, wenn es sich ergab (selten), und nein, Seitensprünge hatte es keine gegeben. Ob sie sich noch liebten? Franzi und Micha tauschten einen Blick aus, als müssten sie sich erst absprechen, bevor sie zögernd und mehr oder minder gleichzeitig »Ja. Schon. Aber …« sagten. Der nette Therapeut machte sich lächelnd ein paar Notizen und gab ihnen Hausaufgaben auf.

Nach der Sitzung standen sie draußen auf der Straße und kriegten sich wieder wegen einer Nichtigkeit in die Wolle. Irgendwann sagte Micha: »Ich hab keinen Bock mehr auf Hausaufgaben.«

Darüber hatte Franzi erst gelacht, dann war das Lachen in Weinen umgeschlagen. Und schließlich war es vorbei gewesen.

Micha hatte nach und nach seine Taschen gepackt und sich parallel eine Wohnung gesucht. Im April war er ausgezogen. Jetzt war Oktober.

Brunhilde riss Franzi aus ihren Gedanken.

»Ich weiß wirklich nicht, was mit dir los ist, Franziska. Du kannst dich doch nicht ewig drücken! Es wird Zeit, der Realität ins Auge zu sehen. Du bist eine erwachsene Frau, du hast drei Kinder. Irgendwann muss das Leben auch mal weitergehen.«

Franzi verdrehte die Augen genießerisch in die andere Richtung. Das bereitete ihr eine geradezu diebische Freude.

»Das eine hat mit dem anderen nichts zu tun, finde ich. Die Tatsache, dass ich momentan lieber nicht mit Micha reden möchte, macht noch lange keinen Drückeberger aus mir. Und dass das Leben weitergeht, siehst du doch!«

Franzi drehte sich um und machte eine allumfassende Geste, die auch den stattlichen Geschirrberg auf der Spüle einschloss. Maria, die Älteste, hatte in der vergangenen Woche einen Wutanfall gehabt und gegen die Klappe der Spülmaschine getreten. Jetzt war das gute Stück hinüber und Maria auf unbestimmte Zeit zum Spüldienst verdonnert worden. Anscheinend musste Franzi sie bei Gelegenheit noch mal daran erinnern.

»Es tut mir leid, das zu sagen, Mama, aber aktuell stellst *du* die größte Behinderung meines Alltags dar. Ich muss nämlich jetzt die Lebensmittel einräumen und Abendessen kochen. Damit unser aller Leben weitergeht.«

Brunhilde sah beleidigt aus. Sie verschränkte die Arme vor der Brust.

»Ich höre deinen Vater sprechen«, sagte sie düster.

Franzi lachte.

»Ist dir schon mal aufgefallen, dass du meinen Vater immer nur sprechen hörst, wenn ich irgendetwas tue, was dir *nicht* gefällt?«

Brunhilde hob an, um etwas zu erwidern, da kam Jana barfuß in die Küche getapst.

»Können wir heute Abend mal Papa anrufen?«, fragte sie.

Sie wirkte bedrückt. Franzi ging zu ihr und legte die Arme um ihre Tochter. Sie konnte sie nicht mehr einfach so hochheben wie früher. Die Feststellung versetzte Franzi einen kleinen Stich. Auch ihre Jüngste war inzwischen ein großes Mädchen.

»Natürlich, mein Schatz. Vorm Schlafengehen, okay?«

Jana hielt den Kopf gesenkt und nickte.

»Okay.«

»Dir geht's nicht so gut, Schatz, oder?«, fragte Franzi.

»Doch, doch«, murmelte Jana und wand sich aus Franzis Umarmung, »darf ich ein bisschen fernsehen?«

»Ausnahmsweise.«

Jana trottete wieder aus der Küche. Brunhilde seufzte.

»Wenn ich das kleine Vögelchen sehe, wird mir immer ganz schwer ums Herz.«

»Ja. Ich …«, setzte Franzi an, unterbrach sich dann aber selbst.

Das war schließlich immer noch ihre Mutter, mit der sie da sprach, und es gab einen Haufen anderer Leute, denen sie sich eher anvertraut hätte.

»Gibt's sonst noch was Neues?«, fragte Franzi stattdessen.

Brunhilde schüttelte den Kopf.

»Nein, ich glaube nicht.«

Franzi begann, Töpfe, Schneidmesser und Gemüse auf der Anrichte zu verteilen.

»Ach so«, sagte Brunhilde plötzlich, »die Jungs kiffen gerade in Tonis Zimmer.«

Franzi zog die goldbraune Schale von einer großen Zwiebel. Es dauerte eine Weile, bis die Information vollends zu ihr durchdrang. Toni? Kiffen?

Franzi drehte sich zu ihrer Mutter um.

»Quatsch«, sagte sie.

»Wenn ich's dir sage«, beharrte Brunhilde.

Franzi erinnerte sich an früher, wie sie und Micha

abends oft im Hofgarten einen Joint zusammen geraucht, danach Wolkenformenraten gespielt und albern rumgekichert hatten, um zuletzt mit einem unglaublichen Heißhunger ein bis zwei Döner zu verdrücken. Pro Person. Das waren gute Zeiten gewesen. Aber sie hatte so ein Gefühl, dass sie das gegenüber ihrer Mutter lieber nicht erwähnen sollte.

Toni war zu jung zum Kiffen. Was, wenn Brunhilde recht hatte? Sie konnte es sich nicht vorstellen, weil Toni ziemlich vernünftig war für sein Alter und noch dazu für einen Jungen. Sie musste mit ihm sprechen, am besten noch heute Abend. Aber ihre Mutter sollte um Himmels willen nicht den Eindruck gewinnen, dass Franzi überfordert war und nicht wusste, was ihre Kinder taten. Deshalb gab sie sich betont locker und sagte:

»Ach ja? Na ja.«

Brunhilde blinzelte so heftig, dass sich Franzi einen Moment fragte, ob ihrer Mutter gleich die Wimpern ausfallen würden. Bei so viel Wind.

»Ist das alles, was dir dazu einfällt? Na ja?«

»Mama, Toni ist ein Teenager. Ist doch klar, dass er Dinge ausprobiert. Und es ist mir, ehrlich gesagt, lieber, wenn er das hier zu Hause macht als irgendwo draußen.«

Als Brunhilde nicht sofort antwortete, gab sich Franzi keinerlei Illusionen hin. Brunhilde wäre nicht Brunhilde gewesen, wenn sie nicht das letzte Wort gehabt hätte. Das hatte ihren Vater früher immer zur Weißglut getrieben. Und später auch Franzi und ihre jüngere Schwester Judith.

Wie erwartet kam Brunhildes Stimme nach ein paar Sekunden aus dem Off. Als hätte sie kurz Anlauf nehmen müssen.

»Ich finde, du musst mit ihm darüber reden.«

»Aha.«

Brunhildes Blick bohrte sich in Franzis Rücken, aber sie reagierte nicht darauf. Sollte sie bohren, solange sie wollte, Franzi dachte nicht im Traum daran, sich von ihr in irgendetwas hineinreden zu lassen, was die Kinder anging. Es waren *ihre* Kinder.

Eins, zwei, drei. Alle.

## *Drittes Kapitel*

# »Ich glaube, Georg hat eine andere.«

Anne Mauritz drückte ihre Nase in ein Taschentuch, das eigenartig gemustert war, und trötete so laut hinein, dass Franzi sich vorstellte, wie jeden Moment eine Herde aufgeschreckter Zebras durch die Küche galoppieren würde. Dabei fragte sie sich, ob es etwas Überflüssigeres gab als gemusterte Taschentücher.

»Wie kommst du denn darauf?«

»Er ist so komisch seit ein paar Tagen«, jammerte Anne, »ich habe das Gefühl, er hört mir gar nicht mehr zu.«

Das erstaunte Franzi nicht besonders. Sie setzte sich zu Anne an den Küchentisch und schüttelte den Kopf.

»Kann es nicht auch etwas anderes sein?«

Annes Unterlippe bebte. Die Tischplatte war nass, weil sich wahre Sturzbäche aus ihren Augen ergossen, die Wangen hinunterliefen, und tropf, tropf, alles auf den Tisch. Franzi ekelte sich ein bisschen und wunderte sich über sich selbst. Vor nicht allzu langer Zeit war ihr jegliches Mitgefühl abhandengekommen.

Wenn Anne weinte, sah sie aus wie eins der Opfer in den Seuchenkatastrophenfilmen: aschfahl im Gesicht, mit dick geschwollenen feuerroten Augen und tiefen Ringen darunter.

Daran dachte Franzi, als sie Anne am Arm fasste und vorsichtig zudrückte. Das sollte emotionale Nähe und Verständnis suggerieren, wirkte aber tatsächlich ziemlich unbeholfen. So als wollte Franzi sie kneifen.

Franzi betrachtete die kamelfarbenen Fasern, die wie fusselige Schwimmhäute zwischen ihren Fingern bebten. Anne hatte die kuschelige Kaschmirstrickjacke an, die so schön war, dass Franzi sie ihr am liebsten geklaut hätte. Früher hatte sie nicht so nach Materiellem gegiert, aber in letzter Zeit verfolgte sie ein nagendes Mangelgefühl, das von innen an ihr knabberte, sich irgendwelche Dinge sehnlichst wünschte und ihr manchmal imaginär am Zopf zog und eine lange Nase machte, wenn Franzi etwas Hübsches sah, das sie sich nicht leisten konnte.

Franzi räusperte sich. Sie versuchte es mit beruhigenden Worten, auch, weil sie Anne möglichst schnell loswerden wollte. Sie wusste nicht, wie lange sie den Anblick der Strickjacke noch ertragen konnte.

»Wir haben diese Unterhaltung doch schon mal geführt, letztes Jahr. Oder vorletztes? Und da hat sich deine Vermutung auch nicht bestätigt. Vielleicht hat er einfach viel zu tun. Hast du ihn mal gefragt, was los ist?«

»Nein. Ich … ich kann nicht.«

Anne wurde von einem erneuten Heulkrampf geschüttelt. Hoffentlich hatte Toni Janas CD-Player laut genug gestellt, damit die Kleine das nicht mitanhören musste.

»Soll ich dir einen Tee machen?«

Anne heulte weiter, trötete das nächste Taschentuch voll und nickte dazwischen. Franzi stellte den Wasserkocher an und suchte nach einem Beruhigungstee.

»Erzähl mir doch mal der Reihe nach, was passiert ist.«

Als Anne erzählte, brach ihre Stimme immer wieder ab. Wenn Franzi es richtig verstand, war der Auslöser der Krise eine Besorgung, die Georg nicht erledigt hatte, gefolgt von einem Anruf, der nicht getätigt wurde, und einer Untersuchung beim Arzt, von der sie ihm berichtet, nach deren Ausgang er sie aber nie gefragt hatte. Und schließlich war er wohl in den vergangenen Wochen im Präsidium stundenlang nicht zu erreichen gewesen. Aber all diese Dinge passierten nicht zum ersten Mal. Georg war Polizist, liebte seinen Job und vergrub sich manchmal förmlich in der Arbeit.

»Was ist dieses Mal anders?«, fragte Franzi, »Georg arbeitet doch öfter mal länger und geht nicht ans Telefon. Du hast mir doch schon mehrfach erzählt, wenn er sich in einen neuen Fall hineinkniet, ist er nicht ganz bei sich. Also?«

Anne schwieg. Diese Ruhe, dachte Franzi, diese himmlische Ruhe.

»Mein Gefühl ist anders«, sagte Anne schließlich.

Franzi stülpte die Lippen vor. Das war natürlich eine andere Geschichte. Gefühle dieser Art trogen selten.

»Ich verstehe«, sagte Franzi, »es hilft nichts. Du musst mit ihm darüber reden.«

»Ich trau mich nicht. Was soll ich denn machen, wenn es stimmt? Das ertrage ich nicht.«

Anne schüttelte eine gefühlte Minute lang den Kopf. Ihre hellblonden Locken flogen hin und her.

»Klar, du hast Angst davor, aber wenn du es wüsstest, *wirklich* wüsstest, könntet ihr vielleicht gemeinsam daran arbeiten.«

Anne hatte sich leer geweint. Jetzt starrte sie blutleer und geradezu durchsichtig auf die Tischplatte.

»Bei euch hat das doch auch nicht geklappt«, sagte Anne mit dünner Stimme und traute sich offenbar nicht, Franzi dabei ins Gesicht zu schauen.

»Dass danach wieder alles gut wird, habe ich auch nie behauptet«, erwiderte Franzi trocken.

»Ich bewundere dich für deine Stärke«, meinte Anne unvermittelt.

Jetzt sah sie Franzi doch ins Gesicht.

»Du hast auch nicht mitbekommen, wie schlecht es mir zwischendurch gegangen ist«, bemerkte Franzi ohne Bitterkeit, doch Anne fasste die Bemerkung als Vorwurf auf.

»Du hättest jederzeit zu mir kommen können«, sagte sie bestürzt.

Damit es danach die ganze Siedlung weiß, schnaubte Franzi in Gedanken.

Komisch war es, das Verhältnis zu ihrer Nachbarin. Mit Georg hatte sich Franzi auf Anhieb gut verstanden, seine Frau Anne war ihr gegenüber jedoch lange sehr reserviert gewesen. Franzi fragte sich manchmal, ob Anne vielleicht ein bisschen eifersüchtig auf sie war. Bloß worauf? Alles, was Franzi hatte, hatte Anne auch. Ein Haus (genaugenommen sogar das gleiche Haus von demselben Architekten), einen Mann, der gut verdiente, und ein gesundes, wohlerzogenes Kind. Gut, in Sachen Kinder hatten Franzi und Micha ihre Nachbarn abgehängt. Nachdem mit Maria und Toni die Familienplanung abgeschlossen gewesen war, hatte sich fast sechs Jahre später völlig unverhofft ein kleiner »Unfall« ereignet. Jana schloss eine Lücke in der Familie, die weder Micha noch Franzi zuvor wahrgenommen hatten. Aber als sie plötzlich zu fünft waren, fühlte sich das ganz wunderbar an. Komplett.

Franzi hatte bei den Mauritzens nie das Gefühl gehabt, dass noch etwas zu ihrem Glück fehlte und Anne sich vielleicht noch mehr Kinder gewünscht hätte. Ihre Nachbarin wirkte schon mit Paul oft genug überfordert. Davon abgesehen machten die Mauritzens einen zufriedenen und irgendwie wohlgenährten Eindruck. Paul war ziemlich gut in der Schule, trug den Müll raus und konnte fantastisch Gitarre spielen. Georg kümmerte sich um alles Praktische, obwohl er oft Überstunden machen musste. Er half sogar im Haushalt mit.

Das wäre Micha nie eingefallen. Die Küche betrat er nur zum Essen, und seine Qualitäten als Hausmann waren äußerst bescheiden.

»Hörst du mir überhaupt noch zu?«

Anne klang verdrießlich.

»Entschuldige, ich hab gerade an Michael gedacht.«

Und schon wieder Mienenwechsel, von sauer zu betreten. Jetzt war es Anne, die ihre Hand nach Franzis Arm ausstreckte. Franzi betrachtete den geäderten Handrücken auf ihrem Unterarm wie etwas, das sie lieber weggeschlagen hätte.

Vielleicht ging es zwischen ihnen immer um den Ausgleich eines Machtgefälles. Franzi war mindestens genauso emotional wie Anne, hätte sich das aber niemals anmerken lassen. Schwäche zu zeigen kam für sie nicht in Frage. Das hatte sie sich vor langer Zeit abgewöhnt, denn sie war leicht verwundbar, und es war sicherer, wenn das ihr kleines Geheimnis blieb. Deshalb zog sich Franzi im Alltag oft ihr dickes Fell über und gab sich abgeklärt. Es war ihr schon als Kind unangenehm gewesen, wenn andere Menschen allzu genau wussten, was in ihr vor sich ging. Wie hatte sie diese ewige Ausfragerei ihrer Schwester gefürchtet. Woran denkst du, Franzi? Warum? Und jetzt, woran denkst du jetzt?

Franzi machte wichtige Dinge am liebsten mit sich selbst aus. Andere Meinungen, Trost, Ratschläge und Mitleid brachten sie schnell aus dem Konzept. Dann verlor sie den Fokus, und ihre Gedanken stoben in alle Richtungen davon, wie aufgescheuchte Hühner. Die Klarheit und die Einsichten kamen vor allem dann, wenn sie allein war. Unter der Dusche. Beim Bügeln. Auf dem Weg zum Supermarkt. Beim Joggen. (Wobei sie, ehrlich gesagt, nicht mehr wusste, wann sie das letzte Mal joggen war.)

An ihrem Schutzpanzer dellte man sich nicht die Nase ein. Sie stellte ihn sich eher wie gut eingefettetes Entengefieder vor: Man rutschte bei dem Versuch, zu ihr durchzudringen, ab. Franzi flutschte ihren Gesprächspartnern einfach durch die Finger, mit einem freundlichen Lächeln auf den Lippen.

Anne wusste das, und Franzi hatte das Gefühl, dass dieser Umstand Anne ärgerte. Sie *wirkte* immer automatisch schwächer als Franzi, weil sie sich so schlecht im Griff hatte.

»Es tut mir so leid, Franzi, da komm ich dir mit meinen Eheproblemen, wo du doch selbst gerade in einer Krise steckst.«

Krise? Was denn für eine Krise?, dachte Franzi und kicherte innerlich.

Ihr ging es gar nicht so schlecht. Es war tausendmal besser, allein zu sein und sich nicht zu streiten, als mit jemandem zusammenzuleben, mit dem man keine zwei normalen Sätze am Stück mehr wechseln konnte. Der Micha, in den sie sich vor vielen Jahren Hals über Kopf verliebt hatte, war sicher noch irgendwo, aber dieser Ort war für sie derzeit unerreichbar.

Den Mann, den sie begehrt hatte, gab es aber durchaus noch. Und dass sie sich mit Michael traf, um gewisse körperliche Bedürfnisse zu befriedigen, musste ja außer ihnen beiden niemand wissen.

## *Viertes Kapitel*

# »Ich bin 's.«

Die Gegensprechanlage knisterte, und der Türöffner begann zu summen.

Micha war in eine kleine Wohnung in der Schumannstraße gezogen. Franzi verspürte immer ein komisches Gefühl im Bauch, wenn sie das Fahrrad neben dem Eingang abstellte und die bunten stuckverzierten Häuser hinter den hohen Bäumen betrachtete, denn ihre erste gemeinsame Wohnung war keine 500 Meter Luftlinie von Michas neuem Domizil entfernt. Damals, vor 18 Jahren, hatten sie ihren alten Passat vollgeladen und waren zweimal hin- und hergefahren. Einmal zu Michas Mama und in die neue Wohnung, einmal zu ihren Eltern und wieder in die neue Wohnung. Fertig. Danach hatte Franzi nie mehr bei ihren Eltern übernachtet. Sie war raus gewesen.

So richtig.

Jetzt wohnte Micha in der dritten Etage eines Altbaus in der Südstadt wie aus dem Bilderbuch, blassgelb gestrichen, mit weißen Stuckblättern und -ranken verziert. Die Decken seiner Drei-Zimmer-Wohnung waren so hoch, dass er noch immer keine Vorhänge angebracht hatte. Er vergaß jedes Mal, die Leiter aus der Garage mitzunehmen. Ausgerechnet er, der immer darüber klagte, kein Auge zuzubekommen, wenn es nicht stockdunkel im Zimmer war.

Der Türöffner summte so unregelmäßig und laut, dass Franzi immer damit rechnete, einen Stromschlag zu bekommen, wenn sie sich gegen die Eingangstür lehnte und dabei den Metallknauf drehte.

Es gab keinen Aufzug. Das Treppengeländer und der Handlauf waren aus Holz und neigten sich zur Seite, als würden sie von der Tiefe angezogen. Franzi drückte sich deshalb ganz nah an die Wand, wenn sie nach oben ging. Sie zählte die Stufen. 38 bis zum ersten Stock, 42 bis zum zweiten. Dann verzählte sie sich und kam außer Atem im dritten Stock an. Micha war nirgends zu sehen, aber die Wohnungstür stand offen und gab den Blick auf eine warm beleuchtete weiße Flurwand frei.

Neuerdings empfing Micha sie nicht mehr persönlich. Franzi blieb unschlüssig stehen. Jetzt fühlte sie sich schon schäbig, noch bevor sie überhaupt mit ihm *geredet* hatte. Einem plötzlichen Impuls folgend, machte sie auf dem Absatz kehrt. Sie kam keine drei Schritte weit.

»Wohin gehst du?«, ertönte Michas Stimme hinter ihr.

Seine Stimme erfüllte das düstere Treppenhaus und schien Franzi von hinten festzuhalten. Sie blieb wie angewurzelt stehen.

Michas Stimme war tief und ruhig. Sie veränderte sich kaum, egal, in welcher Stimmung er sich befand. Er war ein beherrschter Typ. Das war oft schwierig gewesen, denn wenn er dann einmal explodierte, hieß es tatsächlich in Deckung gehen. Als er das erste Mal vor Jana die

Beherrschung verlor, starrte ihre damals dreijährige Tochter ihren Papa mit weit aufgerissenen Augen an und brach in entsetztes Heulen aus.

Franzi war es ganz ähnlich gegangen, als Micha sie das erste Mal angebrüllt hatte. Mit dem Unterschied, dass Franzi im Alter von 17 Jahren nicht mehr einfach so zu weinen begann. Aber einen bleibenden Eindruck hatte sein Wutanfall auch bei ihr hinterlassen.

Franzi drehte sich um. Das Flurlicht machte einen Scherenschnitt aus Michas Silhouette im Türrahmen, den er mit seinen 1,90 Meter und den breiten Schultern fast vollständig ausfüllte.

»Ich habe gerade gedacht, dass das ganz schön bescheuert ist, was wir hier machen«, erklärte Franzi.

»Und da hast du dir gedacht, du gehst einfach wieder, ohne hallo und tschüs zu sagen. Das wäre viel weniger bescheuert.«

Er hatte nicht ganz unrecht.

Franzi ging langsam auf ihn zu. Mit jedem Schritt konnte sie ein paar Gesichtszüge mehr erkennen. Er hielt den Kopf leicht schief und musterte sie aufmerksam.

»Du siehst schön aus«, flüsterte er, als sie direkt vor ihm stand, und beugte sich vor.

Franzi hatte das Gefühl, als würde eine eiskalte Hand ihr Herz umfassen. Das ist falsch, was ihr da macht, flüsterte es in ihrem Kopf. Nicht wirklich zusammen und nicht wirklich getrennt. Mit zwei zusammengeknoteten Beinen nebeneinanderherlaufen. So konnte man keine getrennten Wege gehen, und keiner kam mehr richtig voran. Man brachte sich gegenseitig aus dem Tritt, strauchelte, trat sich auf die Füße. Zwischendurch lachte man vielleicht, aber die Stimmung kippte schnell. Und irgendwann wurde einer der beiden Läufer vielleicht sauer und rannte einfach los. Ohne Rücksicht auf Verluste.

Michas Lippen landeten auf ihrer Stirn.

»Ich hab eine Flasche Wein aufgemacht. Die möchte ich lieber mit dir trinken als allein.«

Franzi lächelte.

»Glaub ich dir nicht.«

Er machte einen Schritt zur Seite, damit sie eintreten konnte.

In Michas Wohnung war es schön warm. Franzi zog die Mütze vom Kopf und streifte ihre Stiefel ab.

»Was hast du den Kindern erzählt?«, wollte Micha wissen.

Franzi betrachtete das Foto an der Wand neben der Garderobe. Breiter Silberrahmen, großes Format. Es war neu.

»Ich habe gesagt, dass ich arbeiten muss«, antwortete sie, war aber in Gedanken woanders.

»Warst du im Urlaub?«, fragte sie und deutete auf das Foto mit den Palmen und schneebedeckten Bergen dahinter.

Micha nickte.

»Ist schon ein paar Monate her. Ich bin nur bis jetzt nicht dazu gekommen, das Foto vergrößern und rahmen zu lassen.«

Franzi runzelte die Stirn. War das Meran? War er allein

da gewesen? Wieso hatte er ihr nichts von einem Urlaub erzählt? Sie spürte, wie die Kälte aus ihrem Herzen Richtung Kopf aufstieg und auf dem Weg dorthin immer heißer wurde. Das war Wut. Micha spürte es wohl auch. Er drehte sich zu ihr um.

»Nicht jetzt, Franzi«, meinte er sanft, »das hat nichts mit heute Abend zu tun.«

Franzi hätte nie gedacht, dass sie irgendwann einmal lernen würde, ihren Zorn zu kontrollieren. Den Micha-Zorn. So nüchtern und rational sie sonst auch sein konnte, in Michas Beisein war es anders. Er machte sie zu seinem Spiegelbild, brachte sie zum Kochen und zum Toben. Er wusste, wo der Reißverschluss ihres dicken Fells war, und manchmal zog er ihn einfach herunter. Mit einem kurzen, entschlossenen Ritsch.

Und jetzt stand sie also da und ließ sich von ihrem Noch-Mann davon überzeugen, dass es keinen Sinn hatte, sich im Nachhinein darüber zu ärgern, dass er mit einer anderen Frau an *ihren* Urlaubsort gefahren war.

»Vor zwei Monaten hätte ich dich dafür erwürgt«, bemerkte Franzi kühl.

Micha stemmte die Hände in die Hüften und lehnte sich in den nächsten Türrahmen, als könnte er sich ohne Stütze nicht länger als ein paar Minuten auf den Beinen halten.

»Und dass du es jetzt nicht mehr tust, bedeutet einfach nur, dass du mich nicht mehr liebst.«

Er sah traurig aus.

Franzi dachte an Toni, der seinem Vater zum Verwechseln ähnlich sah. Toni, der in die Rolle des neuen Hausherrn hineingewachsen war, der auf seine kleine Schwester aufpasste, wenn sie und Judith keine Zeit hatten, mit dem Hund Gassi ging und Franzis Bücher in die Bücherei zurückschleppte, damit sie keine Mahngebühren zahlen musste.

Sie hatte drei wunderbare Kinder, und ohne Micha wären sie sicher nicht so toll geworden. Dafür liebte sie ihn.

Sie konnte ihn überhaupt für viele Dinge lieben: dafür, dass er sie damals gepflegt hatte, als sie sich das Bein gebrochen hatte und sechs Wochen nicht laufen konnte. Für die vielen Stunden, die er mit Maria und Toni zu Hause verbracht hatte, während sie abends in die Schule gerannt war, um ihr Abitur nachzuholen. Für seine aufmunternden Worte, wenn sie vor den Prüfungen für ihre Ausbildung zur Krankenschwester vor lauter Aufregung nächtelang wach gelegen hatte. Er machte nie den Versuch, sie zu verändern, damit sie besser in sein Leben und seine Vorstellung passte. Aber wenn sie ehrlich war, hatte sie ihn schon lange nicht mehr wirklich gesehen und als Partner wahrgenommen. Er war im Alltag, hinter all den wichtigen Dingen, die erledigt werden mussten, verschwunden. Und darüber hatte sie noch etwas anderes aus den Augen verloren: sich selbst.

Franzi zuckte die Achseln.

»Ich will jetzt einfach mal wieder ich selbst sein«, sagte sie.

Micha sah sie lange an. Dann nickte er.

»Ich glaube, ich weiß, was du meinst.«

## *Fünftes Kapitel*

# »Gleich.«

Als sich Michas Schritte auf dem Flur entfernten, lächelte Franzi. Er klopfte jetzt immer an die Badezimmertür. Das gefiel ihr. Als sie noch zusammenwohnten, war er einfach hereingekommen, denn die Grenzen zwischen dem, was seins war und was ihres, waren mit den Jahren verwischt.

Unter Franzis Augen lagen tiefe Schatten. So lange Liebesnächte war sie nicht mehr gewohnt. Sie legte noch etwas mehr Make-up auf, sah aber schließlich ein, dass es hoffnungslos war.

Sie warf einen Blick auf die Funkuhr auf der Konsole. Schon so spät.

Schnell schob sie die funkelnden Stecker in die Ohrlöcher, fuhr sich noch einmal mit den Fingern durch die langen dunkelroten Haare und betrachtete das Ergebnis im Spiegel mit einer Mischung aus Neugier und Ratlosigkeit. In der letzten Zeit wusste sie manchmal nicht, was sie von sich selbst halten sollte. Als Micha ausgezogen war, hatte sie ein Stück von sich selbst verloren. Das verunsicherte sie.

Was ist jetzt noch von dir übrig?, fragte sie sich.

Die lange, von Tannen gesäumte Allee und die Villa an ihrem Ende hatten etwas unverändert Zauberhaftes. Franzi musste jedes Mal an Rotkäppchen denken. Vielleicht, weil ihr die hohen Bäume ein wenig unheimlich waren. Sie standen dicht an dicht, und Franzi malte sich manchmal aus, etwas könnte plötzlich auf den Weg springen, wenn sie auf das Haus zuradelte.

Seine Fassade hob sich strahlend weiß von dem dunklen Grün der Tannen ab. Die Villa hatte von vorne betrachtet das typische Häusergesicht: zwei Fenster als Augen, darüber zwei Gauben als Brauen und die Tür als geradezu grotesk großer Mund, aus der die Freitreppe hinausragte wie eine lange Zunge. Und mit etwas Fantasie konnte man in dem Dach mit den Säulen über der Tür eine Art Nase erkennen.

An diesem Morgen waren die Brauen und Augen erleuchtet und schienen Franzi anzustrahlen. Schön, dass du endlich kommst.

Auch wenn du leider spät dran bist.

Sie stellte ihr Rad neben der ausladenden Treppe mit den breiten Stufen ab, die zu einer zweiflügeligen Eingangstür aus schwerem dunklen Holz emporführten.

Franzi war außer Atem und schwitzte unter der Wollmütze. Sie wusste nicht genau, wie sie es angestellt hatte, aber sie war nur vier Minuten zu spät. Micha hatte ihr Rad in den Kombi gehoben und sie bis Niederholtorf mitgenommen, damit sie den Berg nicht hochstrampeln musste. Den restlichen Weg hatte Franzi in persönlicher Bestzeit zurückgelegt. Sie zog die Mütze vom Kopf und klingelte. Eine getragene Melodie ertönte. Sie war kaum verklungen, da wurde der linke Flügel der Tür bereits geöffnet. Vor Franzi stand die junge Frau, deren Namen sie sich nicht merken konnte. (Pfeil?) Sie war hübsch, sehr blass zwar, aber irgendwie auch speziell mit ihren großen dunkelblauen Augen. Die strenge Dame wusste allerdings nicht, wie man lächelte. Vielleicht war das Teil ihres Tätigkeitsprofils. Frau Pfeil trug eine schlichte anthrazitfarbene Uniform, denn sie war, wie hatte sich Herr Ruthemann noch ausgedrückt? Die Gutsverwalterin?

In vielerlei Hinsicht war Gut Hämmerling ein Ort, von dem Franzi bis vor kurzem noch gedacht hätte, dass es ihn so gar nicht geben konnte, weil er völlig aus der Zeit gefallen war. Zum einen hatten die Ruthemanns Personal – eine Köchin, einen eigenen Gärtner mit einem unfassbar ausufernden Bart und ebenjene Gutsverwalterin –, zum anderen waren die Dimensionen des Gebäudes völlig übertrieben – vierzig Zimmer für zwei Personen! Hinzu kam, dass eine dieser beiden Personen, die Gutsherrin, in all ihrer verstummten Grummeligkeit eine Despotin war, die besser in eine südamerikanische Diktatur gepasst hätte als in ein beschauliches Nest wie Stieldorf.

»Hallo«, sagte Franzi und lächelte.

»Guten Tag«, sagte Frau Pfeil mit unbewegter Miene und machte einen Schritt zur Seite, damit Franzi den großen Marmorsaal betreten konnte.

Gut, dann nicht, dachte Franzi und zog im Gehen den Reißverschluss ihres Daunenmantels nach unten.

»Herr Ruthemann erwartet Sie in der Bibliothek«,

sagte die Gutsverwalterin förmlich und nahm Franzi den Mantel ab.

»Natürlich«, entgegnete Franzi.

»Möchten Sie etwas trinken?«

»Eine Tasse Tee wäre nett, Frau ...«

»Schiller.«

Franzi blinzelte überrascht. Als sie den holzvertäfelten Gang zu ihrer Linken hinunterlief, spürte sie den humorlosen Blick von Frau Schiller auf sich ruhen und überlegte, ob die Gutsverwalterin wohl befürchtete, dass sich Franzi noch schnell eine Porzellanfigur aus der Vitrine unter den Pulli stopfen wollte, bevor sie die Bibliothek betrat.

Der Gang befand sich im Nordflügel, einem der Originalbereiche des Anwesens. Herr Ruthemann hatte ihr kürzlich erzählt, der ursprüngliche Gutshof stamme von 1876, und Franzi hatte die Erkenntnis, dass niemand, der an seinem Bau beteiligt gewesen war, noch lebte, schaudern lassen.

Die geschnitzte Tür zur Bibliothek war angelehnt. Franzi klopfte an, wartete aber nicht auf die Aufforderung einzutreten. Der Raum war offener, als Franzi ihn sich vor ihrem ersten Besuch vorgestellt hatte, zugleich aber auch um einiges düsterer. Bücherregale aus dunklem Eichenholz deckten jeden Zentimeter Wand ab, die alten Ledereinbände reichten bis unter die Decke, die mit goldgestrichenen Zierleisten versehen war, aber die Fläche zwischen den Regalen war so gut wie leer. Bis auf die beiden schweren Armsessel mit Blick auf die Pferdekoppel und die Stallungen. Sie standen unter den großen Fenstern an der gegenüberliegenden Seite des Raumes.

Herr Ruthemann saß in einem der beiden Sessel mit den klauenförmigen Füßen, die man eher mit einer Badewanne in Verbindung gebracht hätte. Franzi konnte nur seine Haare sehen, einen wuscheligen weißen Schopf über der nach oben gewölbten Rückenlehne.

»Guten Morgen, Herr Ruthemann«, sagte Franzi, als sie sich bis auf wenige Schritte genähert hatte.

Herr Ruthemann lehnte sich über den Rand des altmodischen Möbelstücks, dessen Stoff von den vielen Hinterteilen und Unterarmen, die schon auf ihm geruht hatten, glatt und glänzend geworden war.

»Guten Morgen, Frau Vanassian. Wo kam der Name noch mal her?«

»Die Familie meines Schwiegervaters kommt aus Brasilien«, antwortete Franzi.

»Und Sie sind …?«

»Aus Poppelsdorf.«

Vielleicht hatte er etwas Exotischeres erwartet.

»In der Nähe des Schlosses?«

Franzi nickte. Diese Frage hatte er ihr neulich schon gestellt.

»Und jetzt arbeiten Sie in einem.«

Tja, so kann's gehen, dachte Franzi.

Ihre Augen wanderten an die Decke und blieben an einer prächtigen Stuckleiste hängen. Deren Schnörkelschrift setzte sich fort, bis ein hohes Buchregal ihr den Weg abschnitt.

»Schön, schön. Setzen Sie sich doch kurz zu mir«, bat Herr Ruthemann.

Franzi nahm auf dem zweiten schweren Armsessel unter dem grünlich-trüben Fenster Platz.

»Wie geht es Ihnen?«

»Gut. Danke.«

Wund! Wie soll es einem nach so einer durchvögelten Nacht schon gehen, dachte Franzi und freute sich darüber, dass die Gedanken frei und lautlos waren.

»Schön, schön«, sagte Herr Ruthemann erneut.

Er wirkte nicht ganz bei der Sache. Klassischer Fall von Faden verloren, dachte Franzi gerade, als ihr Chef doch noch weitersprach.

»Haben Sie seit letzter Woche mit meiner Tochter gesprochen?«

»Äh, seit Donnerstag nicht, nein.«

»Dann wissen Sie also nicht, dass meine Frau wieder angefangen hat zu sprechen?«

Franzi wurde heiß. Was? Das war ja furchtbar!

»Das sind ja großartige Neuigkeiten«, stieß sie hervor.

Jetzt konnte der Drachen auch noch sprechen. Du liebes bisschen.

Herr Ruthemann grinste breit. Wahrscheinlich konnte er ihre Gedanken lesen.

»Ich weiß, dass meine Frau nicht ganz einfach ist, Frau Vanassian«, sagte er entschuldigend, »ich bin sehr zufrieden mit Ihnen. Ich mag die Art, wie Sie mit meiner Frau umgehen. Deshalb fände ich es sehr schade, Sie zu verlieren. Was ich damit sagen möchte …«

Der alte Mann nickte Franzi aufmunternd zu.

»Lassen Sie sich nicht von ihr einschüchtern.«

Franzi schluckte. Sie hatte jetzt schon Angst davor, nach oben zu gehen.

»Wollen wir?«, fragte Herr Ruthemann.

Franzi nickte mit angestrengtem Gesichtsausdruck.

Sie fragte sich, ob Bene ihr absichtlich verschwiegen hatte, dass ihre Mutter wieder redete.

»Du bist doch Krankenschwester?«, hatte Benedikte Ruthemann sie vor einigen Wochen gefragt.

Sie wusste, dass Micha ausgezogen war.

»Ja.«

»Ausgebildete Krankenschwester?«

Franzi hatte genickt.

»Weißt du, meine Eltern sind frisch aus Berlin nach Bonn umgezogen. Ich weiß nicht, ob ich dir schon mal von ihnen erzählt habe. Vor allem von meiner Mutter. Sie hatte einen Schlaganfall und sitzt seither im Rollstuhl. Reden kann sie auch nicht mehr. Wir suchen jemanden, der sich um sie kümmern kann. Momentan kommt jeden Tag ein mobiler Pflegedienst vorbei, aber das ist auf Dauer nicht nur sehr teuer, sondern auch zu unpersönlich. Und die Pfleger können sich leider auch nicht so zuverlässig an die Zeiten halten, wie sie das möchten. Meine Mutter ist aber eine absolute Pünktlichkeitsfanatikerin. Und sie ist … na ja. Ich sollte vielleicht nicht so viel vorwegnehmen. Du müsstest sie einfach mal kennenlernen, wenn du möchtest. Du hast doch neulich gesagt, dass du gern wieder arbeiten gehen willst. Also, so richtig.«

Eigenartig hatte es geklungen, wie Bene von ihrer Mutter Christiane erzählte. Das war Franzi zwar aufgefallen, aber sie konnte es nicht so richtig einordnen. Inzwischen verstand sie es besser.

Franzi kehrte in die Gegenwart zurück, erhob sich von dem Sessel, um Herrn Ruthemann zu folgen, und überlegte dabei, etwas wehmütig, dass sie nicht mal lang genug gesessen hatte, um ein bisschen Wärme an den Stoff abzugeben. Chintz war eigentlich nicht ihr Ding, aber die hellgrünen Sessel mit den Krallenfüßen waren wirklich bildhübsch. Und überhaupt hätte sie in diesem Moment so ziemlich alles lieber gemacht, als sich in die Höhle des Löwen zu begeben.

Immerhin war Herr Ruthemann an ihrer Seite. Gemeinsam verließen sie die Bibliothek und gingen zurück zur Eingangshalle.

»Hatten Sie schon Gelegenheit, die Sammlerstücke in den Vitrinen etwas eingehender zu betrachten?«

Franzi schüttelte den Kopf.

»Eingehender nicht, nein.«

»Da sind ganz schöne Werte drin«, bemerkte Herr Ruthemann beiläufig. »Ich mache mir nicht so viel aus Porzellan, aber meine Frau ist ganz verrückt nach dem Zeug.«

Franzi hatte den Eindruck, dass er tatsächlich »lassen Sie bloß Ihre Finger davon« sagen wollte.

»Poppelsdorf. Kommt das von den Bäumen?«

»Wie? Äh … ach, Sie meinen Pappeln? Vielleicht. Ich weiß es ehrlich gesagt nicht.«

»Man muss ja nicht alles wissen.«

Herr Ruthemann lächelte. Franzi mochte Benes Vater. Er war kauzig, aber irgendwie niedlich. Seitdem sie auf Gut Hämmerling arbeitete, dachte sie wieder häufiger an ihren Vater Walter, der vor drei Jahren an Krebs gestorben war.

In der Eingangshalle wand sich eine breite Treppe aus weißem Marmor ins erste Stockwerk. Erstaunlich flink lief Herr Ruthemann die Stufen hinauf, Franzi schnaufte hinter ihm her.

Der Drachen bewohnte ein altmodisch eingerichtetes Zimmer, das ebenfalls im Nordflügel lag, gleich über der Bibliothek. Als Herr Ruthemann die Tür öffnete, schlug Franzi der vertraute Geruch nach Krankheit entgegen. Veratmete Luft, Haut, an die zu wenig Seife und Sauerstoff kam, Feuchtigkeit, Salbe.

Herr Ruthemann ließ Franzi den Vortritt.

Der sanduhrförmige Raum war wie immer in schummriges Licht getaucht, die Rollläden waren halb heruntergelassen. Christiane mochte helles Tageslicht nicht. Franzis Füße sanken in dem dicken, dunklen Teppichboden ein. Keime, dachte sie angewidert. Diese alten Teppiche verursachten ihr jedes Mal eine Gänsehaut, dabei war dieses Exemplar ebenso kostbar wie die verzierten Porzellanschälchen in den Vitrinen ein Stockwerk tiefer.

Manchmal kam sie sich in Christianes Zimmer vor wie

in einer Gruft. Ihre Augen brauchten einen Augenblick, um sich an die Lichtverhältnisse zu gewöhnen. Sie durchschritt die Taille der Sanduhr, eingerahmt von einer Bordüre aus Brokatvorhängen. Herr Ruthemann erhob die Stimme.

»Christiane, Frau Vanassian ist da.«

Christiane Ruthemann saß reglos in ihrem Rollstuhl am Fenster und starrte auf die nebelverhangene Wiese hinaus. Ihre grauen Haare waren zu einem strengen Knoten gebunden, ihre Haltung war stocksteif. Selbst auf diese Distanz konnte Franzi erkennen, dass sie zornig war.

Sie vermochte es, den Raum auf die Temperatur ihrer Aura hinunterzukühlen.

»... spät!«, krächzte sie plötzlich und erinnerte Franzi an diese Vögel in Afrika, die ewig stillstehen konnten und sich keinen Millimeter bewegten, um dann ganz plötzlich mit dem Kopf vorzuschnellen und »Piep« zu machen.

»Wie meinst du, Liebling?«

Herr Ruthemann näherte sich seiner Frau in einem Halbkreis, als wäre er ein Hochspringer und sie das Hindernis, das es zu nehmen galt. Franzi wusste genau, was Christiane meinte. Sie beschwerte sich über die vier Minuten plus etwa fünfzehn in der Bibliothek und den Fluren der Villa, die Franzi zu spät war.

»Nein, nein, Liebes, wir haben uns noch ein wenig in der Bibliothek unterhalten. Frau Vanassian war nicht zu spät.«

Es half nichts. Christiane war wütend. Schlimmer noch, sie wollte es sein.

»Erst nach mir gucken«, bellte sie.

Ihrer Stimme war anzuhören, dass sie sie lange Zeit nicht benutzt hatte.

»Un … verantwortlich«, fauchte sie.

»Es tut mir leid, Frau Ruthemann. Es wird nicht wieder vorkommen.«

Christiane drehte den Kopf langsam und funkelte ihre Pflegerin böse an. Franzi bekam eine Gänsehaut.

Das konnte ja heiter werden.

*Sechstes Kapitel*

# Jana hatte schlechte Laune.

Sie saß mit finsterer Miene auf dem Boden ihres Zimmers und bürstete die wenigen verbleibenden Haare ihres Lieblingsbarbiepferdes. Sie glänzten plastikweiß und waren immer kalt. Das Pferd hieß abwechselnd Flower und Rasputin, je nachdem, ob ihr der Sinn nach Stute oder Hengst stand. In der letzten Zeit hatte Jana das Pferd viel gebürstet, oft sehr grob. Doch Flower-Rasputin sah sie mit einem aufgemalten Leuchten in den Augen nachsichtig an. Dann tat es Jana wieder leid, das Spielzeug so lieblos behandelt zu haben. Sie wollte das ja gar nicht. Aber sie war einfach so … so …

Jana schleuderte die Bürste gegen die Heizung. Nicht, dass sie auf die Heizung gezielt hatte. Die Heizung war zufällig im Weg gewesen.

Gestern hatte Jana ihn gesehen, er sie aber nicht. Das war meistens so. Selbst wenn er sie hätte sehen müssen, weil er beinahe über sie drüberfiel, sah er sie nicht. Ja selbst wenn er hallo zu ihr sagte, sah er sie nicht wirklich. Sie war einfach noch zu klein! Nicht von der Körpergröße her. Sie war unsichtbar, weil sie zu jung war.

Das hatte auch sein Gutes. Sie konnte ihn meistens beobachten, ohne dass er Notiz davon nahm. Auch dieses

Mal. Danach hatte sie sich in ihrem Zimmer auf den Boden gesetzt und eine Weile vor sich hin geträumt.

Er war so schön.

Alle dachten, sie sei traurig wegen Papa. Das stimmte auch. Natürlich war es schlimm für sie, dass Papa weg war. Aber das war nur die halbe Wahrheit. Sollten die anderen ruhig weiter glauben, die Antwort darauf zu kennen, warum Jana bedrückt war und manchmal kaum einen Bissen hinunterbekam. Solange sie glaubten, Bescheid zu wissen, und deshalb besondere Rücksicht auf sie nahmen, konnte Jana in aller Ruhe verliebt sein. Unglücklich natürlich. So gehörte sich das für eine echte tragische Liebesgeschichte.

Dass ausgerechnet ihre blöde ältere Schwester mit ihm zusammen sein musste, vergrößerte den tragischen Effekt noch.

Ach, Paul, dachte Jana.

Sie war jetzt schon seit drei Monaten und 17 Tagen in ihn verliebt und führte seither akribisch Buch darüber.

Sie war auf dem Weg zur Schule mit dem Vorderreifen ihres Fahrrads in den Rinnstein geraten und gestürzt. Da stand plötzlich Paul über ihr, hob ihr Fahrrad auf und fragte, ob alles in Ordnung sei. Jana hatte nur schüchtern genickt.

Er war schließlich so schön!

Jana seufzte noch einmal tief.

Maria und Paul waren zusammen. Sie gaben sich die größte Mühe, es geheim zu halten, doch Jana konnte es ihrer Schwester förmlich an der Nasenspitze ansehen.

Diese leuchtenden Augen (bah!). Und die roten Flecken am Hals. Der Parfumduft (bäh!). Maria benutzte sonst nie so was. Jana wünschte sich sehr, dass Mama Maria Geld für ein vernünftiges Parfum geben würde.

Jana streichelte den Plastikhals ihres Barbiepferdes.

Hauptsache, niemand fand heraus, dass sie in Paul verliebt war. Weder Mama noch Maria. Und auch nicht Paul.

Das war überhaupt das Allerwichtigste.

Sie warf dem Barbiepferd einen beschwörenden Blick zu, als wenn seine Verschwiegenheit unerlässlich wäre. Hoffentlich kam ihr nie jemand auf die Schliche. Sie hätte sich zu Tode geschämt.

»Jana?«

Mama rief nach ihr. Jana hatte keine Lust zu antworten und starrte ein Loch in die Luft.

»Jana?«

Mamas Stimme kam näher. Sie stieg die Treppenstufen hinauf. Jana konnte ihre gedämpften Schritte auf dem Teppichboden hören. Sie legte das Pferd auf den Boden und drehte den Kopf zur Zimmertür. Mama klopfte immer an, bevor sie eintrat. Das mochte Jana.

»Herein«, rief Jana.

Mama steckte ihren Kopf durch den Türspalt. Es sah aus, als hätte sie ihren Körper unten in der Küche vergessen. Ihre roten Haare rutschten von ihrer Schulter und hingen seitlich an ihr hinab wie eine Flagge.

»Willst du nicht zum Reiten?«, fragte sie.

Jana zuckte die Achseln.

»Doch. Schon. Weiß nicht.«

Mama trat ein. Sie hielt den Kopf immer noch schief.

»Vielleicht kannst du Glim reiten?«

Glim war Janas Lieblingspferd, ein Apfelschimmel mit einem hübschen kleinen Kopf. Bei dem Gedanken an ihn hellte sich Janas Stimmung ein wenig auf.

»Okay«, sagte sie.

Mama half ihr dabei, Kleidung auszusuchen. Jana konnte sich nie entscheiden. Das rosa T-Shirt mochte sie aber nicht mehr. Das sah ihr zu sehr nach kleinem Mädchen aus. Wenn er sie damit sähe … Und die älteren Mädchen im Reitstall auch.

»Können wir vielleicht ein paar neue Oberteile kaufen?«, fragte Jana.

Mama antwortete nicht sofort. Jana spürte, dass sie eigentlich nein sagen wollte, doch dann nickte sie.

»Ja klar. Das machen wir.«

»Danke.«

Jana freute sich immer, wenn sie ihren Willen bekam. Sie führte eine innere Statistik, seitdem sie in der Schule rechnen gelernt hatte. Aktuell stand es 212 zu 50.

Gar nicht übel.

Der Weg zum Reitstall war nicht weit. Erst ging es die Pützchens Chaussee hinauf, dann durch ein Dorf und auf einer Straße durch die Felder hinterm Ennert, einem Waldgebiet. Sobald Mama das Dorf hinter sich gebracht hatte und auf die Landstraße bog, trat sie jedes Mal ordentlich aufs Gaspedal, und Jana spürte die Geschwindigkeit in der Magengrube. Manchmal schloss sie die

Augen. Dann meinte sie zu fliegen. Zumindest stellte sie sich vor, dass es sich so anfühlen musste, wenn man flog. Jana hatte noch nie in einem Flugzeug gesessen.

Mama fuhr gern schnell. Das konnte Papa wahnsinnig wütend machen.

»Bist du lebensmüde?«, schimpfte er.

Lebensmüde wirkte Mama in diesen Momenten nie auf Jana. Eher lebensmunter.

Papa und Mama hatten sich im Auto oft gestritten. Aber sie hatten sich auch oft außerhalb des Autos gestritten.

»Du bist froh, dass du jetzt immer so schnell fahren kannst, wie du willst, oder?«

Mama hob den Kopf. Jana schaute direkt in ihre blauen Augen im Rückspiegel. Sie verstand nicht sofort.

»Ach so. Das meinst du.«

Sie schien einen Moment zu überlegen, bevor sich die Haut um ihre Augen kräuselte.

»Also, wenn ich ganz ehrlich bin ...«

Jana konnte Mamas Mund zwar nicht sehen, wusste aber, dass sie grinste. Jana grinste mit.

»Findest du es schlimm, wenn ich schnell fahre?«, fragte Mama.

Jana schüttelte den Kopf.

»Wenn ich mal groß bin, werde ich auch so schnell Auto fahren«, antwortete sie.

Mamas Augenpartie ließ darauf schließen, dass sie das wiederum nicht ganz so gut fand.

»Du, Jana, Papa und ich ...«, setzte Mama an.

Jana unterbrach den Blickkontakt und sah wieder aus dem Fenster.

»Wie schnell fahren wir denn?«

Jana mochte es nicht, wenn Mama versuchte, ihr die Situation mit Papa zu erklären.

Mama antwortete nach einer kurzen Pause.

»90 km/h.«

»Können wir hundert fahren?«

Statt zu antworten trat Mama das Gaspedal durch, dass der Motor aufheulte.

*Siebtes Kapitel*

# Der Reitstall gehörte Bene seit etwa zehn Jahren.

Sie hatte ihn günstig von der Witwe des alten Herrn Alfred Rot erstanden, die selbst nichts mit Hottehüs am Hut hatte, wie sie sich ausgedrückt hatte. Bene sollte es recht sein: Schon als kleines Mädchen war es ihr Traum gewesen, einmal ihren eigenen Reitstall zu besitzen, aber ihre Mutter Christiane riet ihr immer wieder davon ab. Wenn es nach ihr gegangen wäre, hätte Bene Jura studiert. Christiane hatte ihr Jurastudium damals nach ein paar Semestern abgebrochen. Und nun wünschte sie sich, dass Bene an ihrer Stelle eine gefeierte Anwältin oder Richterin wurde. Dabei interessierte sich Bene überhaupt nicht für Jura.

Sie schrieb sich stattdessen für Tiermedizin ein, beendete das Studium aber nicht. Mit 24 Jahren warf sie das Handtuch. Zu viele Bücher mit zu langen Sätzen. Zu viele langweilige Stunden im stillen Kämmerlein und viel zu viel Zeit zum Nachdenken.

Bene beschloss, eine Weile ins Ausland zu gehen, um »sich selbst zu finden«. Christiane hörte sich Benes Erklärungen an, ohne sie auch nur ein einziges Mal zu unterbrechen. Das hätte sie stutzig machen sollen.

Nachdem Bene verstummt war, hatte ihre Mutter sich vor ihr aufgebaut, den dunkelblauen Wollrock glattgestrichen und gesagt:

»Dann bist du ja jetzt offiziell unabhängig, und wir müssen dir kein Geld mehr geben. Wenn du dich irgendwann gefunden hast, bist du sicher auch imstande, eine Wohnung in der Stadt zu finden. Hier ist jedenfalls kein Platz mehr für dich.«

Es dauerte mehrere Wimpernschläge, bis Bene begriff, dass ihre Mutter sie gerade vor die Tür gesetzt hatte. Sie sah ihren Vater flehend an, aber der zuckte nur hilflos die Achseln.

»Ich glaube, ich brauche jetzt einen Scotch«, war alles, was Bene darauf einfiel.

Dabei wusste sie genau, dass es im Hause Ruthemann keinen Scotch gab. Christiane und ihr Vater waren Weintrinker. Aber eine schockierende Nachricht mit einem Glas Dornfelder hinunterzuspülen, war irgendwie nicht stilecht.

Viel schlimmer, als keinen harten Drink zu bekommen, war natürlich die Tatsache, dass Benes Vater sich nicht auf ihre Seite stellte. Aber es war nun mal nicht sein Haus. Auch nicht sein Geld. Und demzufolge nicht seine Entscheidung.

Als Bene das niederschmetternde Gefühl, mit trockener Kehle im Stich gelassen worden zu sein, akzeptiert hatte, blieb ihr nur noch eins übrig: ernüchtert Abschied von ihrem alten Leben zu nehmen.

»Zeit, erwachsen zu werden und dein eigenes Geld zu

verdienen«, hatte Christiane ihr noch mit auf den Weg gegeben, bevor sie die Tür der Villa hinter Bene schloss. Ohne sichtbare Gefühlsregung. Und ihr Vater hatte sich nicht blicken lassen.

Manchmal wusste Bene nicht, auf wen sie wütender war. Wenn sie heute an diesen Abend im Spätsommer zurückdachte, überwog jedoch die Frage, wieso sie sich nicht gewehrt hatte, als ihre Mutter meinte, sie solle gefälligst ihr eigenes Geld verdienen. Denn ihre Mutter hatte selbst nie eigenes Geld verdient. Sie hatte es *gehabt*.

Benes Großeltern waren reich gewesen. Stinkreich sogar. Opa Helmut hatte ein paar Fabriken für Malerfarbe aufgebaut, damit viel Geld verdient und fast das gesamte Kapital in Immobilien und Aktien investiert. Dank einer Mischung aus unternehmerischem Geschick und Dusel war sein Vermögen stetig weitergewachsen. Ihm gehörten mehrere Mietshäuser in Prenzlauer Berg und in Friedrichshain und natürlich die Villa im Grunewald. Benes Oma Hildegard war derweil eine gefeierte Opernsängerin gewesen und hatte so das ihrige zum Wohlstand der Familie Becker-Schild beigetragen. Inzwischen waren Opa Helmut und Oma Hilde tot und vermachten all das schöne Geld ihrem einzigen Kind, Christiane.

Christiane nahm sich stets, was sie haben wollte. Für sie zählte ein Nein nicht als Antwort, und wer ihr in die Quere kam, dem machte sie das Leben schwer. Als Strafe. Als Demonstration ihrer Macht. Weil sie nachtragend war und keine Widerworte duldete. Bene hatte schon als kleines Kind Angst vor ihr gehabt.

Deshalb war es ihr auch nicht schwergefallen, ihrer Mutter den Rücken zu kehren und von Berlin nach Bonn zu ziehen.

Bei ihrem Vater war das anders. Sie liebte ihn sehr, obwohl er sich gegenüber seiner Frau nie durchsetzen konnte und ein ziemlicher Waschlappen war. Bene hatte sich wahnsinnig gefreut, als er vor ein paar Monaten angerufen und erzählt hatte, dass er und Benes Mutter nach Bonn ziehen würden. Er hatte ein wunderschönes Haus mit einem riesigen Grundstück in Stieldorf gefunden, das auch Christiane zuzusagen schien.

Christiane war seit einem schweren Schlaganfall im Jahr zuvor pflegebedürftig. Sie starrte lethargisch vor sich hin und reagierte kaum noch auf ihre Umwelt. Von der großen, stattlichen Frau mit dem wogenden Busen, die immer mit schwerem Schmuck beladen war wie ein Christbaum, war nur noch ein Häufchen Mensch übrig, das zusammengefaltet im Rollstuhl saß und die spinnenartig dünnen Finger immer so vorm Oberkörper hielt, dass die Hände größer wirkten als die Brust.

Als Bene ihre Mutter zum ersten Mal in diesem Zustand gesehen hatte, schnürte es ihr die Kehle zu. Ihr Anblick weckte viele verborgene und verdrängte Gefühle. Da waren Trauer und Wut, das schlechte Gewissen darüber, dass sie Christianes Erwartungen nicht erfüllt hatte, aber auch eine nagende Unsicherheit und die Frage, ob Bene vielleicht tatsächlich falsch abgebogen und ihr Leben in eine Sackgasse gelenkt hatte.

Manchmal ertappte Bene sich bei dem Gedanken, froh

darüber zu sein, dass ihre Mutter nicht mehr redete. Die letzten Male, als sie mit Bene gesprochen hatte, waren Christiane nur noch abfällige Bemerkungen über die Lippen gekommen. Bene würde nie verstehen, warum ihre Mutter sie mit derselben Intensität, mit der sie sie als Kleinkind geliebt hatte, als erwachsene Frau verachten konnte. Vielleicht lag es daran, dass sie Bene um ihre Unabhängigkeit beneidete, denn freie Entscheidungen hatte Christiane nie fällen können. Ihr Leben war fremdbestimmt gewesen. Erst redeten ihr Opa und Oma das Studium aus, dann kam sie, Benedikte, auf die Welt und gab jahrelang den Ton an.

Und jetzt wurde Christianes Leben also wieder von etwas anderem bestimmt als ihr selbst.

Schlechtes Karma, dachte Bene und schämte sich für ihre Gehässigkeit.

Sie hörte Franzis Stimme erst gar nicht.

»Hey! Wo bist du denn gerade?«

Bene drehte sich um und sah Franzi im ersten Moment an wie eine Fremde. Sie schüttelte den Kopf, um die Gedanken an ihre Mutter zu verscheuchen.

»Hey, ihr zwei.«

»Hallo. Darf ich heute Glim reiten?«, fragte Jana.

»Klar. Hol ihn dir.«

Jana rannte los.

»Sie scheint eure Trennung ganz gut zu verkraften«, bemerkte Bene.

»Das ist tagesformabhängig«, erwiderte Franzi.

»Und du?«

»Ich? Ach. Alles gut.«

Franzi antwortete oft ausweichend, wenn man sie nach ihrem Gemütszustand fragte. Das war Bene schon früher aufgefallen.

»Wenn du mal reden möchtest …«

Franzi lächelte gezwungen. Die Situation war ihr unangenehm. Statt das Thema zu wechseln, wartete Bene. Franzi trat von einem Bein aufs andere. Schließlich begann sie doch zu reden.

»Micha fehlt mir, aber wir kommen einfach nicht mehr miteinander klar. Ich habe mich so eingesperrt gefühlt, dabei hat er nichts gemacht. Also, zumindest hat er nichts anders gemacht als sonst. *Ich* habe mich verändert.«

Franzi fuhr sich mit der Hand durch die Haare. Sie sah nachdenklich aus.

»Gibt es einen anderen?«, fragte Bene vorsichtig.

Sie war sich nicht sicher, ob sie und Franzi die Art Beziehung hatten, in der man diese Art Fragen stellte. Franzi zögerte. Wenn sie Bene jetzt eine Antwort gab, hieß das vielleicht, dass sie die nächste Stufe ihrer Freundschaft erreicht hatten.

»Nein.«

Sie log. Bene wusste es sofort. Franzi traute ihr offensichtlich nicht genug. Und zu allem Überfluss hatte Bene sie in die unangenehme Situation gebracht, sie belügen zu müssen.

Mist, dachte Bene und biss sich auf die Unterlippe.

Da sah Franzi auf und sagte:

»Ich treffe mich mit Micha. Jetzt gerade wieder häufiger. Als er noch zu Hause gewohnt hat, haben wir kaum noch miteinander geschlafen, aber wenn ich ihn jetzt sehe … Ich glaube, wir wissen beide, dass Sex das Einzige ist, das zwischen uns noch funktioniert.«

Franzi stockte. Ihr Blick rutschte von Benes Gesicht ab und landete irgendwo in der Ferne, wo die Pferde gemütlich auf der Koppel grasten.

»Niemand weiß davon«, fügte sie tonlos hinzu, ohne Bene anzusehen.

»Wie läuft es mit meiner Mutter?«

Bene fragte sich, ob ihre Mutter Franzi bereits unter die Haut gegangen war. Darin war Christiane gut.

»Du darfst ruhig ehrlich sein. Niemand weiß besser als ich, dass sie nicht einfach ist.«

Der Anflug eines Lächelns huschte über Franzis Gesicht. Hatte sich Herr Ruthemann nicht ganz ähnlich ausgedrückt?

»Ganz ehrlich?«

Bene nickte.

Franzi suchte nach den passenden Worten.

»Oft starrt sie ja einfach nur so vor sich hin, aber manchmal, da schaut sie mich direkt an, und dann habe ich immer das Gefühl, dass sie mich nicht ausstehen kann. Das hat mir die ersten Tage wirklich zugesetzt. Mittlerweile habe ich mich daran gewöhnt. Ich glaube nicht, dass es etwas mit mir persönlich zu tun hat. Ich stehe einfach für etwas, das sie nicht akzeptieren kann. Es muss schlimm für sie sein, die Kontrolle verloren zu haben.«

»Ja, das klingt nach meiner Mutter. Sie ist eine harte Nuss.«

»Sie wird ihre Gründe haben«, erwiderte Franzi diplomatisch.

»Und mein Vater?«

Wenn Bene von ihrem Vater sprach, veränderte sich ihre Tonlage immer. Ihre Stimme wurde weicher. Das war so, als wenn man für unterschiedliche Anrufer unterschiedliche Klingeltöne auswählte.

»Dein Vater ist ein unheimlich netter Mann«, antwortete Franzi.

»Mama, hilfst du mir, ihn zu satteln?«, erscholl Janas Stimme hinter ihnen.

Sie hielt Glim am Halfter und strahlte.

»Klar.«

Franzi wandte sich zum Gehen, drehte sich aber noch einmal zu Bene um und sah sie durchdringend an. Bene meinte zu verstehen, dass Franzi sie so um ihr Stillschweigen bat, aber das war unnötig. Nie im Leben hätte sie irgendein Geheimnis ausgeplaudert.

»Bis später«, sagte Bene.

*Achtes Kapitel*

# Bene taumelte durch eine schmale Straße.

Eine Gruppe betrunkener junger Männer stand um einen Blumenkübel herum. Sie alle hatten den Hosenstall offen und pinkelten in das Beet, das groß genug war, um nicht verfehlt zu werden. Benes Gegenwart reizte sie zu lallenden Kommentaren und albernem Gelächter, für das Bene kein Ohr hatte.

Es war schon wieder passiert.

Sie schob die Hände tiefer in die Taschen ihrer Daunenjacke. Es war ein kalter Abend voller funkelnder Sterne und Atemwölkchen. Sie legte das Kinn auf den Kragen und spürte, wie die Luft aus ihrer Nase den Stoff erwärmte.

Franzis kleines Geheimnis hatte Bene am Nachmittag wie eine Ohrfeige von einer unsichtbaren Hand getroffen. Als wollte sie jemand aus einer Ohnmacht zurückholen.

Nicht, dass Bene es nicht geahnt hätte. Ihr war stets klar gewesen, dass Micha sich nie ganz von Franzi würde lösen können. Sie kannten sich seit ihrer Kindheit und hatten drei gemeinsame Kinder. Franzi würde immer ein wichtiger Bestandteil seines Lebens sein. Er sprach auch ganz offen mit Bene darüber, dass er Franzi noch liebte. Das tat weh. Jedes Mal wieder. Und trotzdem konnte sie nicht aufhören, sich mit ihm zu treffen.

Als Micha und sie im Juni zusammen nach Südtirol gefahren waren, hatte sie gedacht, dass das der Wendepunkt in ihrer Beziehung war, auf den sie so lange gewartet hatte. Micha war anders gewesen als sonst, gelöst. Frei. Er lachte viel und sah sie an wie jemand, der wirklich *da* ist.

Eines Abends waren sie durch die Straßen von Meran gelaufen, da griff Micha plötzlich nach ihrer Hand und sagte ihr zum ersten Mal, dass er sie liebte. Schüchtern, mit leicht gesenktem Kopf. Sein Anblick riss ihr Herz auf, und es sprudelte nur so aus ihr heraus. Sie erzählte ihm, wie sehr sie ihn wollte. Dass ihr ein paar Abende im Monat nicht mehr reichten. Wie sehr sie sich nach ihm sehnte, wenn er nicht bei ihr war. Dass die Welt ohne ihn grau war.

Micha sah sie mit einer Mischung aus Verwunderung und Angst an. Nein. Panik.

Er hatte es nicht gewusst. Er hatte keine Ahnung, wie viel er ihr bedeutete. Und er hatte nichts zu erwidern. Er reichte ihr den sprichwörtlichen kleinen Finger, und sie konnte nicht anders, als seine komplette Hand zu nehmen und dann auch noch an ihr zu reißen. Natürlich überforderte ihn das.

Bene hoffte trotzdem, dass sich etwas ändern würde. Doch nach der Rückkehr nach Bonn war alles wieder so wie vorher. Als wenn er nie »Ich liebe dich« gesagt hätte.

Nichts änderte sich. Das kannte Bene schon.

Also versuchte sie, sich von ihm zu trennen. Sie packte eine Tasche und fuhr nach Hause. Nach Hause-Hause. Nach Berlin. Um zu heilen.

Zwei Wochen später war sie wieder auf dem Hof in Bonn und ging ihrer täglichen Arbeit nach. Sie redete mit den Besitzern der Pferde, unterzeichnete Lieferscheine und half beim Ausmisten der Boxen. Sie longierte den kleinen Araberhengst mit dem unaussprechlichen Namen. Sie stritt sich mit dem Hufschmied, als er mal wieder über eine Stunde zu spät dran war und nach Alkohol stank. Jede ihrer Handlungen war mechanisch. Aber es ging. Sie lebte noch.

Sie wusste, dass es aufhören musste. Sie durfte Michael nicht mehr sehen. Denn in Berlin hatte sie etwas erfahren, das alles änderte.

Am zweiten Abend nach ihrer Rückkehr aus Berlin rief sie Micha an und sagte ihm, dass es vorbei wäre. Michael sagte nicht viel dazu, brummte nur ein paarmal in den Hörer, was sie in ihrem verletzten Zustand als Zustimmung deutete. Es war ihm egal, ob Bene nun in seinem Leben war oder nicht. Sein Herz gehörte Franzi.

Das alles hörte Bene aus seinem wortlosen Brummen heraus.

Ihr stiegen Tränen in die Augen, als sie an das Telefonat zurückdachte. Er hatte so gleichgültig geklungen.

Das war im Juli gewesen. Jetzt war Oktober. Sie hatte den Absprung geschafft.

Fast.

Denn es hatte doch wieder angefangen, natürlich. Alte Verhaltensmuster zu durchbrechen und liebgewonnene Gewohnheiten aufzugeben war schwer. Drogensüchtige brauchten oft mehrere Anläufe, um clean zu werden, und Rückfälle waren gewissermaßen Teil des Heilungsprozesses.

Bene folgte dem Atemwölkchen vor ihrem Mund. Sie lief die Sternstraße hinunter und schüttelte sich die schwarzen Locken aus dem Gesicht. Das Klappern ihrer Absätze hallte von den schmalen Fassaden der hübschen alten Gebäude wider. Die verzierten Namensschilder der Geschäfte steckten in verschlungenen schmiedeeisernen Halterungen. Wie viele heulende Frauen diese Häuser wohl schon gesehen hatten?

Am Nachmittag, nachdem Franzi und Jana vom Hof gefahren waren, hatte sie Michael angerufen und um ein Gespräch gebeten. Er lud sie zu sich ein und erklärte, er träfe sich jetzt schon einige Zeit nicht mehr mit Franzi. Bene war sich sicher, dass er log und Franzi diejenige war, die die Wahrheit sagte, aber sie wollte Micha glauben.

Sie liebte ihn. Seit dem Tag, als er Jana zur Reitstunde gebracht und Bene ihn zum ersten Mal gesehen hatte. Der Blitz hatte sofort eingeschlagen. Sie hatte nichts dagegen tun können.

Bene bog in die Wenzelgasse ein und lief in Richtung Bertha-von-Suttner-Platz. Ihr Wagen stand hinter der Beethovenhalle am Rheinufer. Sie hatte es sich zur Gewohnheit gemacht, ihn dort abzustellen. Zum einen wollte sie nicht, dass Franzi oder sonst irgendjemand ihr

Auto in der Nähe von Michas Wohnung sah und neugierige Fragen stellte (»Was machst du denn in der Südstadt?«), zum anderen halfen ihr diese langen Spaziergänge quer durch die Stadt dabei, den Kopf freizubekommen.

Heute war es anders. Heute konnte Bene auf dem Weg zu ihrem Auto nicht aufhören, an Franzi zu denken.

Wegen ihr musste es aufhören. Vor allem wegen ihr. Denn mit Franzi verband Bene nicht nur, dass sie beide mit demselben Mann schliefen.

## *Neuntes Kapitel*

# Franzis Nacken versteifte sich, das rechte Bein zuckte.

Ein stechender Schmerz fuhr ihr in die Wirbelsäule, irgendwo da unten, kurz überm Steiß. Sie hielt den Atem an. Mit dem Ausatmen riss Franzi die Augen auf und starrte an die Decke. Dort kräuselten sich die Schatten wie Zigarettenqualm. Wenn es windig war, ließ die Straßenlaterne vor ihrem Haus immer ein ganz besonderes Durcheinander an ihrer Zimmerdecke entstehen. Das beobachtete sie jetzt schon eine Weile. Seitdem Michael ausgezogen war, um genau zu sein. Denn davor hatte es so etwas wie Licht-und-Schatten-Spiele an ihrer Schlafzimmerdecke nicht gegeben.

Micha hatte nicht bei geöffneten Rollläden schlafen können. Es musste stockdunkel sein. Die Lamellen der Rollläden mussten dicht auf dicht liegen. Franzi hasste das, weil sie sich immer wie blind fühlte, wenn sie nachts wach wurde und das Zimmer schwärzer als schwarz vorfand. Manchmal wusste sie im ersten Augenblick nicht, wo sie war, und, noch viel schlimmer, *ob* sie noch war. Wer konnte denn schon wissen, ob das Ende nicht vielleicht so aussah: aufwachen in tiefster Nacht. Wie in einem Sarg.

Jetzt, da Micha nicht mehr neben ihr schlief, musste sie die Rollläden nicht länger herunterlassen, bevor sie zu Bett ging. Das war eindeutig eine Verbesserung.

Sie lag in der Mitte des Betts. Wenn man gewohnt war, sich das Bett mit jemandem zu teilen, kamen einem 1,80 Meter Breite für einen ganz allein vor wie ein Ozean. Sie schwamm in einem Meer aus Daunen und kühlem Stoff. Das klang schön. Aber dann war da ja noch ihr neuer Freund, das Einhorn.

Sie wusste nicht mehr, wann sie das erste Mal von ihm geträumt hatte, aber sie konnte sich noch sehr gut an den Zusammenhang erinnern. Sie hatte geträumt, in Janas Zimmer Wäsche zu falten, Socken, Strumpfhosen, Unterhosen, da hatte sie ein eigenartiges Geräusch auf dem Flur gehört. Sie hatte aufgeschaut und bemerkt, wie eigenartig das Licht war, wie von einem fahlen Mond, der die Oberflächen der Gegenstände kalt und unwirklich leuchten ließ.

Auf einmal ertönte ein scharrendes Geräusch auf dem Flur. Sie ging zur Tür und stellte ängstlich fest, dass ihre Schritte keinen Laut verursachten. Der Raum fraß den Schall. Das war wie tauchen. Überhaupt war nichts zu hören, weit und breit, außer dem Scharren auf dem Flur.

Wo waren die Kinder?

Die Haare an Franzis Unterarm richteten sich auf.

Sie öffnete die Tür und trat in den Flur. Wie in Zeitlupe drehte sie sich nach rechts. Und da stand es. Ein hellblaues Einhorn mit weißer Mähne und weißem Horn, gedreht wie ein nasses Handtuch vorm Auswringen. Das

Tier kaute auf etwas herum und kratzte mit einem Vorderhuf über den Boden. Das hatte das Geräusch verursacht.

Ein schmatzendes, scharrendes Einhorn.

Franzis Angst wich der Überraschung darüber, einen derartig exotischen Besucher in ihrem Haus zu haben. Verdutzt war sie in ihrem Traum stehen geblieben und hatte das Bild erst einmal auf sich wirken lassen. Das Einhorn hatte es ihr gleichgetan, sie angesehen und entspannt weitergekaut.

Als Kind hatte sie sich immer gewünscht, dass Mama und Papa unrecht hatten und es irgendwo auf der Welt ein paar Einhörner gab. Echte Einhörner.

»Hast du meine Kinder gesehen?«, fragte Franzi irgendwann, erhielt aber keine Antwort.

Hätte sie sich auch denken können.

Das Einhorn guckte, kaute und schwieg. Franzi verschränkte die Arme vor der Brust. Wie sollte sie es bloß die Treppe hinunterbekommen?

Darauf war Franzi aufgewacht. Und hatte fasziniert festgestellt, dass sie, schlafend, die Arme vor der Brust verschränkt hatte.

Das ging jetzt fast jede Nacht so. Mal stand das Einhorn in der Küche, mal im Garten, mal im Flur, kaute und beobachtete Franzi gleichmütig. Sie war ratlos. Sie hatte noch nie so regelmäßig von einer Sache geträumt. Im Prinzip war sie froh, dass es sich nur um ein Einhorn handelte, das war sicherlich angenehmer als ein gruseliger Alptraum. Franzi hätte nur zu gern gewusst, wofür das Einhorn stand. Ein magisches hellblaues Fabelwesen in ihrem Haus, das aufmerksam über das wachte, was sie tat.

Vielleicht war es ein Glücksbringer?

Manchmal irritierte seine Gegenwart Franzi jedoch. Sie wollte es am liebsten schnell wieder loswerden und zu ihren normalen Erwachsenenträumen zurückfinden.

Sie seufzte und betrachtete die Muster an der Zimmerdecke.

Ihr Handy auf dem Nachttischschränkchen begann zu brummen. Sie blickte auf den Wecker. Die neongrünen Striche der Digitalanzeige formten eine Vier und eine Zweiundzwanzig. Das ist ganz schön mitten in der Nacht, dachte sie. Es gab nur einen Menschen, der ihr um diese Zeit eine Nachricht schicken würde. Und das auch in regelmäßigen Abständen tat. Franzi griff nach ihrem Handy und sah aufs Display.

Micha konnte auch nicht schlafen.

Willst du noch vorbeikommen, stand da.

Ohne Fragezeichen. Schlaftrunken getippt.

»Der hat Nerven«, entfuhr es Franzi.

Sie machte sich daran, eine Antwort zu tippen.

In deinem Schlafzimmer ist es mir zu dunkel. Und in deinem Arm zu kalt.

Entweder hatte Micha tippen geübt oder die Nachricht bereits formuliert, bevor er Franzis Nachricht gelesen hatte, es dauerte jedenfalls keine Minute, da brummte ihr Handy erneut.

Kannst du wieder nicht schlafen. Und träumts wieder von deinem lila Einhorn.

Dieses Mal Punkte statt Fragezeichen und ein Rechtschreibfehler.

Hm, dachte Franzi. Was, wenn du mich nun mit deiner Nachricht geweckt hättest, du Blödmann? Schon mal darüber nachgedacht?

Blau, schrieb Franzi, es ist blau.

Ihr Handy brummte.

Es gibt aber keine Einhörner, stand da.

Diese Antwort bestärkte einmal mehr, was Franzi erst in den letzten Wochen wirklich bewusst geworden war: Micha begriff nie, worum es ging. Sie stellte sich vor, wie sich ihr Noch-Mann in diesem Moment auf die Seite drehte und friedlich weiterschlief, während sie selbst immer wacher wurde. Und wütender. Eigentlich konnte sie jetzt genauso gut aufstehen und Frühstück machen.

So eine Sch…!!!

Da wohnte er schon nicht mehr hier und reizte sie trotzdem noch bis aufs Blut! Es war zum Verrücktwerden.

Als Franzi ihren Arm ausstreckte, stellte sie sich vor, der Rand ihrer großen weißen Matratze wären die weißen Klippen von Dover. Sie ließ ihr Telefon in den Ärmelkanal fallen.

Blubb.

*Zehntes Kapitel*

# Bene saß auf der alten Bank neben der Reithalle.

Sie hatte versucht, sich mit der Arbeit abzulenken, und ein paar Rechnungen geschrieben, musste aber einsehen, dass sie sich nicht konzentrieren konnte. Ihre Gedanken wanderten immer wieder zu Michael.

Und zu Franziska.

Bene und Franzi waren Halbschwestern. Das hatte Bene im Juli erfahren, in ebenjenen zwei Wochen, die sie in Berlin verbracht und versucht hatte, Klarheit und Abstand zu gewinnen. Die Umstände waren kurios gewesen. Manchmal kamen die Boten mit den lebenswichtigen Nachrichten aus ganz unvermuteten Ecken. In Benes Fall war der Bote eine Frau, die sich Elisabeth nannte.

Bene hatte in Kreuzberg vor einem kleinen italienischen Café gesessen und bei einem doppelten Espresso ihren düsteren Gedanken nachgehangen. Michael entglitt ihr, sie spürte es deutlich. Er meldete sich kaum noch. Sosehr sie auch auf ihr Handy starrte, es zeigte keine neuen Nachrichten von ihm an.

Nichts.

So ein Nichts konnte ganz schön weh tun.

Sie setzte die Espressotasse, die schon seit mehreren

Minuten leer war, auf der Untertasse ab und ließ den Blick über die belebte Kreuzung schweifen. Ein nicht enden wollender Strom von Fahrradfahrern sauste über die Straße. Dabei erzeugten die Räder ein sirrendes Geräusch, und Bene hob unwillkürlich die Hand, um nach Insekten zu schlagen, die nicht da waren. Gegenüber erstreckte sich der Viktoriapark. Dort war sie früher oft mit einer Schulfreundin spazieren gegangen, und wenn an dem Denkmal nicht so viel los war, hatten sie sich geküsst. Sie wollten vorbereitet sein, wenn sie ihren ersten Freund hatten. Bei der Erinnerung daran musste Bene grinsen.

Da baute sich plötzlich eine Frau vor ihr auf.

Sie war schlank und hochgewachsen, und ihre nackten Arme waren sehnig. In dem runden Ausschnitt ihres T-Shirts zeichneten sich die geschwungenen Schlüsselbeine wie die langen Griffe von Salatbesteck ab. Bene kniff die Augen hinter ihrer großen Sonnenbrille zusammen.

Eine Marathonläuferin, dachte sie.

»Sie sind Benedikte Ruthemann«, sagte die Frau, »ich kenne Ihren Vater.«

Bene musste unwillkürlich an einen Agentenfilm denken, den sie kürzlich gesehen hatte.

»Darf ich mich kurz zu Ihnen setzen?«

Die Frau wartete die Antwort gar nicht erst ab und nahm Platz. Bene musterte das braungebrannte Gesicht. Es kam ihr bekannt vor.

»Sie kennen mich nicht«, erklärte die Frau jetzt, als hätte sie in Benes Kopf geblickt und wollte, dass sie sofort aufhörte, dort in ihren Erinnerungskisten zu wühlen.

»Aber Sie kennen meinen Vater«, entgegnete Bene, vielleicht ein wenig barsch.

Sie war sich fast sicher, dass eine Verwechslung vorlag. Vermutlich meinte die Frau ihren Opa, Helmut Becker. Bene war in Berlin schon öfter von ehemaligen Geschäftspartnern oder Mitarbeitern auf ihren Großvater angesprochen worden. Ihren Vater, den kleinen Angestellten Heinrich Ruthemann, kannte für gewöhnlich niemand.

Die Frau nickte.

»Kennen ist vielleicht zu viel gesagt, wir haben vielmehr eine gemeinsame Leidenschaft.«

Bene hob die Augenbrauen. Definitiv. Es musste sich um ein Missverständnis handeln. Sie liebte ihren Vater sehr, aber er war kein leidenschaftlicher Mensch.

»Ah ja?«, machte Bene.

»Ja. Wir haben uns vor sehr, sehr langer Zeit einmal getroffen. Unter äußerst merkwürdigen Umständen. Im Haus der Familie Becker-Schild in Grunewald, um genau zu sein. Vielleicht sprechen Sie ihn mal bei Gelegenheit darauf an. Ich nehme an, Sie kennen diesen Ort gut. Zumindest weit besser als ich.«

»Das ist das Haus meiner verstorbenen Großeltern. Wie ist denn Ihr Name?«

»Ich heiße Elisabeth.«

Die Frau streckte ihre Hand über den Tisch. Bene ergriff sie zögernd. Sie wusste nicht, warum, aber sie hatte das Gefühl, dass mit dieser Frau etwas nicht stimmte.

»Ich glaube, ich weiß etwas, das Sie interessieren könnte.«

»Ah ja?«, machte Bene erneut.

Die Frau nickte. Sie hatte eisblaue Augen.

»Vielleicht ist es etwas, das Sie schon längst wissen, aber so, wie ich Ihren Vater einschätze, hat er es Ihnen nie erzählt. Und Ihrer Mutter im Übrigen auch nicht.«

Bene wartete. Die Frau schien diesen Moment zu genießen.

»Ihr Vater hat damals, bevor er Ihre Mutter geheiratet hat, eine Freundin gehabt«, fuhr sie fort.

»Na und?«, erwiderte Bene.

»Es geht natürlich noch weiter«, meinte Elisabeth, »diese Frau erwartete nämlich ein Kind von Ihrem Vater.«

Bene stutzte.

»Woher wissen Sie das?«

»Ich habe die Ohren gespitzt. Die Leute haben geredet, wie das eben so ist. Jeder im Kiez hat es gewusst. Die Freundin Ihres Vaters war nämlich ziemlich bekannt. Ähnlich wie Ihr Vater selbst.«

Bene drängte sich die Vermutung auf, dass sie der geschwängerten Frau von damals gegenübersaß.

»Bekannt? Wie meinen Sie das?«

»Wenn ich Ihnen das erzähle, erklären Sie mich für verrückt.«

Bene entfuhr ein kurzes, heiseres Lachen.

»Nicht für verrückter, als ich es jetzt schon tue.«

Die Frau legte den Kopf schräg und lächelte eigenartig.

»Ihr Vater und seine damalige Freundin haben mir etwas weggenommen, das ich unbedingt wiederhaben möchte. Um jeden Preis.«

Da war es wieder, dieses Gefühl, dass von der Frau etwas Dunkles, Bedrohliches ausging.

»Und was soll das sein?«, fragte Bene.

»Ein Bild«, antwortete die Frau, »ein düsteres Bild von einer Insel in der Dunkelheit.«

Bene fuhr sich mit der Zunge über die Lippen. Langsam schüttelte sie den Kopf.

»Ich weiß nicht, wovon Sie sprechen«, sagte sie. »Was wollen Sie überhaupt?«

»Ich möchte wissen, ob es das Bild noch gibt. Kennen Sie es?«

Bene schüttelte erneut den Kopf.

»Das habe ich doch gerade schon gesagt. Ich habe keine Ahnung, wovon Sie sprechen.«

»Also haben Sie *Die Toteninsel* noch nie bei Ihren Eltern zu Hause gesehen?«

Ihre Stimme klang verändert. Das Wort *Toteninsel* hatte Elisabeth beinahe ehrfürchtig ausgesprochen.

»*Die Toteninsel* ist ein ziemlich bekanntes Gemälde«, erwiderte Bene. »Ich habe schon mal Fotos davon gesehen, ja. Das hängt doch in irgendeinem Museum. Aber sicher nicht bei uns zu Hause.«

Jetzt schien Elisabeth ein wenig in sich zusammenzusacken. Sie sah enttäuscht aus. Langsam schob sie die schmalen Hände in die Hosentaschen ihrer ausgewaschenen Jeans.

»Wieso glauben Sie, dass meine Eltern dieses Bild haben?«, fragte Bene. »Und warum ist das so wichtig für Sie?«

»Ich weiß, dass dieses Bild im Besitz Ihrer Großeltern war. Und ich weiß, dass Ihr Vater und Brunhilde es ihnen gestohlen haben.«

Benes Herz machte einen Sprung. Zwei Gedanken rasten durch ihren Kopf.

Der Erste war:

Gestohlen? Warum sollte Papa seinen eigenen Schwiegereltern etwas stehlen, noch dazu dieses hässliche Bild, bei dessen Anblick man sofort depressiv wurde? Sie hatte nie verstanden, warum ihre Mutter es so liebte. Es war doch bloß eine Reproduktion. Das sah ihr überhaupt nicht ähnlich.

Und dann kam der zweite Gedanke:

Brunhilde? So hieß doch Franziskas Mutter. Brunhilde Albrecht.

»Warum erzählen Sie mir so einen Blödsinn? Woher wollen Sie das denn alles wissen?«

Elisabeth zog die spinnenartigen Finger wieder aus den Taschen und machte eine beschwichtigende Geste.

»Ich schwöre Ihnen, es ist die Wahrheit. Ich war da. Ich war da an dem Tag, als Ihr Vater und seine Freundin Brunhilde in die Villa im Grunewald eingebrochen sind.«

»Was? Was reden Sie denn da!«

Bene war halb von ihrem Stuhl aufgesprungen. Sie war ungehalten, gleichzeitig hatte sie das Gefühl, dass die Frau die Wahrheit sagte.

»Fragen Sie herum! Fragen Sie die Leute nach den Ereignissen von damals, wenn Sie mir nicht glauben wollen. Oder lesen Sie alte Zeitungen durch. In Charlottenburg, da hat es angefangen. Da haben sie sich kennengelernt.«

Papa ist in Charlottenburg aufgewachsen, dachte Bene. Aber was hieß das schon?

Sie verharrte einen Augenblick in der Bewegung und ließ sich langsam wieder auf ihren Stuhl sinken.

»Oder vielleicht fragen Sie einfach direkt Ihren Vater«, fuhr Elisabeth fort und verschob den Riemen ihrer Handtasche auf ihrer Schulter, »vielleicht erwischen Sie ihn in einem ehrlichen Moment.«

Elisabeth machte Anstalten zu gehen.

»Ach so. Vergessen Sie bitte nicht, ihn von mir zu grüßen.«

Damit wandte sich die schlanke Frau ab und verschwand in Richtung Bergmannstraße. Bene blickte ihr nach, bis sie zwischen den vielen namenlosen Körpern von Menschen, die das schöne Wetter auf die Straße gelockt hatte, verschwunden war.

Später, in der Regionalbahn, hatte Bene nachdenklich den Kopf an die Scheibe gelehnt und versucht, die merkwürdige Begegnung mit der Fremden zu verdrängen. Es gab viele verrückte Menschen. Großstadtwahnsinn. Verwechslungen. Zu viele Krimiserien geguckt. Schabernack. Aber so richtig wollte es Bene nicht gelingen. Sie dachte daran, wie Papa ihr damals, nach ihrem Rauswurf aus dem Elternhaus, von dem Reiterhof in Bonn erzählt hatte. Der Besitzer war wohl ein alter Bekannter von ihm gewesen.

»Er ist gestorben, und seine Frau ist froh, wenn sie das Grundstück loswird. Ich bin mir sicher, dass sie dir ein faires Angebot machen würde. Warum schaust du dir den Hof nicht mal an?«

Bene hatte die Achseln gezuckt. Ja, warum eigentlich nicht?

»Aber Bonn?«, hatte sie ihren Vater zweifelnd gefragt.

Bonn klang für sie nach Beamtenmuff und ziemlich behäbig. Würde sie sich in einem solchen Provinznest nicht fürchterlich langweilen? Sie war doch ein Großstadtkind! Aber als Bene ihre Einwände vortrug, machte Papa Werbung für Bonn. Wie schön es dort sei, so viel Natur. Der Rhein, das Siebengebirge.

Bene wunderte sich.

»Kennst du dich denn da aus?«

Ihr Vater antwortete ausweichend.

»Na ja, so ein bisschen. Aber davon abgesehen ist dir Berlin doch immer viel zu hektisch gewesen.«

Und dann natürlich der tolle Stall.

»Ich sorge dafür, dass du das Geld bekommst. Du zahlst es mir irgendwann einfach zurück. Aber pssst, kein Sterbenswörtchen zu deiner Mutter.«

Das hätte er nicht extra sagen müssen.

Bene wollte gar nicht so weit wegziehen, aber Papa war begeistert von der Idee, dass sie den Hof von Herrn Rot übernehmen würde. Er bearbeitete sie so lange, bis Bonn von allen Städten die allerbeste und einzige Wahl zu sein schien.

Dass Frau Rot, die Witwe von Papas »Bekanntem«, mit dem Namen Heinrich Ruthemann offensichtlich nichts anfangen konnte, machte Bene einen kurzen Moment stutzig, doch sie hakte nicht nach. Es war schließlich möglich, dass Frau Rot Papa nie begegnet war. Jetzt, nach der mysteriösen Begegnung mit Elisabeth, erinnerte sich Bene wieder an Frau Rots ratlosen Blick. Heinrich wer? Nee. Nie gehört.

Keine Frage. Bene musste mit Papa sprechen. Jetzt gleich.

Bene hatte den Haustürschlüssel in der Diele der altehrwürdigen Villa in Grunewald abgelegt, ihre Ledersandalen abgestreift und war barfuß ins Esszimmer getappt, in dem Papa an dem runden Eichentisch saß und las.

»Wer ist Elisabeth?«

Statt die Zeitung herunterzunehmen, reckte Papa den Hals und sah Bene mit großen, fragenden Augen über den Rand des grauen Recyclingpapiers an.

»Elisabeth?«

»Ich hatte heute eine Begegnung der dritten Art in der Stadt. Ich habe in einem Café in Kreuzberg gesessen, da spricht mich auf einmal eine Frau an und erzählt mir von dir, deiner Vergangenheit als Einbrecher und deinem unehelichen Kind.«

Papas Blick war unergründlich.

»Was ist das denn für ein Unsinn?«, fragte er, ein Kratzen auf den Stimmbändern.

»Sie hat erzählt, dass sie dich auf sehr eigenartige Weise kennengelernt hat«, fuhr Bene fort, »und sie wusste etwas über das Gemälde, das Mama so liebt. *Die Toteninsel.*«

Der Name des Gemäldes schien etwas in Papa auszulösen. Er massierte sich die Nasenwurzel mit Daumen und Zeigefinger. Dabei presste er die Augen zusammen. Er machte das häufig, wenn er Kopfschmerzen hatte.

Oder wenn er keinen Anfang fand.

»Diese Frau ist ganz offensichtlich verrückt«, erklärte er.

Bene wartete. Sie hatte ihn. Sie wusste es.

Papa öffnete die Augen. Bene wartete immer noch. Papa neigte den Kopf zur Seite und schaute an Bene vorbei.

»Wo ist deine Mutter«, fragte er.

Sein Gesicht war jetzt sehr ernst.

Bene zuckte die Schultern.

»Ist mir egal.«

Papa sagte kühl:

»Mir aber nicht.«

»Frau Wagner hat sie auf die Terrasse geschoben«, antwortete Bene. »Wer ist Elisabeth?«

Papas Gesicht sah aus wie eine Maske.

»Hör mal, Papa«, sagte Bene gereizt, »ich habe eine gute Bekannte in Bonn, schon eher eine Freundin. Sie heißt Franziska. Und ihre Mutter heißt Brunhilde.«

Papa rührte sich nicht, aber seine Augen begannen zu flackern.

»Papa. Ich habe eine Affäre mit Franziskas Mann. Ich will sie beenden, deshalb bin ich hier. Weil ich Abstand brauche. Und einen klaren, entschlossenen Kopf brauche, um es zu beenden.«

Jetzt passierte etwas. In Papas Augen spiegelte sich blankes Entsetzen.

»Was?«, fragte er.

»Du hast richtig verstanden.«

Papa presste erneut Daumen und Zeigefinger gegen die Nasenwurzel. Er begann, langsam den Kopf zu schütteln.

»Wenn man dazu die Wahrscheinlichkeiten berechnet …«, murmelte er.

Und schließlich erzählte er es ihr. Alles. Bene hatte gestaunt, mit weit aufgerissenen Augen und ungläubigem Blick. Ihr Vater ein Einbrecher mit unehelichem Kind, aber ohne Kontakt zu der Mutter und der Tochter? Und dazu sie, mit Kontakt zu ihrer Halbschwester, einer Zufallsbekanntschaft, die nicht wusste, dass sie mit ihr verwandt war. Und dazu kam noch Benes Verhältnis mit dem Noch-Mann der ahnungslosen Halbschwester. Donnerwetter! Das hätte sie weder sich selbst noch ihrem Vater zugetraut.

Nachdem Papa die Worte ausgegangen waren und er nur noch unentwegt den Kopf geschüttelt hatte, nahm er Bene das Versprechen ab, niemals mit irgendjemandem über das, was er ihr gerade erzählt hatte, zu sprechen. Aber das war nicht nötig gewesen.

Nie im Leben hätte Bene irgendein Geheimnis ausgeplaudert.

*Elftes Kapitel*

# Die lügt.

Elisabeth glaubte Benedikte Ruthemann kein Wort; die wusste sehr wohl, von welchem Bild sie geredet hatte.

Elisabeth saß auf dem Gehsteig vor einem kleinen Café und hatte einen Espresso bestellt, der unangetastet vor ihr auf dem Tisch stand. Sie knetete ihre Unterlippe und schlug die Beine übereinander.

Manchmal verfluchte sie sich dafür, den Faden wieder aufgenommen zu haben. Eigentlich hatte sie vor Jahren ihren Frieden mit der ganzen Geschichte gemacht. Keine Hassgefühle mehr, keine Alpträume. Keine durchwachten Nächte mit kilometerlangen, rastlosen Spaziergängen durch ihre Wohnung.

*Die Toteninsel* war weg, und sie würde das Bild nie wiedersehen. Sie hatte sich damit abgefunden. Am Anfang natürlich nicht. Aber mit der Zeit wurde es besser.

Es war nicht schwer gewesen, Heinz Ruthemann aufzuspüren, nachdem die Polizei seiner Freundin damals auf die Schliche gekommen war. Es stand in allen Zeitungen. Brunhilde Gärtner wurde polizeilich gesucht, aber nie gefunden.

Elisabeth hatte Heinz zur Rede gestellt. Er schwor ihr, dass Brunhilde das Gemälde mitgenommen und er keine

Ahnung hatte, wo Brunhilde sich aufhielt. Immerhin nannte er Elisabeth auf ihr Drängen hin die Adresse des Passmachers.

Der Passmacher hatte Brunhilde einen gefälschten Reisepass ausgestellt, mit dem sie aus Westberlin geflohen war. Es kostete Elisabeth ihr letztes bisschen Erspartes, den Passmacher dazu zu bewegen, ihr den neuen Namen von Brunhilde Gärtner preiszugeben. Doch das war es ihr wert gewesen.

Danach wusste Elisabeth, dass sie nach Brunhilde Schmitz suchen musste. Schmitz. Ausgerechnet!

Brunhildes Spur verlor sich in Hamburg. Und mit ihr die des Gemäldes.

Das war jetzt fast vierzig Jahre her.

Elisabeths erster Mann, Herbert, konnte sich nicht vorstellen, wie es war, ständig auf der Suche zu sein, so wie sie. Sie hatte sich von ihm getrennt, weil sie seine aufopferungsvolle Art nicht ertragen konnte. Er hatte ihr jeden Wunsch von den Augen abgelesen und sich rührend um sie gekümmert, wenn es ihr nicht gutging. Sie war mehrfach operiert worden. Hautkrebs. Nichts Ernstes. Aber sie musste viel Zeit im Krankenhaus verbringen, und er war immer da gewesen.

Dieses Immer. Das war ihr irgendwann zu viel geworden. Ein Immer ging in ihren Augen nur, wenn man glaubt. Und lieben kann. Und Hoffnung hat. Aber Leute wie sie, die konnten das nicht. Die reagierten mit Sarkasmus auf Hoffnung und verdrehten bei Gefühlsduseleien die Augen. Das war wie ein Reflex.

Leute wie sie, die nicht an die Liebe glauben wollten, warfen den Kopf in den Nacken und sahen sich den Himmel an, wenn sie spürten, dass ihnen jemand Aufmerksamkeit schenkte. Die konnten nicht damit umgehen, dass etwas von ihnen erwartet wurde, auch wenn das gar nicht zutraf. Allein die *Vorstellung,* dass jemand etwas von ihnen erwarten könnte, war schon zu viel.

Also suchte sich Elisabeth nach Herbert einen Mann, der mehr so war wie sie, eine andere Spottdrossel. Mit dem Ergebnis, dass sie vier Jahre lang mit einem Mann zusammenlebte, ohne wirklich je so etwas wie Nähe zu empfinden. Er war irgendwann wieder ausgezogen, und sie hatte ihn nicht einen Tag vermisst.

Manchmal, wenn sie heute an ihn dachte, fiel ihr sein Name nicht sofort ein. So sehr konnte man einen anderen Menschen aus seinen Gedanken aussperren. Und wenn ihr der Name schließlich wieder einfiel, dachte sie immer, dass Martin ein schöner Name war und sie sich vielleicht doch etwas mehr mit ihrem Mann hätte beschäftigen sollen.

Sie hatte ihm sogar einmal von ihrer Vergangenheit erzählt, aber nur, weil sie wusste, dass er ihr sowieso nicht richtig zuhörte. Selbst ihren Vater erwähnte sie. Betrübt hatte Martin gesagt:

»Du hast wohl kein Glück mit Männern.«

Damit traf er den Nagel auf den Kopf, auch wenn sie ihm das nie auf die Nase gebunden hätte.

Nach Martin beschloss sie, dass es das jetzt war mit den Männern, und richtete sich gemütlich in ihrem kleinen Leben ein, in dem es sowieso immer nur das eine gegeben hatte: die Suche nach dem Gemälde.

Allein der Gedanke daran ließ ihr Herz schneller schlagen. Ihr kaltes, kaltes Herz.

Die Sonne stand inzwischen niedrig und spülte noch etwas Licht in ein paar Ecken der breiten Straße zwischen den mehrgeschossigen Häusern. Autos rumpelten im Schneckentempo über das Kopfsteinpflaster, bei ein paar älteren Modellen klapperte der Auspuff.

In den letzten Jahren hatte Elisabeth viel gearbeitet und gutes Geld verdient. Es hatte ihr ermöglicht zu reisen, etwas, das ihr als junge Frau nicht möglich gewesen war. Sie flog nach New York und sah sich *Die Toteninsel* im Metropolitan Museum of Art an. Sie stand vor dem Gemälde, das nicht besonders gut in Szene gesetzt war, und betrachtete es lange. Sie spürte nichts, außer vielleicht der Enttäuschung darüber, dass die Beleuchtung in der Ausstellungshalle so ungünstig war, dass man die Details und Farben des Gemäldes nicht wirklich genießen konnte. Davon abgesehen regte sich nichts in ihr. Endlich war es nur noch ein Gemälde. Endlich herrschte Frieden in ihr.

*Die Toteninsel* hatte keine Macht mehr über sie.

Sie hatte dem Bild zum Abschied freundlich zugezwinkert und war in die U-Bahn gestiegen, ohne noch einen weiteren Gedanken an das Gemälde zu verschwenden.

Doch im Frühling erhielt sie den Anruf, der ihre Besessenheit, die so lange friedlich geruht hatte, erneut entfachte. Albert war ein alter Freund der Familie. Er arbeitete als Immobilienmakler in Nikolassee.

»Ich habe etwas erfahren, das dich vielleicht interessiert«, begann Albert. »Vor zwei Tagen hat mich Heinrich Ruthemann angerufen und gefragt, ob ich ihm bei der Haussuche behilflich sein könnte. Er möchte sich ein Grundstück in Bonn kaufen.«

Albert wartete auf eine Reaktion, aber Elisabeth hörte nur wortlos zu.

»Ich habe ihn gefragt, was er sich vorstellt, wann er umziehen möchte, was mit dem Haus in Grunewald geschieht und so weiter. Und ich habe ihn auch gefragt, warum er nach Bonn ziehen möchte. Weißt du, was er da gesagt hat?«

Elisabeth hielt die Luft an.

»Dass er gern näher bei seinen beiden Töchtern wäre.«

Elisabeth ließ die Luft zischend durch die Lippen pfeifen.

»Ich habe ihn überrascht gefragt, seit wann er denn zwei Töchter hat? Da hat er versucht, sich rauszureden. Hach, ich Schussel, hat er gesagt, ich seh schon doppelt, hahaha. Aber Lissy, ganz ehrlich, ich glaub dem kein Wort.«

Elisabeth hatte sich bei Albert bedankt und aufgelegt. Darauf fing sie an, Nachforschungen anzustellen. Benedikte, Heinrichs Tochter, hatte vor ungefähr zehn Jahren einen Reitstall in Bonn gekauft. Sie fand die Website des Guts auf Anhieb und betrachtete das Gesicht der jungen Frau. Benedikte sah Heinrich sehr ähnlich.

Und seine zweite Tochter, das musste Brunhildes Tochter sein. Wenn die in Bonn wohnte, war Brunhilde vielleicht auch dort. Mit der *Toteninsel*.

Es gab zwei Möglichkeiten: Die Geschichte ruhen zu lassen und ihr stilles, kleines Leben weiterzuführen oder nach Bonn zu fahren und die Fährte wieder aufzunehmen. Was konnte schon groß passieren? Wenn sie sich irrte, fuhr sie einfach wieder nach Hause.

Elisabeth fällte eine spontane Entscheidung. Spontane Entscheidungen waren die besten.

Sie buchte eine Zugfahrt nach Bonn und machte sich an die Arbeit.

## *Zwölftes Kapitel*

# »Ist das Mama oder Tante Judith?«

Jana hatte ein Fotoalbum aus einem Regal des Wandschranks gezogen und es Brunhilde in den Schoß gelegt. Jetzt konnte Brunhilde es nicht mehr aus der Hand legen. Die Frau mit dem vollen rostroten Haar, das sollte tatsächlich sie sein? Sie fuhr mit dem Finger über die matte Oberfläche des Polaroidfotos.

Unglaublich.

Sie war so schlank gewesen. Und so jung. Es war zum Heulen.

Mit säuerlichem Gesichtsausdruck stellte sie fest, dass ihr weißes T-Shirt sich verräterisch in die Falten zwischen den Speckrollen am Bauch klemmte. Unruhig rutschte sie auf dem Stuhl herum. Ihr Gesäß kam ihr heute gewaltiger vor als sonst. Der Anblick des alten Fotos verstärkte diesen Eindruck noch.

Spätestens jetzt hatte sie schlechte Laune.

Aber ihre Enkelin ließ ihr nicht viel Zeit, sich darin zu ergehen. Sie stand neben ihr und betrachtete sie erwartungsvoll.

Jana sah heute sehr niedlich aus. Franzi hatte ihr zwei Zöpfe geflochten. Die Sommersprossen auf der Nase verliehen ihr eine gewisse Ähnlichkeit mit Pippi Langstrumpf. Das durfte Brunhilde ihr natürlich nicht sagen. Jana hätte ihr das nie verziehen.

Von wem sie die dunkelroten Haare geerbt hatte, war klar.

Ach ja. Sie musste noch antworten.

»Das ist deine Tante Judith, mein Schatz«, erklärte Brunhilde.

»Das kann man sich gar nicht vorstellen, dass sie mal so klein war«, sagte Jana und lachte.

Brunhilde musste mehr über die große Zahnlücke in Janas Oberkiefer lachen als über das, was sie gesagt hatte.

»Ja«, stimmte sie zu.

Und so friedlich, dachte sie sich im Stillen.

Franziska war immer näher an ihrem Herzen gewesen als Judith, sosehr sich Brunhilde auch bemüht hatte, beide Töchter gleich zu behandeln. Judith hatte sich schon als kleines Kind immer gewehrt, gegen Liebe und Zuneigung, gegen Aufmerksamkeit, gegen Strenge, gegen Zurechtweisungen. Sie war die geborene Rebellin, streckte den Leuten die Zunge raus, tobte mit den Jungs aus der Nachbarschaft und schlug sich die Knie auf, heckte Streiche aus und entwickelte früh ein selektives Gehör.

Franzi hingegen war ein liebes Kind gewesen, hatte brav auf Brunhildes Schoß gesessen und sich Geschichten vorlesen lassen. Sie hatte gehört, wenn Brunhilde ihr etwas aufgetragen hatte, und sich sogar darüber gefreut, wenn sie ihrer Mutter helfen durfte.

Jana fragte:

»Wo war das denn?«

Brunhildes Blick glitt an Janas Kinderfinger hinab und landete auf der Fähre nach Korsika. Das Bild war vergilbt, was die sommerliche Stimmung, die auf der Insel geherrscht hatte, perfekt einfing. Genauso hatten die Bänke an Bord der Fähre ausgesehen, als sie von Genua aus nach Bastia übersetzten. Sepiafarben. Südeuropäisch. Warm.

Brunhilde hatte die riesigen getönten Sonnenbrillen getragen, die damals in Mode waren. Nicht, weil sie ihr gefielen, sondern weil es praktisch nichts anderes in den Geschäften gab. Sie erkannte sich kaum wieder. Aber das war sie tatsächlich, eine junge, schlanke Version ihrer selbst, zusammen mit einem gutaussehenden, hochgewachsenen Opa Walter.

Opa Walter. Irgendwann hatte sie aufgehört, ihn nur Walter zu nennen.

Sie konnte sich gut an seine weiße Schlaghose erinnern und an das enganliegende gestreifte Shirt, aus dem sich oben seine dunklen Brusthaare hervorkräuselten. Er hatte breite Schultern gehabt. Er hielt die kleine Franzi an der von geschwollenen Adern durchzogenen Hand. Die Hitze.

Brunhilde trug Judith auf dem Arm. Deren schrumpeliges Babygesicht war verzogen. Das Foto war noch gerade so im richtigen Moment aufgenommen worden; wahrscheinlich hatte Judith eine Sekunde später angefangen zu schreien. Und dreißig Minuten lang nicht aufgehört. Brunhilde wusste noch vage, wie sie auf der Überfahrt kurz davor gewesen war, Judith über die Reling zu werfen. Ihre Schreianfälle waren legendär gewesen.

Opa Walter hatte darüber gelacht. Ihm war der Ernst der Lage nicht bewusst gewesen. Ein eher generelles Problem.

Und während Judith brüllte und Opa Walter nichts begriff, strahlte Franzi Sonnenschein auf dem nächsten Foto, das Jana Brunhilde unter die Nase hielt, von einem Ohr zum anderen.

»Da sind wir nach Korsika gefahren«, sagte Brunhilde.

Jana betrachtete das Bild aufmerksam. Ihre Zöpfe bebten leicht, während ihre Augen das Foto Zentimeter für Zentimeter abtasteten.

»Fehlt dir Opa?«

Wenn Brunhilde nein gesagt hätte, hätte Jana das nicht verstanden, deshalb log Brunhilde.

»Ja natürlich. Fehlt er dir?«

Jana nickte. Sie hatte ihren Opa sehr gerngehabt.

Opa Walter war vor drei Jahren an Krebs gestorben. Es war nicht schön gewesen, ihn auf seinem Sterbeweg zu begleiten. Brunhilde musste sich eingestehen, dass sie erleichtert gewesen war, als er sein Leben endlich losgelassen hatte.

Bevor er krank wurde, hatte er sich immer beklagt. Das fiel ihm schwer, jenes war so anstrengend, früher war alles besser. Sobald ihm der Arzt gesagt hatte, dass er zu spät zu ihm gekommen wäre und es keine Hoffnung auf Heilung mehr gäbe, hatte Opa Walter das Leben auf einmal wieder als Geschenk gelobt. Vielleicht war es genau das gewesen, was Brunhilde von ihm fortgetrieben hatte. Natürlich konnte sie nicht nachempfinden, wie es war, den Tod an seiner Seite zu spüren und darauf zu warten, dass er einen mitnahm. Doch sie wusste eins: Das Leben war nicht schöner geworden, weil Opa Walter krank war.

In diesem Augenblick tatzte Werner in die Küche. Er roch streng. Brunhilde verzog das Gesicht. Der Hund war lieb, ganz ohne Zweifel, aber eine Katze wäre eher nach ihrem Geschmack gewesen.

Jana fiel der Gestank auch auf.

»Ui, Werner«, sagte sie und fuchtelte mit der Hand vor ihrem Gesicht herum, um den Gestank zu verscheuchen.

Werner spitzte die Ohren, als er seinen Namen hörte, blieb neben Jana stehen und wedelte, als wollte er die schlechte Luft wieder zu ihr zurückschicken.

Stinktennis, dachte Brunhilde.

Nun kam auch Toni in die Küche. In der letzten Zeit traf man Werner und ihn fast nur noch im Doppelpack an. Toni war immer schon Werners Bezugspunkt Nummer eins gewesen, aber seit ein paar Tagen kamen ihr die beiden wie siamesische Zwillinge vor. Ihr war noch etwas anderes aufgefallen: Ihr Enkel hatte sich angewöhnt, die Füße beim Gehen nicht mehr hochzuheben.

Das trieb Brunhilde zur Weißglut.

»Hallo«, sagte Toni, ohne aufzublicken.

Er sah neuerdings immer so aus, als hätte er gerade eine Bank überfallen.

Er setzte sich auf einen der Stühle, nein, eigentlich *legte* er sich darauf. Seine Beine waren länger, als der Tisch breit war, deshalb lugten seine geringelten Socken auf

Brunhildes Seite des Tischs hervor. Sein linker großer Zeh lugte wiederum durch ein Loch im Socken.

Immerhin sieht der Zehennagel gepflegt aus, dachte Brunhilde.

Toni zog sein Handy aus der gelben Weste und knabberte an seinen Fingern, während er das Display fixierte. Seine schwarzen Haare standen wirr in alle Richtungen.

Während die beiden Mädchen nach Franzi schlugen, war Toni eine jüngere Ausgabe von Michael. Die Ähnlichkeit war verblüffend.

Werner sah Jana noch immer erwartungsvoll an.

»Was hat der Hund denn da im Maul?«, fragte Brunhilde.

Sie beugte sich vor und zog Werners schwarze Unterlippe hinunter. Er mochte das nicht und versuchte, den großen Kopf zur Seite zu drehen. Brunhilde rümpfte die Nase. Da kam der Gestank her. Sie hätte auf das Fell getippt.

»Hat er irgendwas mit Plastik gefressen?«, brummte sie mit einem großen Fragezeichen in der Stimme.

Toni sprang so abrupt auf, dass der Stuhl beinahe umkippte. Er war mit wenigen Schritten neben Brunhilde, schob sich zwischen sie und Werner und versetzte Janas Stuhl dabei versehentlich einen Stoß, so dass deren Bauch gegen die Tischplatte gedrückt wurde.

»Au«, rief Jana entrüstet.

»Schon gut, Oma, ich mach schon«, sagte Toni hastig.

Brunhilde zog den Kopf zurück.

»Okay, ist ja gut.«

Toni nahm Werner am Halsband und zog ihn vom Tisch weg. Er puhlte mit den Fingern zwischen den spitzen gelben Zähnen des Tiers herum, das sich immer noch wand. Jana und Brunhilde beobachteten ihn dabei. Brunhilde entging nicht, dass Toni rote Stressflecken am Hals bekam.

»Das ist Folie, oder so«, murmelte Toni.

Der andere Geruch, der etwa ähnlich dominant war wie der Hundemundgeruch, war Brunhilde nicht entgangen. Er erinnerte sie an irgendetwas. Das hatte sie doch neulich erst irgendwo – aber wo?

*Dreizehntes Kapitel*

# Jana schloss die Hand um den Ast.

Sie zog sie gegen den Strich über die Oberfläche, die uneben war wie ein verpickeltes Gesicht, um die weichen, zarten Zweiglein abzuknicken. Jetzt hatte sie eine lange, biegsame Rute, fast wie eine Reitgerte. Sie stellte sich vor, dass sie Reiterin und Pferd in einem war, und schlug sich mit dem Ast gegen den Oberschenkel.

Hüa!

Aua!

Sie biss die Zähne zusammen. Vorwärts jetzt.

Sie trabte über die Straße und folgte dem schmalen Fußgängerweg, der zwischen zwei Gärten in der Dunkelheit hoher Baumkronen verschwand. Dort hatten die Anwohner laminierte Schilder mit der Aufschrift DER GEHWEG IST KEIN HUNDEKLO an den Wänden angebracht. Den diversen Haufen in verschiedenen Größen, Farben und Stadien der Verwesung nach zu urteilen schienen die Hunde das anders zu sehen. Jana zählte die Haufen und umrundete sie wie in einem Hindernisparcours, bevor der Weg sie auf der Rückseite der Neubausiedlung wieder ausspuckte. Sie blickte nach links und nach rechts.

Kein Mensch zu sehen.

Rasch stieg sie durch die Hagebuttensträucher und

stand jetzt hinter einem alten Fabrikgebäude. Sie war wahrscheinlich die Einzige, die das Loch im Zaun mit bloßem Auge erkennen konnte. Sie drehte sich seitlich und machte einen Schritt nach links, durch das Loch zwischen den karoförmigen Maschen hindurch. Direkt darüber hingen die dunklen Äste eines morschen Baums. Manchmal knarzte er so bedenklich, dass sie befürchtete, ihr könnte einfach so ein Ast auf den Kopf fallen. Das wäre doof. Wenn ihr hier im Gebüsch hinter der alten Jutespinnerei etwas passierte, würde es sicher Wochen dauern, bis sie jemand fand.

Wem würde wohl als Erstes auffallen, dass sie weg war? Mama? Werner?

Toni würde es wahrscheinlich erst merken, wenn es ihm jemand erzählte, und es darauf gleich wieder vergessen, weil er immer alles vergaß bis auf seinen Kopf. Das sagte Oma zumindest. Der Kopf war ja angewachsen.

Mama sagte oft, dass der Kopf für den Helm da sei. Das sei so ein Sprichwort, das sie mal gehört habe. Und das man sagt, wenn Leute nicht nachdenken. Sie hätte aber keinen Helm, hatte Jana erwidert, und ob das schlimm sei. Mama hatte gelacht, ihre Frage aber nicht beantwortet. Daraufhin hatte Jana beschlossen, dass ihr Kopf für Affenschaukeln da war. Und Mama gebeten, ihr welche zu flechten.

Die Affenschaukeln erwiesen sich als äußerst unpraktisch in vegetationsreichem Gelände. Als Jana im Halbdunkel der Bäume durchs Gestrüpp schlich, immer an dem mannshohen Zaun entlang, blieben die Zöpfchen alle naselang in einem Ast oder Strauch hängen. Ein Busch hielt sich an Janas Ast-Gerte fest und ihre Hand wurde nach hinten gerissen. Sie ließ den Ast los und blieb stehen, um sich umzusehen.

Auf dem Gelände war heute wenig los. Ein Transporter stand vor der Laderampe, ein gelangweilter Arbeiter rauchte eine Zigarette und lehnte sich dabei an eine Zange des Gabelstaplers, ein anderer stand auf der Hebebühne des Transporters und studierte ein Blatt Papier auf einem Clipboard. Dabei kratzte er sich am Kopf unter seinem Basecap. Sie erkannte den jungen Mann auf der Hebebühne, einen schlaksigen Kerl mit auffallend großen Füßen. Er gehörte offenbar zur Stammbelegschaft und war fast jeden Tag hier.

Wie Jana.

Die Jutespinnerei war schon lange keine Jutespinnerei mehr. Mittlerweile befand sich hier die Schauspielhalle Beuel, in der Theaterstücke aufgeführt wurden. Weitere Gebäude beherbergten Probebühnen, Theaterwerkstätten und Lagerräume.

Jana hatte ihren Baum erreicht. Sie zog sich an dem Ast hoch, der die unterste Stufe der natürlichen Sprossenleiter darstellte, über die sie wieselflink bis zu der breiten Sperrholzplattform hinaufkletterte, die auf der obersten Sprosse, einem besonders dicken Ast, ruhte. Jana machte einen großen Schritt und stand in der Mitte der Plattform.

Das war ihr sicherer Ort.

Sie wusste nicht, wer das Baumhaus gebaut hatte. Vermutlich ein paar Kinder, die inzwischen selbst Kinder hatten, vielleicht sogar Enkel. Das Holz war alt und hatte im Lauf der Zeit seine Farbe verloren. Die grauen Bretter waren an manchen Stellen morsch, aber die Plattform saß nach wie vor robust zwischen den dicken Ästen der Kastanie. Dafür sorgten unzählige rostige Nägel, an denen sich Jana schon mehr als einmal die Haut aufgeritzt hatte. Mittlerweile wusste sie aber, an welchen Stellen sie aufpassen musste. Sie wusste auch, wie viele Schritte die Fläche unter ihren Füßen maß, und wäre selbst mit verbundenen Augen nicht in die Tiefe gestürzt, weil sie sich an der Beschaffenheit und dem Knarzen der Bretter orientieren konnte.

Über ihrem Kopf raschelten die Blätter. Die Sonne hatte sich versteckt, deshalb fiel heute kein Licht durch die Zweige. Wenn die Sonne schien, war es im Baumhaus immer besonders schön. Schade, dass schon wieder Herbst war. Bald würde der Baum alle Blätter verlieren, und das Baumhaus wäre nicht länger ein sicheres Versteck.

Janas Miene verdüsterte sich.

Es folgten die dunklen und kalten Monate. Der einzige Lichtblick waren die Geschenke. Erst zu ihrem Geburtstag nächste Woche und dann zu Weihnachten. Dazwischen lagen 51 Tage. Ab dem Morgen nach ihrem Geburtstag begann Jana herunterzuzählen.

51 war eine ziemlich hohe Zahl und ein Tag unendlich lang.

Sie rieb die Hände aneinander. Die Äste waren kalt

und hier oben, im Schatten des Blätterdachs, war es ebenfalls kalt. Sie zog die beiden Taschenheizer, die Mama ihr geschenkt hatte, aus den Jackentaschen. Sie sahen aus wie zwei Wolken mit grinsenden Gesichtern. Jana knickte beide in der Mitte und steckte sie zusammen mit den Händen wieder in die Taschen.

Sie spähte zum Hof der Schauspielhalle hinüber. Die beiden Männer waren verschwunden. Alles war ruhig.

Ihr Baumhaus war mittlerweile richtig gemütlich. Sie hatte zwei alte Decken von zu Hause mitgebracht, die niemand vermissen würde. Die eine faltete sie zweimal, um sich daraufzusetzen, die andere legte sie sich um die Schultern. Dann kramte sie den Brief hervor, den sie heute Morgen bereits zweimal gelesen hatte. Aber sie wollte ihn noch einmal lesen, in aller Ruhe. Hier oben musste sie keine Angst haben, dass plötzlich jemand neben ihr stand und neugierige Fragen stellte.

Sie faltete den Brief auf. Er war nicht lang.

*Liebe Jana, ich finde dich supa. Du bist witzik und ganz anders als die anderen Medchen. Wolln wir mal was zusamen machen? Dein Jan.*

Jana kicherte.

Jan? *Der* Jan?

Ihr Kichern ging in ein Glucksen über.

Jan ging in ihre Klasse. Er war schon ganz süß und so, aber irgendwie auch ein bisschen komisch. Er trug eine ziemlich große Brille. Gut, dafür konnte er nichts. Davon abgesehen war er immer sehr still. Und wenn er Jana entgegenkam, guckte er sofort auf den Boden. So was von schüchtern. Jana verdrehte die Augen.

»Männer«, seufzte sie.

Sie dachte an Paul. Erst gestern hatte sie beobachtet, wie er auf seinem Rennrad die Auffahrt neben dem Haus hinuntergefahren war. Er hatte müde ausgesehen. Wahrscheinlich ging er nur noch auf Partys und war nie vor drei Uhr morgens im Bett.

Jana beneidete ihn. Sie war noch nie auf einer Party gewesen, dabei stellte sie sich das so aufregend vor! Sie konnte es kaum erwarten, 15 oder 16 Jahre alt zu sein. Dann würde sich alles ändern. Dann konnte sie schon fast tun und lassen, was sie wollte. Acht Jahre alt zu sein (na ja, fast neun) und zu sehen, was die Größeren alles durften, war schlimm. Nein, es war die Höchststrafe. Maria durfte sich von Freunden, die schon den Führerschein hatten, abholen lassen. Sie war neulich erst um zwei Uhr morgens zu Hause gewesen, obwohl Mama ihr gesagt hatte, dass halb eins ihr letztes Wort wäre. Aber Maria hatte einfach nicht gehorcht. Sie hatte sich nicht mal eine Ausrede einfallen lassen!

Jana seufzte erneut. Sie mummelte sich noch tiefer in die Decke ein, denn ihr wurde langsam kalt. Dabei hatte sie noch gar keine Lust, nach Hause zu gehen.

Mist, dachte sie. Was sollte sie denn jetzt noch bis zum Abendessen machen? Oma dachte, dass sie bei Lilly war. Wenn sie früher nach Hause käme, müsste sie sich irgendeine Geschichte einfallen lassen.

Sie hatte sich mit Lilly gestritten. Fertig. Das war sogar fast nicht gelogen. Sie hatten sich in der Schule tatsächlich gezankt. Das passierte in der letzten Zeit häufiger. Vielleicht musste sie sich eine neue beste Freundin suchen.

Sie schüttelte sich. Die Feuchtigkeit kroch ihr eisig kalt in Arme und Beine. Als sie aufstand, fiel ihr Blick durch das Geäst auf den Hof.

Aber das war ja …

Jana wollte ihn rufen, biss sich aber im letzten Moment auf die Zunge. Wäre ja noch schöner, dass jemand ihr Versteck entdeckte, weil Werner meinte, auf dem Hof der alten Jutespinnerei allein Gassi gehen zu müssen!

Was machte der denn da?

Fasziniert beobachtete Jana, wie Werner um den roten VW-Käfer herumstrich, der neben der Lagerhalle parkte. Er war noch nie bewegt worden, seitdem sie das Baumhaus gefunden hatte, denn die Reifen waren total platt. Er stand in der Gegend herum wie ein Blumentopf. Oder wie ein …

Sie konnte den Gedanken nicht zu Ende denken, denn plötzlich war Werner weg. Und dann befand er sich auf einmal *in* dem Auto.

Janas klappte die Kinnlade herunter.

Wie war Werner da hineingekommen? Und wie sollte er jetzt allein wieder rauskommen? Oh nein, er brauchte sicher Hilfe!

Gerade, als sie von der Plattform herabklettern wollte, um Werner zu retten, stand der Hund wieder hinter dem Käfer, mit gespitzten Ohren und wedelndem Schwanz. Er drehte den Kopf in ihre Richtung, und für einen winzigen Augenblick hatte Jana das Gefühl, dass er sie ansah. Da machte er urplötzlich kehrt und sprintete in Richtung Hecke los.

Jana kletterte in Windeseile die Astleiter hinab und ließ sich von der untersten Sprosse eineinhalb Meter in die Tiefe fallen. Das Unterholz dämpfte den Aufprall. Sie kroch am Zaun entlang bis zu dem Loch neben dem morschen Baum und schlüpfte hindurch. Sie schlängelte sich an den Hagebuttensträuchern vorbei und trat ein wenig Gestrüpp platt. Auf dem Bürgersteig angekommen, blickte sie nach links und rechts. Von Werner keine Spur.

Ob er eine Abkürzung kannte?

In der Nähe schimpfte eine Frau. Jana hörte ihre Stimme jenseits einer hohen Hecke.

»Schon wieder dieser Köter! Was hat er denn da für eine Tüte in der Schnauze? Erwin! Wir müssen bei der Stadt anrufen. Erwin!«

Aha, dachte Jana.

Sie lief den schmalen Fußgängerweg zwischen den Häusern hinunter und wich erneut den Hundehaufen aus. Da, in dem Garten gleich nebenan! Ihr war so, als hätte sie da das goldbraune Fell aufblitzen sehen.

»Werner«, rief sie jetzt.

Irgendwo im Gestrüpp raschelte es. Dann wurde es still. Jana blieb stehen. Sie rief noch einmal:

»Werner?«

»Suchst du was, Kleines?«

Die Stimme gehörte zu einer älteren Dame, die vor

dem Haus zu Janas Rechten stand. Sie hatte graues lockiges Haar und einen leicht gekrümmten Rücken. Jana hatte das Gefühl, sie irgendwoher zu kennen. Vielleicht aus der Kirche?

Sie überlegte kurz und kam zu dem Schluss, dass es keine gute Idee gewesen wäre, von ihrem entlaufenen Hund zu erzählen. Die Nachbarn hatten sich schon oft genug über Werners Alleingänge beschwert.

»Ich hab nur mit mir selbst geredet«, log sie.

»Du bist doch die Kleine von den Mauritzens, oder?«, fragte die Frau freundlich.

Jana schluckte. Paul.

Sie schüttelte den Kopf.

»Nee, das sind unsere Nachbarn. Ich muss jetzt nach Hause«, antwortete sie und rannte los.

Was die Frau hinter ihr herrief, verstand sie nicht.

Als Jana schließlich zu Hause ankam, war von Werner weit und breit keine Spur. Sie fischte den Haustürschlüssel, den Mama ihr vor ein paar Wochen gegeben hatte, aus ihrer Weste und betrachtete ihn stolz. Maria und Toni hatten erst mit zehn Jahren einen eigenen Schlüssel bekommen.

Sie öffnete die Tür und stolperte über den Fußabtreter. Sie konnte sich gerade noch so an der Tür zur Gästetoilette abstützen, statt der Länge nach hinzufallen. Sie gab einen erschrockenen Laut von sich, richtete sich auf und blieb wie angewurzelt stehen.

Werner saß im Flur vor Tonis Tür und sah sie reglos an. Das war irgendwie unheimlich.

»Toni«, rief Jana.

Tonis Zimmertür ging auf. Er steckte den Kopf heraus und wirkte verunsichert, als er Jana am Ende des Flurs stehen sah.

»Alles klar?«, fragte er.

Jana nickte kurz.

»Sag mal, hast du mitbekommen, wie Werner heimgekommen ist?«

Toni stutzte.

»Ja. Wieso?«

»War irgendwas komisch mit ihm?«, wollte Jana wissen.

Toni zog die Augenbrauen zusammen.

»Komisch?«

»Na. Hat er irgendwas im Maul gehabt?«

»Im Maul? Nee. Wie kommst du denn darauf?«

Tonis Stimme klang so eigenartig. Jana hatte plötzlich das Gefühl, auf der Hut sein zu müssen. Vorsichtig sagte sie:

»Ich habe ihn eben auf der Straße gesehen. Er ist schon wieder allein spazieren gegangen.«

»Oje«, machte Toni.

»Ja. Eine Frau hat sich über ihn beschwert. Er ist durch ihren Garten gelaufen, und sie hat irgendwas von ›schon wieder‹ gesagt.«

»Oje«, machte Toni noch einmal.

Jana zog die Jacke aus.

»Und du meinst, er hatte was im Maul?«, fragte Toni jetzt.

Jana hatte sich gerade nach vorn gebeugt, um ihre Schuhe auszuziehen.

»Die Frau hat das gesagt.«

»Und was könnte das gewesen sein?«

»Keine Ahnung. *Irgendwas* halt.«

Jana hatte genug Zeit, beide Schuhe auszuziehen, bevor Toni weiterredete.

»Nee, also, er ist durch meine Terrassentür reingekommen, und da hatte er nichts im Maul.«

»Na dann«, sagte Jana.

»Na dann«, echote Toni.

Jana ging an ihrem Bruder vorbei und die Treppenstufen zu ihrem Zimmer hinauf.

Das stank doch zum Himmel.

## *Vierzehntes Kapitel*

# Es ließ ihr einfach keine Ruhe.

Judith setzte sich im Dunkeln auf die Couch im Wohnzimmer und kaute auf ihrer Unterlippe herum. Sie musste mit ihrer Schwester Franziska reden. Aber sie traute sich nicht. Warum nur? Wollte sie diese Frage den Rest ihres Lebens unbeantwortet mit sich herumtragen? Das war doch eine völlig unnötige Last! Es gab bestimmt eine ganz einfache Erklärung.

»Verflucht!«, schimpfte Judith.

Die Nacht war so still, dass ihre Stimme überraschend laut klang.

»Kannst du wieder nicht schlafen?«

Die gedämpfte Stimme kam aus dem Schlafzimmer.

Oh. Den hatte sie ganz vergessen.

»Hrmpf«, brummte Judith als Antwort.

»Komm zurück ins Bett.«

Sie konnte hören, dass er gar nicht wach war. Er tat nur so.

»Gleich.«

Judith brauchte noch einen Moment.

Am nächsten Morgen saß Judith pünktlich um zwölf Uhr auf der Terrasse des »Roses« unter einem Heizstrahler und wartete auf ihre alte Schulfreundin Susanne. Eigentlich war es zu kalt, um draußen zu sitzen, aber Judith brauchte frische Luft.

Ganz viel davon.

Ihr Blick fiel auf die Rückseite des Bonner Münsters. Heute war Markt. Zwischen den Wagen der Biobauern lagen die abgehackten Köpfe von Cassius und Florentius wie nicht abgeholter Sperrmüll. Judith zündete sich eine Zigarette an und nahm einen Zug. Widerlich. Sie drückte die Zigarette sofort wieder aus.

In diesem Moment wehte der kalte, feuchte Wind Susanne über die Straße. Judith konnte ihre Absätze schon von weitem klackern hören. Susanne hatte rote Haare wie Franzi und Mama, allerdings waren sie nicht von Natur aus rot. Seit Judith Susanne kannte, hatte sie sich die Haare mit Henna getönt, dabei fand Judith, dass das Wort zusammen mit den damit gefärbten Haaren in die 90er gehörte.

»Hallo, mein Schatz«, flötete Susanne, lehnte sich über den Tisch und hauchte Judith links und rechts ein Küsschen auf die Wange. Dabei schoben ihre großen Brüste die Speisekarte vom Tisch.

Sie setzte sich, hob die Karte ächzend vom Boden auf und warf ihre riesige Handtasche auf den Tisch. Das metallische Geräusch, das dabei entstand, ließ Judith ein zweites Mal hinsehen, ob es sich nicht doch um einen Werkzeugkasten handelte.

»Was schleppst du denn da mit dir rum?«, fragte Judith.

Susanne machte eine abwehrende Geste.

»Ach, frag lieber nicht.«

Sie rückte ihre schwarzumrandete Brille zurecht und kam ohne Umschweife zur Sache:

»Was war das denn jetzt, das dir schlaflose Nächte bereitet und worüber du so dringend mit mir sprechen wolltest?«

»Ich mache mir Sorgen um Franzi. Sie träumt von blauen Einhörnern.«

Susanne prustete los.

»Das war noch nicht alles«, fuhr Judith unbeirrt fort, »sie hat eine andere Blutgruppe als ich.«

Susanne machte große Augen und blinzelte ein paarmal schnell hintereinander. Wenn Judith das gemacht hätte, wären ihr sofort die Kontaktlinsen aus den Augen gefallen.

»Echt?«

»So richtig.«

»Ja, aber …«, wiederholte Susanne, »na und?«

»Ich kenne mich nicht so gut aus, deshalb habe ich nachgeschaut.«

Eine Kellnerin kam an ihren Tisch, und Susanne hob den Zeigefinger, um Judith zum Schweigen zu bringen. Es machte Judith immer rasend, wenn sie das tat. Susanne bestellte das Tagesgericht, Judith begnügte sich mit einem Milchkaffee. Sie hatte seit zwei Tagen keinen Hunger mehr. Als die Kellnerin sich abgewandt hatte, stülpte Susanne die Lippen vor.

»Doch, das ist möglich. Guck dir die Mendelschen Regeln noch mal an. Es gibt rezessive und dominante …«

Judith schüttelte ungeduldig den Kopf.

»Ich wollte doch gerade sagen, dass ich ein bisschen recherchiert habe. Mama und Papa haben beide die Blutgruppe Null. Ich auch. Bei der Blutgruppe Null kann auch im Prinzip nichts anderes herauskommen …«

»… als Null«, vollendete Susanne den Satz.

»Ja. Aber Franzi ist keine Null«, erklärte Judith. »Ich spende schon seit Jahren Blut in der Uniklinik. Und weil Franzi in der letzten Zeit so knapp bei Kasse war, habe ich ihr den Tipp gegeben, auch zu spenden. Wenn man ein paarmal gespendet hat, bekommt man einen Blutspendeausweis. Und Franzis lag neulich auf dem Tisch herum, als ich zu Besuch war. Sie ist A positiv. Das geht aber nur, wenn einer der beiden Elternteile auch die Blutgruppe A hat.«

»Bist du ganz sicher, dass nicht vielleicht doch einer von deinen Eltern A hat?«, versuchte es Susanne.

»Absolut hundertprozentig sicher.«

»So fangen Familiendramen an. Also, im Fernsehen, meine ich.«

Susanne schaute ratlos auf ihre langen Finger.

»Vielleicht gibt es ja doch irgendwelche Ausnahmen, genetische Sonderfälle«, fügte sie hinzu.

Judith grunzte.

»Genetische Sonderfälle. Glaubst du wirklich daran?«

Susanne zuckte die Achseln.

»Es gibt alle möglichen kuriosen Dinge.«

»Aber es ist wahrscheinlicher, dass meine Mutter was mit einem anderen Mann hatte, meinst du nicht?«

Susanne nickte zaghaft.

»Gibt es denn irgendwelche Anhaltspunkte dafür?«

»Du meinst, davon abgesehen, dass Franzi und ich uns überhaupt nicht ähneln? Nein.«

Susanne traute sich nicht zu lachen.

»Und Franzi weiß das nicht? Franzi ist doch Krankenschwester. Weiß man da nicht so Blutgruppensachen?«, fragte Susanne.

Judith trommelte mit den Fingern auf die Tischplatte.

»Ich weiß nicht, ob sie es weiß.«

»Du hast noch nicht mit ihr darüber gesprochen?«

Judith schüttelte den Kopf.

»Warum nicht?«

Judith wusste nicht, warum. Die Vernunft sagte ihr, dass sie so schnell wie möglich mit Franzi reden sollte, aber ihr Herz bremste sie.

Sie hatte ihre Schwester schon immer abgöttisch geliebt und als kleines Mädchen zu ihr aufgeschaut. Wenn Judith sich mal wieder mit Mama gestritten hatte, war sie immer in Franzis Zimmer geschlichen. Darauf hatte Franzi sie in den Arm genommen und getröstet, und alles war wieder gut gewesen. Es hatte nie eine Zeit gegeben, in der sie sich nicht verstanden hätten. Kein Zickenkrieg. Kein Neid und kein Zank, weil Mama Franzi so offensichtlich lieber hatte als Judith. Franzi, die nach der Mutter schlug. Und Judith, die nach dem Vater kam.

Franzi, die A+. Judith, die Null. Alles wie immer.

Judith hätte alles für Franzi getan. Alles. Sie und Franzi waren mehr als Schwestern. Sie waren ein Herz und eine

Seele. Würde sich das ändern, wenn herauskam, dass sie nur Halbschwestern waren?

Eine halbe Schwester. Was war das denn, bitte schön?

Erst jetzt bemerkte Judith, dass Susanne sie beobachtete. Außerdem stellte sie überrascht fest, dass der Milchkaffee dampfend vor ihrer Nase stand.

»Vielleicht hättest du dir besser einen Kurzen bestellt«, sagte Susanne trocken. »Auf die Fisternöllchen!«

Judith lächelte schwach.

»Hauptsache, du hast deinen Spaß«, bemerkte sie lahm.

»Und wenn du erst mal mit deiner Mutter sprichst?«

Judith verdrehte die Augen.

»Die Option ist fast noch schlimmer. Du weißt doch, wie wenig mich meine Mutter leiden kann.«

Susanne legte den Kopf schief.

»Ja. Aber du hast mir nie erzählt, warum das so ist.«

Judith nippte an dem hohen Glas und leckte den Milchschaum von der Oberlippe.

»Oder redest du dir das vielleicht nur ein?«

Judith schüttelte bestimmt den Kopf.

»Nein. Das bilde ich mir nicht ein. Das ist auch Außenstehenden schon aufgefallen. Ich kann mich noch gut daran erinnern, wie eine sehr gute Freundin meiner Mutter mal richtiggehend mit ihr geschimpft hat, weil sie meinte, dass es allzu offensichtlich wäre, dass sie Franzi mir vorzieht.«

»Das muss schlimm für dich gewesen sein«, meinte Susanne.

»Ja und nein. Ich glaube, ich wollte die Liebe meiner Mutter nie wirklich haben. Ich kann sowieso nicht so gut mit Zuneigung umgehen. Und meine Mutter und ich haben uns nie verstanden. Schon als ich ein kleines Mädchen war, haben wir uns immer nur gestritten. Ich glaube, sie war immer traurig darüber, dass ich nicht so geworden bin wie Franzi.«

»Und wie ist Franzi?«

»Im Vergleich zu mir?«

Susanne nickte.

»Puh, da weiß ich gar nicht, wo ich anfangen soll«, begann Judith. »Sie ist einfach komplett anders als ich. Sie ist so … ich weiß auch nicht. Franzi Sonnenschein halt! Alle lieben sie.«

Susanne lächelte. Es sah mitleidig aus.

»Und du denkst, dass du weniger liebenswert bist? Das bezweifle ich«, meinte sie.

»Du kennst Franzi doch. Du weißt, wie sie ist.«

»Ja. Ich kenne Franzi. Sie hat was, deine Schwester. Du aber auch. Ich persönlich finde dich interessanter. Du hast Pfeffer und ein ziemlich loses Mundwerk. Du sagst frei heraus, was du denkst. Franzi auf der anderen Seite hält immer etwas zurück. Da weiß man manchmal nicht, woran man ist. Aber du, du bist so … du.«

Judith machte eine abwehrende Handbewegung. Sie konnte nicht mit Komplimenten umgehen.

»Ach, darum geht es doch auch nicht. Deshalb habe ich dieses Gespräch nicht angefangen.«

»Ich weiß, ich weiß«, lenkte Susanne ein, »ich habe nur

das Gefühl, dass du Franzi gern auf ein Podest stellst und ihr auch noch einen Heiligenschein malst. Du bewunderst sie, und das ist schön, aber es verzerrt auch deine Sichtweise.«

»Wie meinst du das?«, hakte Judith nach.

Sie war irritiert.

»Siehst du? Du gehst sofort in die Defensive, wenn man auch nur ansatzweise etwas sagt, das gegen deine Schwester gehen könnte.«

Susanne schlug dumpf mit der Handfläche auf den Tisch.

»Was ich eigentlich sagen wollte, ist, dass ich nicht glaube, dass sich euer Verhältnis zueinander ändern würde, ob ihr nun Schwestern oder Halbschwestern seid. Das ist doch nur ein Wort. Aber ich glaube, die Angst davor ist es, die dir schlaflose Nächte bereitet.«

Judith versteckte ihr Gesicht hinter dem großen Kaffeeglas und zuckte die Achseln. Susanne musste ja nicht unbedingt wissen, dass sie ins Schwarze getroffen hatte.

*Fünfzehntes Kapitel*

# »Lass mich.«

»Komm schon, Schätzchen.«

»Ich will nicht.«

»Nur ein bisschen schmusen.«

Judith hatte das Gefühl, in die Fänge eines Kraken geraten zu sein. Überall Arme. Mit Tentakeln. Sie wusste nicht, wo sie zuerst hinschlagen sollte.

»Ich hab nein gesagt, Georg!«

Georg Mauritz ließ die Hände sinken und sah sie mit einem herzerweichenden Dackelblick an.

Hundewelpe und Tintenfisch in einem, dachte Judith. Was hatte sie bloß geritten, als sie sich auf eine Affäre mit Franzis Nachbarn einließ? Mit einem BE-AM-TEN? Großer Käse war das.

Sie kannte Georg schon seit Ewigkeiten. Zunächst hatten sie eine rein berufliche Beziehung gehabt. Damals schrieb Judith für die Lokalzeitung und lud sich ein paarmal selbst ein, wenn die Mauritzens bei Franzi und Micha zu Besuch waren. Es konnte schließlich nicht schaden, jemanden bei der Bonner Kripo persönlich zu kennen. So bekam sie tatsächlich mehrfach Tipps zu Einbrüchen, Diebstählen, Entführungs- und sogar Mordfällen von Georg. Irgendwann gab es diesen mehr als eigenartigen

Deal, als ein junger Mann tot im Wagen an einer Landstraße außerhalb von Bonn aufgefunden worden war. Judith rief Georg an, um zu hören, wie die Ermittlungen der Polizei liefen. Da sagte Georg zu ihr:

»Ich erzähle dir alles, was du wissen willst. Aber dafür musst du den Hund nehmen.«

Judith war so scharf auf die Informationen, dass sie sofort ja sagte – noch bevor sie überhaupt wusste, um was für einen Hund es sich handelte. Sie schrieb einen sehr spannenden Artikel und erhielt darauf einen Anruf von Georg, der ihr einen Namen und eine Telefonnummer nannte. Als sie die Nummer gewählt hatte, erzählte ihr ein älterer Herr mit rheinischem Dialekt, dass sie den Hund am Nachmittag abholen könnte. Da fiel Judith erst mal die Kinnlade hinunter. Georg hatte das also tatsächlich ernst gemeint.

»Kann ich heute bei euch zu Abend essen, und darf ich meinen Hund mitbringen?«, fragte sie Franzi im anschließenden Telefonat.

»Du hast einen Hund?«

»Ja. Darf der mit?«

»Seit wann hast du einen Hund?«

»Darf er mit oder nicht?«

»Aber nur, wenn er stubenrein ist.«

Seit jenem Abend wohnte Werner bei Franzi, nicht bei Judith, und irgendwie war zwar wieder alles anders gekommen als gedacht, aber vielleicht besser als erwartet.

Judith betrachtete den nackten Georg an ihrer Seite

und fragte sich, ob das wohl in Bezug auf ihn auch zutreffend war.

»Es tut mir leid, ich mag heute einfach nicht«, sagte sie.

»Okay.«

Judith konnte seiner Stimme anhören, dass das überhaupt nicht okay war, aber immerhin ließ Georg endlich von ihr ab. Er lehnte sich gegen das Kopfende des Betts. Seine Körperhaltung oder aber die Perspektive, aus der sie ihn betrachtete, war äußerst unvorteilhaft. So sah es aus, als hätte Georg ein mickriges Hühnerbrüstchen.

»Willst du mir wenigstens erzählen, was los ist?«, fragte er.

Judith war skeptisch.

»Interessiert dich das denn überhaupt?«

Georg warf ihr einen eigenartigen Blick zu, mit dem sie nichts anzufangen wusste, aber er war ihr unangenehm. Neulich hatte er sie schon einmal so angesehen.

»Sonst würde ich doch nicht fragen«, antwortete Georg.

»Ich dachte, das Einzige, was dich an mir interessiert, ist der Sex.«

Sie hatte den Satz nicht so plump und laut hinaustrompeten wollen, aber so war das immer. Sie konnte es sich einfach nicht abgewöhnen. Es tat ihr sofort leid, deshalb entschuldigte sie sich kleinlaut. Georg rieb sich die Schläfen.

»Judith«, sagte er gedehnt.

»Ich mag meinen Namen sowieso nicht besonders, aber wenn man ihn dann auch noch so genervt ausspricht, wie du gerade –«, setzte Judith an, aber Georg gab ihr nicht die Gelegenheit weiterzureden.

Stattdessen lehnte er sich zu Judith hinüber, drückte ihr einen langen Kuss auf den Mund und sagte:

»Ich liebe dich.«

Einfach so. Judith war sprachlos. Hatte er das gerade wirklich gesagt?

»Du?«

Georg nickte.

»Richtig gehört.«

»Meinst du das ernst?«

Georg hörte überhaupt nicht mehr auf zu nicken. Judith konnte sich nicht daran erinnern, wann sie das zum letzten Mal gehört hatte. Ich liebe dich. Hatte das überhaupt schon mal jemand zu ihr gesagt? Gut, jetzt übertrieb sie vielleicht ein bisschen. Aber ausgerechnet Georg?

GEORG?

»Das ist ja krass.«

Die Worte rutschten Judith heraus, noch bevor sie darüber nachdenken konnte. Georg fing an zu lachen.

Krass? Sie wusste selbst nicht, was mit ihr los war. Dauernd machte sie unpassende Kommentare. Als wären bei ihr die falschen Synapsen miteinander verbunden und verursachten multiple Kurzschlüsse im Hirn.

Georg lachte immer noch. Judith betrachtete seinen roten Kopf.

»Hör auf, mich auszulachen«, bat sie.

»Ich lache dich nicht aus«, erklärte Georg, immer noch

von den Nachwehen der Lachattacke geschüttelt. »Du machst mich glücklich, Judith.«

Zu weich, dachte Judith. Er ist mir viel zu weich.

»Jetzt nimm doch einfach mal an, was ich dir gesagt habe«, forderte er mit Nachdruck.

Judith rührte sich nicht.

»Ich glaube, Franzi hat einen anderen Vater als ich«, erklärte sie unvermittelt.

»Wie?«

Georg beugte sich vor, um Judiths Gesicht besser sehen zu können. Sie klammerte sich an der Bettdecke fest und starrte an die Decke.

»Wie kommst du denn darauf?«, wollte Georg wissen.

Judith berichtete mit Grabesstimme von der Blutspenderkarte.

»Und jetzt?«

Judith drehte sich zu ihm.

»Bringe ich meine Mutter um.«

## *Sechzehntes Kapitel*

# »Ich bring dich um!«

Franzi brüllte ins Telefon.

»Wie kann man nur so schusselig sein! Was soll ich denn jetzt machen?«

Judith antwortete nicht. Sie hatte wahrscheinlich zu viel Angst. Franzi versuchte, ihre Wut hinunterzuschlucken.

»Okay. Ich lass mir was einfallen.«

Noch bevor Judith etwas erwidern konnte, drückte Franzi das Gespräch weg, legte das Handy auf den Tisch und strich sich mit beiden Händen die Haare aus dem Gesicht. Ihr Kopf schmerzte. Gestern hatten sie und Micha zu viel getrunken. Doch um ihren Kater konnte sie sich erst später kümmern. Jetzt musste sie erst einmal überlegen, was sie mit Jana anstellte.

Mama konnte sie nicht fragen. Die war zu einer Freundin nach Köln gefahren. Toni war noch in der Schule und anschließend beim Sport. Er würde nicht vorm frühen Abend zu Hause sein.

Maria. Wo war Maria.

»Maria!«, brüllte Franzi.

Sie erhielt keine Antwort. Franzi verdrehte die Augen. Maria war in den letzten Tagen nur zum Schlafen nach

Hause gekommen. Wusste der Geier, wo die wieder steckte. Hier machte ja sowieso jeder, was er wollte. Franzi erwog, ihre älteste Tochter anzurufen, schüttelte dann aber den Kopf. Es musste irgendwie anders gehen.

»Jana!«, brüllte Franzi.

»Ja?«

Janas Stimme war gedämpft. Sie saß oben in ihrem Zimmer.

»Du musst mitkommen!«, rief Franzi.

»Schatz«, fügte sie hinzu.

Im Obergeschoss wurde eine Tür geöffnet. Jetzt war Janas Stimme laut und deutlich zu hören.

»Wohin mitkommen?«

»Zur Arbeit«, antwortete Franzi und ging in den Flur.

Sie sah die Treppe hinauf. Jana ließ nicht lange auf sich warten. Sie stand oben auf dem Treppenabsatz.

»Aber ich bin noch nicht fertig mit meinen Hausaufgaben«, sagte sie.

»Nimm sie einfach mit. Judith hat verpennt, dass sie heute auf dich aufpassen soll.«

Jana zog ihre Stirn kraus. Franzi hätte den Satz anders formulieren müssen.

»Wir müssen los«, sagte sie, sanfter.

»Kann ich nicht einfach hierbleiben?«

Franzi dachte kurz darüber nach. Am liebsten hätte sie ja gesagt, aber es ging nicht. Sie hatte das Gefühl, dass Jana noch nicht so weit war, einen kompletten Nachmittag allein zu Hause zu bleiben. Fast. Aber eben noch nicht ganz. Deshalb schüttelte sie den Kopf.

»Es ist nicht, dass ich es dir nicht zutraue …«, fing sie an.

Jana wusste schon, was kommen würde. Ohne das Aber abzuwarten, verdrehte sie die Augen und ging zurück in ihr Zimmer.

»Spar dir deine Erklärungen«, sagte sie dabei.

Franzi war überrascht. Das klang ja schon fast nach Pubertät.

Das fehlte ihr gerade noch.

Im Wagen sagte Jana kein Wort. Sie starrte beleidigt aus dem Fenster und ignorierte jeden von Franzis Versuchen, gut Wetter zu machen. Irgendwann gab Franzi auf. Sollte sie halt schmollen.

Franzi machte sich Sorgen. Was würde Christiane Ruthemann dazu sagen, dass sie ihre Tochter mitbrachte? Vielleicht hätte sie Frau Pfeil anrufen sollen. Ach nein, Schiller. Doch dafür war es jetzt zu spät. Und zur Schicht kam sie ebenfalls zu spät. Schon wieder.

Franzi trat das Gaspedal durch.

Erst als sie den kiesbestreuten Zufahrtsweg von Gut Hämmerling hinunterraste und die Bäume zu beiden Seiten vorüberzufliegen schienen, wurde ihr bewusst, dass sie viel zu schnell fuhr. Jana sog die Luft scharf zwischen den Zähnen ein.

Franzi fuhr in einem Bogen vor der Eingangstreppe vor. Kiesel stoben zu beiden Seiten, als sie bremste. Die Reifen drehten durch, es gab ein lautes Geräusch, Stein auf Metall, der arme Wagen.

Als Franzi mit Jana an der Hand die Treppe hinauflief, wartete Frau Schiller bereits an der geöffneten Tür. Sie verzog keine Miene.

»Wer ist das?«, fragte sie mit ruhiger Stimme.

»Meine Tochter.«

Die Gutsverwalterin war eindeutig »not amused«.

»Ein bisschen Unterstützung unter Kolleginnen würde nicht schaden«, fauchte Franzi und zog Jana am Arm hinter sich her.

»Ich kann allein laufen«, maulte Jana und riss sich los.

»Die Treppe hoch«, erklärte Franzi, ein wenig vor den Kopf gestoßen, und zeigte mit dem Finger nach oben.

Jana stampfte mit finsterem Gesicht die Treppen hinauf, Franzi blieb dicht hinter ihr.

»Frau Ruthemann ist eine sehr strenge alte Dame«, flüsterte sie, als sie vor dem Sanduhrzimmer standen.

Jana verdrehte die Augen.

»Na, prima«, murmelte sie missmutig.

Franzi öffnete die Tür. Christianes Stimme ertönte schon nach zwei Schritten, das raue Krächzen einer alten Krähe.

»Schon wieder …«

Die alte Dame wurde von einem Hustenanfall geschüttelt.

»Es tut mir sehr leid, Frau Ruthemann, meine Tochter –«

»Jetzt tu nicht so, als wenn es meine Schuld wäre«, fiel ihr Jana ins Wort.

Christiane saß an ihrem angestammten Platz am Fenster und hatte den Kopf zur Seite gedreht, um die Neuankömmlinge in Augenschein zu nehmen. Ihr Blick verhieß nichts Gutes.

»Was will das Kind hier?«, fragte sie.

Es war das erste Mal, dass sie in Franzis Gegenwart einen vollständigen Satz sagte, ohne zu husten oder sich zu räuspern.

»Ich musste sie mitbringen, weil meine Schwester vergessen hat, dass sie heute auf sie aufpassen sollte«, erklärte Franzi.

Christiane musterte Jana und kniff dabei die Augen zusammen. Jana gab sich unbeeindruckt. Sie trat zwei Schritte vor und sagte:

»Guten Tag, Frau Ruthemann.«

»Guten Tag«, erwiderte Christiane zögerlich.

»Wie geht es Ihnen?«, fragte Franzi und versuchte, zur alltäglichen Routine überzugehen.

Christiane ignorierte ihre Frage.

»Dein Name.«

Christianes Stimme war rau.

»Jana.«

»Wie alt?«

»Noch acht.«

Christiane schien zu überlegen, was das bedeutete.

»Du siehst genauso aus wie deine Mutter«, sagte sie.

Irrte sich Franzi, oder hatte es beinahe bewundernd geklungen? Sie zog langsam ihre Jacke aus und betrachtete Christiane von der Seite. Vielleicht war es gar keine so schlechte Idee gewesen, Jana mitzubringen.

»Benedikte sieht mir nicht ähnlich«, sagte Christiane jetzt, »sie ähnelt mir auch vom Wesen her nicht. Sie macht, was sie will.«

»Bene und Mama sind befreundet«, sagte Jana kurz.

Christianes Gesicht sah merkwürdig aus. Ein wenig irritiert, aber auch ratlos. Vermutlich gefiel ihr die Abkürzung Bene nicht.

»Sie kann total gut mit Pferden umgehen«, fügte Jana hinzu.

»Findest du das gut?«

Zwischendurch schien Christiane nach Worten suchen zu müssen, aber Franzi erstaunte, wie klar sie wirkte im Vergleich zu den ersten drei, vier Wochen, in denen sie hier gearbeitet hatte.

Jana nickte.

»Ich würde auch gern so gut reiten können wie sie.«

»Und?«

»Was, und?«

»Das heißt ›wie bitte‹«, zischte Franzi.

»Schon gut«, winkte Christiane mit einer ruppigen Bewegung ab.

»Gibst du dir Mühe?«, fragte Christiane.

»Beim Reiten? Klar!«

»Gut.«

Franzi beobachtete fasziniert, wie sich Christiane mit Jana unterhielt. Sie stellte ihr Fragen, erst noch etwas schleppend, dann immer flüssiger, und Jana antwortete ehrlich und unbekümmert. Dass Franzi auch noch da war, schienen sie beide völlig vergessen zu haben.

»Sie können mir schon mal ein Bad einlassen«, sagte Christiane jetzt, als hätte sie Franzis Gedanken gelesen.

Dann forderte sie Jana dazu auf, sich auf einen der Stühle am Fenster zu setzen. Franzi ging derweil ins angrenzende Badezimmer und ließ Wasser in die riesige Wanne einlaufen. Als sie in den Salon zurückkehrte, fragte Christiane gerade nach Janas Geschwistern.

»Wir sind zu dritt. Toni ist 14 Jahre alt und ein Schlaks, sagt Oma. Maria ist schon 16. Ich wäre auch gern so groß wie sie. Also, so groß wie sie, aber vor allem so alt. Mit 16 darf man schon ganz viel. Und Maria sieht total gut aus. Ich hoffe, ich bekomme so lange Beine wie sie, damit ich mir meine Hosen nicht mehr umkrempeln muss. Aber manchmal finde ich Maria auch ganz schön eklig. Sie isst kleine Gehirne«, plapperte Jana und schüttelte sich angewidert.

»Walnüsse, sie meint Walnüsse«, fügte Franzi erklärend hinzu und lächelte etwas hilflos.

Da rasselte es auf einmal in Christianes Lunge, und sie wankte in ihrem Sessel vor und zurück, als würde die Erde unter ihr beben. Und während Franzi noch in Gedanken durchging, was sie im Falle eines medizinischen Notfalls zu tun hatte, erreichte die Erkenntnis ihr eigenes kleines Walnuss-Gehirn, dass Christiane nicht im Begriff war zu ersticken.

Sie lachte.

Das ging?

Franzi konnte es kaum glauben.

»Haben Sie auch Geschwister?«, fragte Jana jetzt.

Christianes Miene verdunkelte sich.

»Ich hatte eine Art Schwester, aber die ist für mich gestorben«, antwortete Christiane mit ihrer eingerosteten Stimme.

Jana zuckte zusammen. Sie wusste inzwischen, dass ihr Hamster Charlie damals nicht ausgezogen und nach Duisburg gegangen, sondern gestorben war, und sie wusste auch, dass Opa Walter nicht wieder zurückkommen würde, weil es im Himmel einfach schöner war als auf der Erde. Dennoch machten ihr die Wörter »Tod« und »Sterben« Angst, und sie konnte noch nicht mit der Vorstellung umgehen, dass man eines Tages einfach puff und weg war. Deshalb beeilte sich Franzi, das Thema zu wechseln.

»Das Badewasser ist fast fertig, Frau Ruthemann. Jana, willst du kurz nach nebenan gehen?«

Doch Christiane schüttelte den Kopf.

»Du möchtest dir bestimmt die Pferde ansehen, nicht wahr?«

»Ja, das wäre schön.«

»Rufen Sie meinen Mann an, Frau Vanassian. Er ist in der Bibliothek. Er soll Jana herumführen.«

Franzi war erstaunt, tat aber wie ihr geheißen.

Zeichen und Wunder. Sie geschahen also doch noch.

Am späten Abend kam Judith auf ein Glas Wein vorbei. Die Kinder lagen schon im Bett und schliefen.

Hoffentlich.

Judith hatte sich mit einer dicken Decke in den Sessel

gekuschelt, und Franzi lag ausgestreckt auf der Couch und wackelte mit den Zehen. Sie trafen sich häufig zu vorgerückter Stunde, um den Tag Revue passieren zu lassen. Heute wurde Franzi das Gefühl nicht los, dass Judith etwas bedrückte.

»Stimmt was nicht?«

Judith machte dieses Wie-kommst-du-denn-darauf-es-ist-alles-in-bester-Ordnung-Gesicht.

Franzi nahm es ihr nicht ab, bohrte aber auch nicht weiter. Ihre Schwester brauchte manchmal mehrere Anläufe, wenn es darum ging, sich mitzuteilen. Also erzählte Franzi ihr im Gegenzug von ihrem Tag auf Gut Hämmerling.

»Das war wirklich unglaublich«, sagte sie und schüttelte dabei den Kopf, »das war wie ein Durchbruch, ganz ehrlich! Jana hat der Alten den Kopf verdreht. Sie war auf einmal völlig anders. Sogar ihre Stimme klang am Ende ganz sanft.«

Judith lachte und nippte an ihrem Rotwein.

»Also hat sie doch einen weichen Kern.«

»So weit würde ich nicht gleich gehen«, entgegnete Franzi, »aber sie hat tatsächlich gesagt, dass ich Jana ruhig wieder mitbringen kann.«

»Das ist doch super«, meinte Judith und machte sogleich ein betretenes Gesicht.

»Also, nicht, dass ich vorhätte, noch mal zu vergessen, dass ich auf Jana aufpassen soll.«

Schon klar, dachte Franzi grinsend und nahm einen großen Schluck. Sie fühlte sich leicht betrunken, und ihr war heiß. Judith und sie arbeiteten sich bereits durch die zweite Flasche Wein.

»Franzi?«

Aha, dachte Franzi. Jetzt kommt doch noch etwas.

»Ich hab was mit Georg Mauritz.«

Franzis Augen weiteten sich vor Überraschung.

»Ach, *du* bist das also.«

Sie war sich fast sicher gewesen, dass an Annes Befürchtungen nichts dran war.

»Und? Wie ist er so?«, wollte sie wissen und grinste breit.

Sie wusste, dass Judith nicht darauf antworten würde. Als ihre Schwester rot anlief, musste Franzi herzhaft lachen.

Wenn es irgendwann einen geeigneten Zeitpunkt zum Bomben-platzen-lassen gab, dann diesen. Deshalb zuckte Franzi die Achseln und sagte:

»Ich schlafe mit Michael.«

Judith verschluckte sich an ihrem Wein.

»Echt jetzt?«

Franzi nickte und hob ihr Glas:

»Echt jetzt. Prost, Schwesterchen!«

»Auf alte und neue Liebhaber«, fügte Judith mit rauer Stimme hinzu und ließ ihr Glas an Franzis stoßen.

*Siebzehntes Kapitel*

# »Ich bin der neue Gärtner.«

So hatte er sich ihr vorgestellt und gelächelt. Während sich seine Mundwinkel in Richtung seiner kleinen Ohren bewegten, war Franzis Kinnlade nach unten gesackt.

So einen schönen Mann hatte sie noch nie gesehen. Er hatte große Hände und welliges schwarzes Haar, zwei muskelbepackte Oberarme und ein kantiges, männliches Gesicht.

Er war der Mann aus der Cola-Light-Werbung. Oder ein Nachfahre von ihm. Ach so, ja. Eine tiefe, volle Stimme hatte er auch.

Er hatte ihr keine Frage gestellt, sondern einfach nur die Hand entgegengestreckt. Franzi hatte sie genommen (nicht gedrückt oder geschüttelt, dazu war sie nicht in der Lage) und mit trockenem Mund gesagt:

»Ich bin die Krankenschwester.«

Der Stoff, aus dem erotische Fantasien sind.

Im Nachhinein schämte sie sich für ihr Verhalten, doch Pablo hatte noch mehr gelacht. Ein strahlendes Grübchenlachen. Der alte Gärtner, Eberhard, war verstorben. Wahrscheinlich hatte er nicht genug Luft durch seinen dichten Vollbart bekommen. Und das war also sein Ersatz, Pablo, ein Argentinier. Seine zischenden s-Laute rauschten durch Franzis Eingeweide und kitzelten ihre Organe durch. Auch die, von denen sie nichts wusste.

Sie hatte seine großen Hände angestarrt.

Er wollte wissen, wo die Gartenschere lag. Sogar das klang aus seinem Mund schmutzig.

»Im Schuppen?«, mutmaßte Franzi.

»Dort habe ich schon nachgesehen.«

Natürlich, dachte Franzi und wünschte sich, dass er sie fragen würde, ob sie nicht mal zusammen nachsehen könnten.

»Keine Ahnung. Fragen Sie mal Frau Schiller, die weiß alles.«

»Du«, sagte Pablo lächelnd.

Jetzt konnte sie sein Lächeln erwidern und nicken.

»Dann muss ich die Hecken wohl mit den Zähnen stutzen«.

Die beiden »tz« klangen mit seinem Akzent nach viel Spucke, Anstrengung und Luft. Pablo drehte sich um und ging den Kiesweg hinunter. Nach ein paar Metern drehte er sich noch einmal um und sagte mit einem Augenzwinkern:

»Ich finde dich auch hübsch.«

Franzi blieb kurz die Luft weg. Als Nächstes schoss ihr die Röte mit einer Wucht ins Gesicht, die sich fast wie ein Kinnhaken anfühlte. So eine hochrote Birne hatte sie schon seit der Grundschule nicht mehr gehabt. Sie musste kichern. Pablo drehte sich nicht noch einmal um, aber Franzi war sich sicher, dass auch er immer noch grinste.

So hatte es angefangen. Ganz harmlos eigentlich. Und jetzt musste sie die ganze Zeit an ihn denken.

Sie musste auch an einen Trinkspruch von Judith denken: auf alte und neue Liebhaber. Den hatte ihre kleine Schwester neulich abends bei einem Glas Wein ausgesprochen. Es sollte nur ein kurzes Treffen werden, aber am Ende hatten sie die halbe Nacht geredet und drei Flaschen vernichtet. Gott sei Dank nicht pro Kopf.

An dem besagten Abend hatte sie Judith von ihren gelegentlichen Treffen mit Michael erzählt. Was sie ihr nicht erzählt hatte, war, dass sie sich noch viel häufiger mit Pablo traf. Sie musste ja nicht gleich mit der ganzen Wahrheit herausrücken.

Franzi balancierte auf einem Stuhl, um die Dekogirlande von Janas Kindergeburtstag abzunehmen. Sie merkte, wie ihr Kreislauf sie im Stich ließ, und schloss die Augen. Auch am Vormittag war ihr schwindelig und übel gewesen.

Erst war es das blaue Einhorn, jetzt bereitete ihr der Gedanke, dass sie schwanger sein könnte, schlaflose Nächte.

Sie stieg vom Stuhl herunter und blickte durch die Terrassentür in den Garten. Annes dicke schwarze Katze saß mitten auf dem Rasen und beobachtete Janas Hosenbeine, die unter einer der Thujen herausragten. Dabei peitschte ihr Schwanz in S-Schlangen von links nach rechts.

Franzi mochte Lebensbäume nicht, aber Micha hatte sie überredet. *Die wachsen total schnell.* Und sie daraufhin so gepflanzt, dass sie zu weit auseinanderstanden, um einen wirklichen Sichtschutz zum Nachbargrundstück zu bieten. *Aber die brauchen keinerlei Pflege, die machen das jetzt alles allein,* hatte er weiter für die hässlichen Dinger geworben.

Jetzt war Micha weg, und Franzi musste Tag für den Tag den Anblick der Bäume ertragen. Während sie sich noch überlegte, wo sich Micha seine Thujen mit ihrer Zustimmung überall hinstecken konnte, öffnete sie die Terrassentür und rief:

»Jana! Wir müssen gleich los. Machst du dich bitte fertig?«

Jana reagierte nicht. Micha hatte ihr zum Geburtstag eine Digitalkamera geschenkt. Seitdem betrachtete sie ihre Umwelt nur noch durch den Sucher. Sie hatte tatsächlich schon ein paar richtig schöne Fotos gemacht. Was sie unter dem Baum wollte, konnte sich Franzi nicht so recht vorstellen, aber Jana wirkte seit ein paar Tagen sehr unbeschwert und zufrieden. Das war die Hauptsache.

Franzi schaute auf die Uhr und verdrehte die Augen. Schon so spät?

»Jana!«

Jetzt kroch Jana langsam rückwärts. Ihre Hände waren voller Erde. Bei genauerem Hinsehen entdeckte Franzi auch mehrere Spinnweben in ihren Haaren.

»Wasch dir bitte die Hände, und hol die restlichen Tiere aus deinen Haaren, ja?«, meinte Franzi, als Jana an ihr vorbei ins Wohnzimmer ging.

»Tiere?«, fragte Jana entsetzt.

»Das war nur Spaß. Beeil dich.«

Jana kam jetzt regelmäßig mit aufs Gut. Sie hatte sich mit Herrn Ruthemann angefreundet. Die beiden spielten »Mensch ärgere Dich nicht« und unternahmen Spaziergänge, während Franzi sich um Christiane kümmerte.

Christiane sprach inzwischen wieder ganz normal, eine wirklich erstaunliche Entwicklung. Und gar nicht so unangenehm, wie Franzi befürchtet hatte, denn wann immer sie Jana mitbrachte, war ihre Arbeitgeberin lammfromm. Manchmal fragte sich Franzi, ob Bene ihrer Mutter fehlte.

Franzi wusste nicht, ob Bene ihre Eltern ab und an besuchte und ob sie schon dort gewesen war, seit Christiane wieder angefangen hatte zu sprechen. Bene erkundigte sich zwar danach, wie die Arbeit lief, doch anscheinend ging es ihr dabei mehr um Franzi als um Christiane.

Schon komisch. Franzi hatte selbst kein einfaches Verhältnis zu ihrer Mutter. Das lag vor allem daran, dass Brunhilde nie den Mund halten konnte, wenn ihr etwas nicht passte, und sich ständig in Franzis Angelegenheiten einmischte, weil sie alles besser wusste. Immer wusste sie alles besser! Das war zum An-die-Decke-gehen! Dennoch hätte sich Franzi nicht vorstellen können, längere Zeit nicht mit ihr zu sprechen oder sie nicht regelmäßig zu sehen.

Jana kam die Treppenstufen aus dem Obergeschoss auf einem Bein hinabgehüpft. Die Digitalkamera hatte sie sich an einer Schnur um den Hals gehängt. Bei jedem

Hopser schlug sie ihr fast gegen das Kinn und dann auf die Brust. Das musste weh tun.

»Du gehst nirgendwo mehr ohne hin, was?«, meinte Franzi.

Jana strahlte.

»Ich werde Fotojournalistin«, verkündete sie.

»Fotojournalistin? Ich dachte, du wolltest Busfahrerin werden.«

Jana verdrehte die Augen.

»Das war doch nur, weil Constantin damals immer mit mir im Bus zum Schwimmunterricht gefahren ist.«

»Ach so.«

Manchmal fand Franzi es beinahe unheimlich, wie ähnlich Jana ihr sah, als sie selbst noch ein kleines Mädchen gewesen war.

Am Abend zuvor hatte sie sich mit Pablo getroffen. Er wohnte in einem kleinen Apartment in der Altstadt. Er hatte für sie gekocht. Das Fenster unter der Dachschräge war vom Wasserdampf der Nudeln beschlagen. Er öffnete eine Flasche Rotwein und schenkte in zwei Gläser ein, die unterschiedlich groß waren. Franzi betrachtete die Flüssigkeit in ihrem Glas. An der Innenseite hatte sich ein öliger Film gebildet. Pablo schenkte immer wieder nach. Es dauerte keine halbe Stunde, und ihre Wangen glühten.

Sie hatte ihre Augen nicht von Pablo abwenden können. Er war ein paar Jahre jünger als sie. Einzelne weiße Haare teilten das dichte schwarze Haar wie bei einem Nadelstreifenanzug, seine Koteletten waren eher grau als schwarz. Wenn er lachte, legte sich sein gesamtes Gesicht in Falten. Pablo lachte viel, und sie war glücklich, wenn sie mit ihm zusammen war. Sie redeten über dies und das und alberten herum.

Franzi war verliebt. Aber sie wollte nicht von Pablo schwanger sein.

Sie wollte sich endlich mal wieder frei fühlen.

Neuerdings gab es ziemlich viel, was sie wollte. Sie wollte mal wieder tanzen gehen. Auf ein Konzert fahren. Wild campen. Vom Dreimeterbrett springen. Sich die Haare kurz schneiden.

Das Letzte war natürlich nur ein Witz.

Aber reisen. Ja, was sie sich am allermeisten wünschte, war, woanders zu sein. Sie wollte weg. Sich einfach in einen Zug setzen und losfahren, egal, wohin.

Franzis Gedanken wanderten ins Nichts und verharrten einen Moment dort.

Jana musste schon mehrmals versucht haben, sie anzusprechen. Sie stand vor ihr, den Kopf in den Nacken gelegt, und war umkränzt von diesen wunderschönen kastanienroten Haaren, die ganz eindeutig auf Brunhildes Konto gingen.

»Was meinst du?«, fragte Franzi abwesend.

»Du hörst mir gar nicht zu«, meinte Jana vorwurfsvoll und schob die Unterlippe vor.

»Es tut mir leid, mein Schatz, ich hab einfach den Kopf so voll«, gab Franzi entschuldigend zurück und streichelte ihrer Tochter über die sommersprossige Wange.

*Achtzehntes Kapitel*

# »Hey! Hey, ihr!«

Die beiden Fuchsstuten hoben die Köpfe und spitzten die Ohren. Jana knipste ein Foto von ihnen und von dem kleinen Rappen mit der ungleichmäßigen Stehmähne. Der Graue war nirgendwo zu sehen. Er war scheuer als die anderen und versteckte sich gern.

Jana rannte zum Stall und kletterte über die Leiter auf den Heuboden. Dort hatte sie ein Fernglas deponiert, durch das sie die Vorgänge im Haupthaus beobachten konnte. Christiane saß in ihrem Rollstuhl hinter den grünlichen Fensterscheiben und starrte ins Leere. In einem der Nebenzimmer war die Putzfrau damit beschäftigt, Staub zu wischen. Auf einem Dach unterhalb der Fenster saß ein Rabe mit weit geöffneten Flügeln und hüpfte über die Schindeln.

Gut Hämmerling war noch tausendmal besser als das Baumhaus.

Jana stieg die Leiter wieder hinunter und rannte zum Gutshaus hinüber. Durch den alten Dienstboteneingang gelangte sie in die Küche. Dort stand die Köchin, die Maria hieß wie ihre ältere Schwester, und rührte in einem der Töpfe auf dem Herd. Sie lächelte freundlich, als sie Jana sah.

»Willst du etwas essen?«

Jana schüttelte den Kopf.

»Ich darf nicht. Meine Oma hat Hühnersuppe gekocht. Sie wird sauer, wenn ich nachher keinen Hunger mehr habe.«

»Ich habe Kuchen gebacken. Du musst ja kein großes Stück essen«, schlug Maria vor.

Jana grinste.

»Hm. Na gut.«

Kuchen ging immer.

Auf dem Weg in die Bibliothek steckte sich Jana den Kuchen mit einem Happs in den Mund. Er war süß und saftig und schmeckte nach Zitrone. Der Zuckerguss klebte an ihrem Gaumen fest, und sie ließ ihn langsam schmelzen. Jana leckte sich die Finger ab und überlegte gerade, ob sie sich noch ein Stück holen sollte, da hörte sie eine Stimme in der Bibliothek und beschloss zu lauschen.

Sie schlich durch die hohe Tür und kroch auf allen vieren entlang der hohen Bücherregale zum Kamin hinüber.

Herr Ruthemann stand am Fenster und blickte auf die Koppel. Seine Haare standen wirr zu allen Seiten. Er sah aus wie ein verrückter Geigenvirtuose. Das Wort hatte ihre Schwester Maria neulich benutzt, und irgendwie gefiel es Jana.

Er war allein. Wahrscheinlich hatte er eben mit sich selbst gesprochen. Jetzt schwieg er und guckte einfach nur.

Den Durchgang neben dem Kamin hatte Jana erst vor ein paar Tagen entdeckt. Sie drückte auf den Messingknopf an der Innenseite des Kamins, und die Wand öffnete sich einen Spalt. Dabei verursachte sie kein Geräusch; Jana sah zu Herrn Ruthemann hinüber, aber der starrte weiter auf die Weide hinaus. Jana unterdrückte den Wunsch loszukichern. Der hatte keine Ahnung!

Sie quetschte sich durch den Spalt und befand sich in einem dunklen Gang. Hoch über ihrem Kopf leuchtete eine nackte Glühbirne. Jana drehte sich um und drückte vorsichtig gegen die Wand. Sie ließ sich geräuschlos an ihren ursprünglichen Platz zurückschieben.

Gut Hämmerling war eine Wundertüte.

Die Glühbirne flackerte kurz. Jana leckte an ihrem Zeigefinger. Da war noch ein Rest Zuckerguss dran.

Eine Wendeltreppe führte am Ende des Gangs ein Stockwerk höher, aber auch ein Stockwerk tiefer. Oben traf man auf eine der Wände des Sanduhrzimmers. Dort wohnte Christiane Ruthemann. Ob die wusste, dass es diesen Gang gab? Bestimmt nicht. Die konnte ja gar nicht laufen. Was sollte sie also mit einem Geheimgang anfangen, noch dazu mit einer Wendeltreppe?

Jana hüpfte die Stufen hinunter. Bei einem früheren Erkundungsgang war sie schon einmal im Untergeschoss gewesen. Weitere Glühbirnen an den Wänden sorgten für genügend Licht.

Unten lag ein kreisrunder roter Teppich, dicht geknüpft und schwer. Dort konnte man eine Weile stehen und sich überlegen, ob man in den linken oder rechten Raum gehen wollte. Oder vielleicht doch durch die Tür geradeaus in den langgezogenen Raum mit dem gewaltigen Kronleuchter an der Decke.

Jana entschied sich für Letzteres.

Sie hatte den Raum mit dem Kronleuchter Schatzkammer getauft. Irgendwie beschlich sie immer das Gefühl, dass er eine besondere Bedeutung hatte. Er war trocken, obwohl es kein Fenster gab. Wie auch? Schließlich befand er sich im Keller.

Wie viele Meter Jana wohl unter der Erde war?

Statt eines Fensters gab es ein Ventilationssystem. Jana konnte hören, wie die Luft durch zwei breite Lamellen im Gemäuer pfiff. Die Schatzkammer war so eine Art Bunker. Oma hatte mal etwas von Schutzbunkern erzählt, in denen man sich im Zweiten Weltkrieg verkriechen musste. Vielleicht stammte die Schatzkammer noch aus dieser Zeit?

Zu gern hätte Jana mit jemandem über den Geheimgang gesprochen, aber dann wäre er ja nicht mehr geheim gewesen. Blöd.

Sie ließ ihren Blick durch den Raum wandern. Auf zwei Metallregalen entlang der Längsseiten standen ein paar Kisten aus Metall, die sie leider nicht öffnen konnte. Sie waren durch schwere Schlösser mit Zahlenkombinationen gesichert. Da war bestimmt Geld drin. Und Schmuck.

Sie schritt an den Regalen vorüber auf die hintere Seite des Raums zu.

Da war es.

Es hing an der Wand zu ihrer Rechten, groß und düster. Als sie es zum ersten Mal gesehen hatte, hatte sie sich fürchterlich erschreckt. Aber schließlich hatte sie es genauer betrachtet und war so gefesselt gewesen, dass sie sich auf den kalten Boden vor dem Bild gesetzt hatte. Sie hatte versucht, sich jede Einzelheit einzuprägen, aber es gelang ihr nicht so richtig. Wie viele Bäume ragten noch mal in der Mitte in die Höhe? Leuchtete der Ruderer oder die Figur vor ihm? Waren da wirklich Paddel? Immer vergaß sie etwas.

Aber jetzt würde ihr das nicht mehr passieren. Jana zog die Digitalkamera aus ihrer Jackentasche.

Nach einer halben Stunde krabbelte sie durch einen weiteren Geheimgang ins Freie. Sie stand unter dem Küchenfenster und blickte auf die alte Scheune. Die Fuchsstute mit den vier weißen Kniestrümpfen stand nur wenige Meter von ihr entfernt. Sie machte sich nicht einmal die Mühe, den Kopf zu heben.

Mitten auf der Weide drängten sich drei Kastanienbäume dicht beieinander. Sie hielten sich aneinander fest wie unzertrennliche Freunde: Ihre Äste griffen in die Baumkronen der Nachbarn. Jana rannte flink zu ihnen hinüber. An dem Baum ganz links waren Holzleisten in die Rinde genagelt worden. Die zweite von unten bewegte sich, wenn man den Fuß draufsetzte, die anderen waren aber fest. Oben gab es zwar kein so tolles Baumhaus wie auf dem Gelände der Jutespinnerei, doch immerhin konnte Jana in einer Astgabel sitzen und die Beine zu beiden Seiten hinabbaumeln lassen. Wahrscheinlich hatten hier schon Generationen von Kindern vor ihr gespielt und sich in den Baumkronen vor den Erwachsenen versteckt.

Als Jana oben in den Ästen saß, musste sie grinsen. Sie machte noch ein Foto von dem Gebäude.

Gut Hämmerling war besser als jeder Abenteuerspielplatz.

Und sogar besser als die Jutespinnerei.

*Neunzehntes Kapitel*

# Die alte Jutespinnerei stammte aus dem 19. Jahrhundert.

Sie befand sich an einer stark befahrenen Straße in einem der weniger attraktiven Teile von Beuel. Hier begann das Industriegebiet.

Auf dem Fabrikgelände reihten sich mehrere Ziegelsteingebäude mit schmucklosen Fassaden, hohen Fenstern und modernen Außentreppen und Vordächern aus Metall aneinander, Industrieromantik pur. Inzwischen gehörte der Gebäudekomplex der Stadt und barg eine Theaterbühne.

Joschi schüttelte den Kopf, während er so tat, als würde er den Lieferschein durchgehen, den ihm der Lkw-Fahrer mit dem rosa Halstuch gerade in die Hand gedrückt hatte.

»Sieht gut aus, Chef«, sagte er, obwohl er im Nachhinein nicht einen Gegenstand auf der Liste hätte nennen können.

Er war heute überhaupt nicht bei der Sache.

Johannes »Joschi« Krüger arbeitete schon seit ein paar Jahren hinter den Kulissen. Ursprünglich wollte er Bühnenbildner werden. Erst hatte er ein Praktikum an einer kleinen Bühne in Karlsruhe gemacht, anschließend eine Ausbildung an einem größeren Theater. Als er danach immer noch keine feste Stelle gefunden hatte, kam das nächste Praktikum. Und noch eines. Schließlich hatte Herr Weiher Mitleid mit Joschi gehabt, der während seines x-ten Praktikums in der Schauspielhalle Beuel zusehends dünner und deprimierter geworden war, und ihm einen Job angeboten. Einen richtigen Job. Mit Kreativität hatte der allerdings wenig zu tun.

Joschi wurde Mädchen für alles. Aber wenigstens hatte er so ein paar Stunden pro Tag etwas zu tun und ein geregeltes Einkommen. Dafür, dass das Geld trotzdem vorne und hinten nicht reichte, konnte Herr Weiher nichts.

Joschi hatte nämlich ein teures Hobby, von dem Herr Weiher nichts wusste. Also, zumindest nicht von Joschi selbst. Das war auch besser so.

Joschi kiffte. Für sein Leben gern.

Er kiffte schon, solange er denken konnte.

Das stimmte natürlich nicht. Es war vermutlich eher so, dass er aufgehört hatte zu denken, als er angefangen hatte zu kiffen. Aber genau darum ging es schließlich. Ums Nicht-Denken.

Irgendwann hatte Joschi Torben kennengelernt. So ein bescheuerter Name. Aber Torben kannte ein paar einflussreiche Leute, so hatte er sich ausgedrückt, die größere Mengen Gras besaßen, die unter die Leute gebracht werden mussten. Ob Joschi Interesse hätte.

Am Gras? Immer!

Nein, du Idiot. Am Verticken.

Ach so. Weiß nich.

Dann überleg ma.

Da Überlegen nicht eben Joschis Stärke war, hatte er nicht lang gefackelt und ja gesagt. So war Joschi Dealer geworden. Irgendwie fühlte er sich sogar edel dabei. Er brachte Freude unter die Menschen.

Das war eine ganze Zeit ziemlich gut gelaufen. Joschi hatte sich einen treuen Kundenstamm aufgebaut und eine ganze Menge neuer Leute kennengelernt. Er wurde auf Partys eingeladen und fand sich dort oft in Gesellschaft von Frauen wieder, die ihn früher keines Blickes gewürdigt hätten. Das war großartig. Über zwei Ecken gehörte sogar ein junger Streifenpolizist zu seiner Klientel! Das hatten ihm die zwei Ecken neulich gesteckt. Darauf war Joschi besonders stolz.

Weil er ein netter Kerl war und in seinen klaren Momenten durchaus sozial veranlagt, hatte er mit Hilfe verschiedener Geschenke in Form von frisch befüllten Plastiktütchen dafür gesorgt, dass ihm viele loyale Abnehmer noch den einen oder anderen Gefallen schuldeten. Deshalb hatte Joschi jetzt zum Beispiel einen neuen Parkettboden in seiner Wohnung. Und deshalb war Joschi in der angenehmen Situation, sich keine großen Sorgen machen zu müssen. Das Geschäft war zum Selbstläufer geworden.

Quasi.

Unlängst hatte es allerdings einen unangenehmen Zwischenfall gegeben. Drei Tüten Gras waren aus dem Käfer verschwunden. Spurlos. Wie vom Erdboden verschluckt. Torben war schier ausgeflippt, hatte geschimpft und getobt.

»Wieso habe ich mich nur von dir bequatschen lassen, dass das Zeug da sicher ist?«

Joschi zuckte ratlos mit den Schultern.

Ich weiß doch auch nicht, Chef. Nee! Nee, nee. Ich war's nicht. Kannst gern in meiner Wohnung nachgucken.

Schlimm war, dass es stimmte. Joschi hatte die drei Tüten Gras wirklich nicht entwendet. Und das bedeutete, dass jemand das Versteck enttarnt hatte. Dabei war es doch so ideal! Allen fiel der verrostete Käfer auf dem Gelände auf. Guck ma, 'n Original-Käfer! Ooooh, ist der schön! Jeder guckte hin, aber mehr auch nicht. Joschi hatte in all der Zeit, die er jetzt schon in der Schauspielhalle arbeitete, noch nie jemanden an dem Wagen gesehen. Er gehörte zum Inventar, ein Stück Kulisse, das alle nur aus der Entfernung cool fanden. Er war so auffällig, dass er schon wieder unauffällig war.

Wenn man direkt neben dem Auto stand, konnte man vielleicht schon riechen, was sich darin befand. Also. Eigentlich wurde man schon vom Schnuppern high. Aber wie gesagt: Der Einzige, der sich überhaupt je an dem Wagen zu schaffen gemacht hatte, war Joschi.

Bis vor kurzem auf jeden Fall.

»Wir müssen uns ein neues Versteck für den Rest suchen«, hatte Torben gemeckert, »jetzt. Hast du mich verstanden, Joschi?«

Er hatte einen Schritt auf Joschi zugemacht, und Joschi war instinktiv zurückgewichen. Dabei schlug er sich ordentlich den Kopf an der Wand an. Er rechnete immer damit, dass Torben ihm eine reinhauen könnte. Das hätte ihm nicht unähnlich gesehen. Joschi redete und dachte nur ungern schlecht über seine Mitmenschen, solange sie ihn in Frieden rauchen ließen, aber Torben hatte, realistisch betrachtet, einen echt fiesen Charakter.

»Ich glaube, es wäre falsch, jetzt ein neues Versteck zu suchen. Der Dieb kommt bestimmt wieder. Und dann können wir ihn auf frischer Tat ertappen.«

»Wir?«, tobte Torben, »Denkst du etwa, das ist *mein* Problem?«

Joschi rieb sich den Hinterkopf.

»Nee«, antwortete er kleinlaut.

Das hieß wohl, dass er den Käfer rund um die Uhr bewachen musste. Und was, wenn der Dieb groß und stark war? Joschi war kein richtiger Angsthase, aber er war auch kein Held. Und Muskeln sahen anders aus.

»Finde heraus, wo das Zeug ist!«, motzte Torben und streckte Joschi einen drohenden Zeigefinger entgegen.

»Is ja gut«, sagte er.

Sein Mund war trocken.

Er steckte ziemlich tief in der Tinte.

## *Zwanzigstes Kapitel*

# »Sehr gut« stand da, kommentarlos.

Toni betrachtete die Note am Ende seiner Mathearbeit. Seine Augen scannten das hellgrau karierte Papier. Er hatte nicht einen Fehler gemacht. Die einzige Stelle, an der etwas mit Rot geschrieben stand, befand sich ganz unten, am Ende der vierten Seite. Sehr gut. Null Fehler.

Gar nicht schlecht für einen, der sich regelmäßig die Birne zukifft, dachte Toni.

Dabei fiel ihm ein, dass Werner ihm schon länger nichts mehr mitgebracht hatte.

Er klappte das Heft zu. Eine Krähe hockte auf der Bank und sah ihn erwartungsvoll an, beinahe ungeduldig. So als hätte sie ihm eine Frage gestellt und fände es unhöflich, dass er noch nicht geantwortet hatte.

Seine Mitschüler waren bereits mit ihren Rädern nach Hause gefahren. Sie hatten sich von ihm verabschiedet, gewinkt und »bis morgen« gerufen, aber Toni hatte nur abwesend »Tschüs« gemurmelt. Jetzt war er ganz allein auf dem Hof. Wenn man mal von der Krähe absah.

Heute hatte er sich in der Schule nicht konzentrieren können. Seit gestern Abend beschäftigten ihn zwei Dinge, und sein Gehirn lief auf Hochtouren. Zum einen hatte Mama ihn schon wieder gefragt, ob er wirklich nicht kiffte.

Oma hatte ihr diesen Floh wohl ins Ohr gesetzt. Du kannst es mir ruhig sagen, ich verspreche dir, dass ich nicht ausflippe, hatte Mama gesagt. Er glaubte ihr sogar, aber er wollte nicht, dass sie sich Sorgen machte. Oder, noch schlimmer, es ihm verbat. Er musste wirklich höllisch aufpassen, dass sie ihn nicht doch irgendwann erwischte. Der ganze Raumduft und das viele Lüften reichten auf Dauer wahrscheinlich nicht aus.

Dass Mama ihn aufs Kiffen angesprochen hatte, brachte ihn so aus dem Konzept, dass er darüber vergaß, dass er mit *ihr* hatte reden wollen: Toni hatte Papa in der Stadt gesehen, als er mit Eli unterwegs war.

Eli hatte Papa zuerst erkannt.

»Ist das nicht dein Dad?«, fragte er.

Toni folgte seinem Blick. Ja, das war Papa. Aber wer war die Frau?

Papa lief auf dem Bürgersteig auf der anderen Straßenseite, ein paar Meter vor ihnen. Er hielt eine schlanke Frau im Arm und lachte. Sie strich sich die langen schwarzen Locken aus dem Gesicht. Toni war sich sicher, dass er sie schon mal irgendwo gesehen hatte. Aber wo?

»Wer ist denn die Alte?«, wollte Eli wissen.

Toni schüttelte den Kopf.

»Ich weiß nicht.«

»Wusstest du, dass er 'ne Neue hat?«

Toni schüttelte erneut den Kopf.

»Oh. Und deine Mom?«

»Wenn ja, hat sie es uns nicht erzählt.«

Papa und die Frau blieben an einer Fußgängerampel

stehen und unterhielten sich. Einen kurzen Moment überlegte Toni, ob er einfach herübergehen und hallo sagen sollte. Aber wenn Papa gewollt hätte, dass Toni etwas von seiner neuen Freundin wusste, hätte er ihm sicherlich von ihr erzählt. Deshalb entschied sich Toni dagegen.

Später, auf der Rückfahrt im Bus, fiel ihm wieder ein, woher er die Frau kannte. Sie war die Besitzerin von dem Reitstall, in dem Jana Unterricht nahm. Er war einmal zu einem Kinderturnier mitgefahren, weil seine kleine Schwester ihm keine Ruhe gelassen hatte und unbedingt Publikum haben wollte.

Mama kannte diese Frau. Ganz gut sogar. Sie arbeitete für ihre Eltern.

Toni wollte es Mama erzählen, als er nach Hause kam, aber dann hatte sie ihn mit ihrer Frage nach dem Kiffen konfrontiert. Er musste einen anderen Zeitpunkt finden, es ihr zu erzählen.

Oder sollte er es doch lieber für sich behalten? Vielleicht würde es sie traurig machen.

Er wusste nicht, was er tun sollte, und er wusste nicht, mit wem er darüber reden konnte.

Vielleicht mit Tante Judith?

Der Mülleimer zu Tonis Linken stank übel vor sich hin. Sein Fahrrad lehnte auf der anderen Seite an der Sitzfläche der Bank. Toni streckte die Hand nach der Fahrradklingel aus und drückte den Hebel zur Seite. Das Geräusch, das dabei entstand, erschien ihm ungewöhnlich laut. Die Krähe flog davon.

Toni raffte sich auf, stieg auf das Rad und verließ das

Schulgelände. Er bog auf die Siegburger Straße, pfiff vor sich hin und trat ordentlich in die Pedale. Als er links abbiegen wollte, sah er ihn:

Werner.

Der Hund sprang gerade über einen Gartenzaun, mit gespitzten Ohren und wehender Zunge. Toni hielt an. Ein Stück entfernt hörte er ein lautes Krachen.

Werner brach durchs Unterholz.

Toni überlegte nicht lange. Er nahm die Verfolgung auf und versuchte, Werners braungoldenes Fell durch die noch immer recht dicht belaubten Bäume, Hecken und Sträucher zu erspähen. Toni war abgestiegen und benutzte sein Rad nun wie einen Roller, stieß sich mit einem Fuß ab und ließ das Rad ausrollen, bevor er wieder neuen Schwung holte.

Werner war nirgends zu sehen.

Doch plötzlich, etwa hundert Meter weiter, hüpfte das Tier von einem Privatgrundstück auf den Bürgersteig, guckte nach rechts und links wie ein Fußgänger und wechselte eilig die Straßenseite.

Toni fuhr ihm unauffällig hinterher. Er wollte wissen, wohin Werner ging, wenn er allein unterwegs war.

Der Hund trabte entspannt über den Gehweg, blieb ein paarmal stehen, um zu schnüffeln, und pinkelte gegen die Felge eines geparkten Autos. Er war jetzt etwa auf Höhe der alten Jutespinnerei, einem großen Betriebsgelände mit vielen Gebäuden, Büros und versteckten Winkeln. Dort herrschte ein ständiges Kommen und Gehen, bei dem man leicht den Überblick verlor. Vermutlich wusste niemand so genau, wer das Recht hatte, hier zu sein, und wer nicht. Nicht mal ein herrenloser Hund fiel an so einem Ort sonderlich auf, überlegte Toni.

Plötzlich war Werner wieder weg.

Scheiße.

Schnell stellte Toni sein Fahrrad ab und versuchte, die Stelle zu finden, an der Werner verschwunden war. Irgendwo musste er ja sein. Ein Hund konnte sich nicht einfach in Luft auflösen!

Toni rannte zur Vorderseite des Geländes und nahm den Haupteingang.

Alles war ruhig. Die meisten Leute machten wahrscheinlich gerade Mittagspause. Toni lief schnell weiter und schlug instinktiv den Weg zur Lagerhalle ein. Als er dort ankam, erspähte er Werner. Der Schäferhund stand neben einem alten VW-Käfer mit platten Reifen und hatte etwas im Maul.

War das das Gras?

»Werner«, rief Toni.

Werner spitzte die Ohren und schaute in Tonis Richtung. Toni war sich sicher, dass das Tier ihn erkannt hatte, dennoch beschloss Werner, nicht zu hören, machte kehrt und sprang ins Gebüsch.

So was!

Toni lief, so schnell er konnte, zurück zu seinem Fahrrad. Als er sich auf den Sattel geschwungen hatte, sah er, wie Werner ein Stück weiter die Straße hinauflief. Wie hatte er sich so einen Vorsprung erarbeiten können? Toni trat in die Pedale.

Vor der nächsten großen Kreuzung hechtete Werner plötzlich in einen Garten hinein. Als Toni den Garten erreichte, war Werner schon nicht mehr zu sehen, aber Toni blieb hartnäckig.

Er strampelte weiter. Er kannte die Straße. Hier wohnten ein paar Schulfreunde. Und Roman, ein heimlicher Verehrer von Maria. Der, der nicht Auto fahren konnte.

Toni fuhr gerade an Romans Haus vorbei, da drückte er auch schon abrupt die Hebel der Handbremsen zusammen. Und traute seinen Augen kaum.

Er blickte die Auffahrt zu dem freistehenden Haus hinauf. Dort saß Werner wedelnd auf der Fußmatte und nahm ein gerolltes Stück Fleischwurst von einer Hand entgegen. Den Besitzer der Hand konnte Toni nicht sehen. Die Hand tätschelte Werner den Kopf und gab ihm noch etwas zu fressen.

Plötzlich war die Hand weg.

Das Paket in Werners Maul auch.

Werner saß noch einen Moment unschlüssig auf der Fußmatte und schien von noch mehr Leckerbissen zu träumen. Er begann zu winseln. Keine Reaktion. Nach einer Minute sah er offenbar ein, dass es das für heute gewesen war, und trollte sich. Von Toni nahm er keinerlei Notiz.

Toni starrte ihm ungläubig hinterher.

Das gibt's doch nicht, dachte er. Werner hatte einen anderen Abnehmer gefunden!

So ein Verräter!

Kopfschüttelnd wendete Toni sein Rad und machte sich auf den Weg nach Hause.

*Einundzwanzigstes Kapitel*

# Das Haus war leer.

Franzi saß in der Küche und starrte vor sich hin. Mama hatte Jana vor einer halben Stunde abgeholt, um mit ihr in irgendeine Ausstellung im Kunstmuseum speziell für Kinder zu gehen. Toni war bei Eli (das hatte er gesagt, aber das musste natürlich nicht stimmen). Maria hatte ihr im Vorübergehen vom Flur aus eine Kusshand zugeworfen, den Geigenkoffer in der Hand. Sie nahm seit vielen Jahren Unterricht, aber erst seit kurzem schauderte es einen nicht mehr beim Zuhören.

Es roch nach Werner, aber der Hund war nirgends zu sehen. Franzi warf einen verstohlenen Blick über die Schulter. Das Haus war wirklich leer. Jetzt durfte sie.

Franzi heulte Rotz und Wasser, eine gefühlte Ewigkeit.

Manchmal hatte sie diese Momente, in denen ihr Micha so furchtbar fehlte, dass es ihr beinahe das Herz herausriss. Das geschah ganz unabhängig davon, dass sie sich in Pablo verliebt hatte.

So gern sie Micha auch aus ihrem Kopf verbannt hätte, er ließ sich einfach nicht ausblenden. Es war zum Verrücktwerden. Er war immer da. Sie musste nur Toni ansehen.

Es kam ihr falsch vor, all die Dinge, die sie früher an

Micha geliebt hatte, jetzt in ihrem Kopf umkehren zu müssen, damit ihr die Erinnerung nicht mehr weh tat.

Aus seinem Stolz machte sie Arroganz und Überheblichkeit.

Aus seinem Selbstbewusstsein Egoismus.

Aus seiner Geradlinigkeit Anmaßung.

Doch bei seiner Sinnlichkeit geriet sie ins Stocken. Die fehlte ihr ganz besonders.

Franzi schluchzte laut auf und riss sofort den Kopf herum, um sich zu vergewissern, dass sie immer noch allein war. Sie wollte nicht, dass ihre Kinder sie so sahen. Oder ihre Mutter. Sie musste stark sein.

Franzi ging in ihrem Kopf die Liste mit Michas negativen Eigenschaften durch.

Der Mann, der sich nicht entschuldigen konnte.

Der Mann, der nachtragend war.

Der Mann, der ihr bei all seiner Emotionalität und Empfindsamkeit die gemeinsten Dinge an den Kopf geworfen hatte.

Das half, dachte Franzi. So kann es funktionieren.

Aber es fiel ihr schwer loszulassen. Nicht nur wegen der Kinder. Sie hatten mehr als die Hälfte ihres Lebens miteinander verbracht, und fast jede Erinnerung, die Franzi spontan in den Sinn kam, hatte etwas mit ihm zu tun.

Wie bekomm ich den bloß weg, fragte sich Franzi.

Und: Will ich das überhaupt?

## *Zweiundzwanzigstes Kapitel*

# Judith sah auf ihre Armbanduhr.

Dazu musste sie den schwarzen Lederhandschuh nach unten schieben.

Die Handschuhe hatte sie angezogen, um keine Fingerabdrücke zu hinterlassen.

Judith stand hinter dem zweigeschossigen, mintgrün gestrichenen Häuschen, in dem sie und Franzi aufgewachsen waren. Nach Papa Walters Tod hatte ihre Mutter mit dem Gedanken gespielt, das Haus zu verkaufen und in eine Mietwohnung zu ziehen, sich zuletzt jedoch dagegen entschieden. Es war Papas Idee gewesen, ein Haus zu kaufen, und er hatte sich allein um die Finanzierung und Planung gekümmert.

Der Garten war von alten Tannen umgeben und den Blicken der unliebsamen Nachbarn vollständig entzogen. Natürlich hatte ihre streitbare Mutter kein gutes Verhältnis zu ihnen. Heute war das erste Mal, dass Judith davon profitierte.

Sie hatte sich schwarz gekleidet und viel zu spät darüber nachgedacht, dass das nicht sehr sinnvoll war. Tagsüber fiel eine beerdigungsmäßig schwarzgekleidete Frau wahrscheinlich mehr auf als jemand in stinknormaler Straßenkleidung.

Nun ja. Daran war jetzt nichts mehr zu ändern.

Langsam schlich sie die Hintertreppe hinauf, die zur Küche führte. Auf dem letzten Treppenabsatz hob sie den Blumentopf mit den vertrockneten Margeriten hoch. Seit sie denken konnte, lag dort der Ersatzschlüssel. Als Judith die Küchentür aufschloss, dachte sie: Immerhin ist es kein gewaltsamer Einbruch. Sondern einfach nur ein besonders hinterhältiger.

Ihr war nicht ganz wohl bei der Sache. Gleichzeitig wusste sie, dass sie nicht zur Ruhe kommen würde, bevor sie die Wahrheit kannte. Sie musste wissen, was ihre Mutter ihr und ihrer Schwester jahrelang vorenthalten hatte.

Sie machte einen zu niedrigen Schritt über die Schwelle und stolperte in die Küche. Sie trug Schuhe mit Absätzen, noch so ein Anfängerfehler. Aber ihre Sportschuhe waren ihr einfach zu neonpink für einen Einbruch erschienen.

Genaugenommen war es doch ein ganz gutes Zeichen, dass sie sich so dumm anstellte. Ihre kriminelle Energie war gleich null.

Behutsam drückte Judith die Küchentür hinter sich wieder ins Schloss. Sie wusste von Franzi, dass ihre Mutter unterwegs war. Sie kümmerte sich heute um Jana.

Judith betrachtete die altmodische Sitzbank mit dem dunkel gemusterten Bezug an der Rückenlehne. Natürlich kannte sie das Motiv »Jäger mit Hund« noch. Judith hatte als Kind immer versucht, sich beim Essen so anzulehnen, dass man nur noch den Hund sah, denn sie mochte den Jäger nicht. Jäger erschossen Tiere, und das war gemein. Ihr Vater hatte darüber gelacht.

Auf dem Tisch aus hellem Holz stand eine Schüssel mit Obst. Judith überlegte, ob es sehr dreist wäre, sich einen Apfel zu nehmen.

Ja.

Langsam ging sie durch den Flur zur Treppe, die ins Obergeschoss führte. Das Zimmer gleich neben dem Treppenabsatz war einmal ihres gewesen. Ihre Mutter nutzte es nun als Ankleidezimmer. Und das, obwohl sie kaum Kleidung und Schuhe besaß. Das Zimmer daneben war Franzis Zimmer. Dort standen jetzt Brunhildes Nähmaschine auf einem massiven Tisch aus Eichenholz unterm Fenster und das Trimm-dich-Fahrrad.

Ihre Mutter. Ein Trimm-dich-Fahrrad.

Schräg.

Zwischen Franzis Zimmer und dem Schlafzimmer ihrer Eltern befand sich das Bad. Ein süßlicher Geruch hing in der Luft. Ihre Mutter hatte eine Vorliebe für WC-Steine, die nach Apfel oder Zitrone rochen. Davon war Judith schon als Kind immer speiübel geworden.

Judith erreichte die letzte Tür und stieß sie vorsichtig auf. Falls sie ihre Mutter wider Erwarten schlafend im Bett vorfinden würde, wäre wahrscheinlich erst Judith, dann Brunhilde an einem Herzinfarkt gestorben. Aber das Schlafzimmer war leer. Tatsächlich sah der große Raum, in dem sich Brunhilde und Walter Albrecht viele Jahre ein Doppelbett geteilt hatten, wie ein Hotelzimmer aus. Nichts lag herum, nicht mal ein Buch auf dem Nachttisch, und die weiße Tagesdecke auf dem Bett war glattgestrichen, als wäre das Zimmermädchen erst vor wenigen Minuten gegangen.

Durch die dünnen weißen Vorhänge kam genügend Tageslicht, um das Bett einen blassen Schatten werfen zu lassen. Gegenüber dem Fußende stand der Schrank aus Kiefernholz, ein Brautgeschenk von Judiths Großmutter väterlicherseits. Sie war so streng gewesen, dass sie vom vielen finsteren Gucken tiefe Mundwinkelfalten bekommen hatte.

Judiths behandschuhte Hand lag unschlüssig auf der Türklinke. Wo würde jemand wie ihre Mutter einen Hinweis auf einen anderen Mann verstecken? Judith knabberte angestrengt auf ihrer Unterlippe herum. Sie hatte keine Ahnung.

Ohne recht zu wissen, was sie da eigentlich tat, stellte sie sich vor die Wäschekommode und zog der Reihe nach alle Schubladen auf. Baumwollunterwäsche. Spitzen-BHs.

Wie bitte?

Vorsichtig zog Judith ein feines Seidennegligé aus der mittleren Schublade. Während sie es mit einer Mischung aus Unglauben und Staunen hochhielt, hatte Judith eine bestürzende Erkenntnis. Dass sie nicht wirklich wusste, wer ihre Mutter war, war nicht neu für sie. Aber das Gefühl, dass es ihr etwas ausmachte, wenn sie ehrlich zu sich war, das schon. Sie legte das feine Stück Stoff sorgfältig gefaltet zurück in die Schublade und ging zum Kleiderschrank hinüber.

Im obersten Fach wurde sie schließlich fündig.

Sie hob den braunen Schuhkarton über ihren Kopf und setzte sich damit neben dem Bett auf den Teppichboden, auf dem sie früher mit ihren Puppen gespielt hatte.

Der Deckel rutschte sofort zur Seite, so drückten die Berge loser alter Fotos dagegen. Sie mochte den Geruch nach altem Papier. Schon während des Studiums hatte sie es geliebt, alte Bücher und Folianten durchzublättern.

Sie ließ mehrere Fotos durch ihre Finger gleiten. Fasziniert blieb sie schließlich an einer Aufnahme hängen, auf der ihre Mutter in einem schmalen, knielangen Kleid mit leuchtend roten Haaren in die Kamera strahlte, Arm in Arm mit einem schlanken, hochgewachsenen Mann mit dichtem braunen Haar. Er trug ein weißes Hemd, dessen Kragen aufgeknöpft war, und schmale Hosenträger. Seine Zähne waren weiß wie das Hemd, aber ihm fehlte oben ein Zahn. Er sah nett aus.

Ein schönes Paar, dachte Judith, aber definitiv nicht ihre Eltern.

Franzis Eltern. Vielleicht.

Hinter den beiden war ein Gebäude zu sehen, über dessen Eingangstür ein Schild mit der Aufschrift »Schatztruhe« prangte. Eine Kneipe. Vielleicht waren die beiden da immer hingegangen.

Judith drehte das Foto um. »Hannes« stand da, in der runden, schlecht lesbaren Schrift ihrer Mutter. Sie legte das Bild zur Seite und nahm sich den nächsten Stapel aus dem Karton vor. Lange Zeit betrachtete sie ein Foto, das ein nichtssagendes Mietshaus an einer breiten Straße zeigte. Es war an einem grauen Tag aufgenommen worden, die Farben wirkten stumpf. Aber auf der Rückseite stand in Großbuchstaben ZUHAUSE. Und darunter hatte ihre Mutter eine Adresse notiert.

Das war wie ein Geschenk, dachte Judith. Das ersparte ihr eine Menge Arbeit. Sie legte das Foto auf die Aufnahme von Hannes mit der Zahnlücke.

Als sie ein Bild von Brunhildes Zwillingsschwester Adelheid fand, musste sie lächeln. Die beiden waren auf dem Bild vielleicht zehn oder elf Jahre alt und hielten sich an den Händen. Sie sahen sich auf den ersten Blick nicht besonders ähnlich, aber wenn man genauer hinsah, entdeckte man immer mehr Gemeinsamkeiten. Die Form der Zähne oder auch das Lachen. Und dann die Art zu stehen – die Fußspitzen beider Mädchen wiesen leicht nach innen.

Ihre Mutter Brunhilde hatte nicht sehr oft von ihrer Schwester erzählt, und ihre Antwort auf die Frage, warum sie keinen Kontakt zueinander hätten, fiel stets knapp aus: Die Adelheid ist immer schon ihren eigenen Weg gegangen. Wir sind sehr unterschiedlich.

Für Judith war Brunhildes Gleichgültigkeit nicht nachvollziehbar. Sie selbst konnte sich ein Leben ohne Franzi nicht vorstellen.

Sie legte das Foto von Brunhilde und Adelheid ebenfalls zur Seite. Kurze Zeit später entdeckte sie Bilder von einem anderen jungen Mann. Er war sehr attraktiv. Er hatte noch viel dunklere Haare als Hannes, ein Lausbubenlachen und feine Grübchen in den Wangen. Seine Augen sahen beinahe schwarz aus. Judith drehte sämtliche Fotos um, auf denen der Mann zu sehen war. Hin und wieder stand auf der Rückseite der Name »Heinz« geschrieben, manchmal in Verbindung mit einem Datum.

Ihre Mutter und Heinz hatten Ausflüge unternommen. Sie waren zusammen Fahrrad gefahren und hatten mehr als einmal auf einer Decke am Ufer eines Sees gesessen und gepicknickt, darauf ließen die unterschiedlichen Outfits schließen, die sie trugen.

Auf allen Bildern strahlte Brunhilde mit der Sonnenbrille auf der Nase in die Kamera. Judith musste ihre Augen nicht sehen, um zu wissen, wie glücklich ihre Mutter gewesen war, als diese Aufnahmen gemacht wurden.

Judith hatte plötzlich einen riesigen Kloß im Hals.

Das war Franzis Vater. Sie war sich ganz sicher.

Sie studierte sein Gesicht. Dann hob sie einen großen Stapel Fotos aus dem Schuhkarton und stellte ihn neben sich, um den unteren Teil der Sammlung inspizieren zu können. Tief unten in der Kiste fand sie einen Zeitungsartikel. Sie überflog die Zeilen und las den Artikel noch einmal gründlich durch. Er handelte von einer mysteriösen Einbruchsserie in Berlin. Ein Einbrecherpaar (die Polizei war überzeugt davon, dass es sich um mindestens zwei Personen handeln musste) machte die Stadt unsicher. Man ging verschiedenen Hinweisen nach, es fehlte jedoch eine konkrete Spur. Insgesamt neun Einbrüche wurden dem Paar zugeschrieben, das der Autor des Artikels als ausgesprochen professionell und schlau beschrieb. Am Ende des Artikels stand: Nicht vergessen! Fenster zu und immer gut abschließen!

Die Formulierung amüsierte Judith.

Warum ihre Mutter diesen Artikel wohl aufbewahrt hatte?

Ihr Blick fiel auf einen alten Reisepass. Brunhilde hatte ihn in durchsichtige Folie eingeschlagen. Judiths Finger strichen vorsichtig über die Oberfläche. Über dem »i« aus dem Wort Reisepass befand sich eine winzige Luftblase. Judith versuchte, sie mit dem Zeigefingernagel glattzustreichen. Es ging nicht.

Sie öffnete den Pass. Noch ein Bild von ihrer Mutter. Rote Haare, so schöne Haare. Ein selbstbewusstes, zufriedenes Lächeln. Judiths Augen stolperten über den Namen. Brunhilde Gärtner.

Gärtner? Ihre Mutter hieß doch mit Mädchennamen Schmitz.

Auch das Geburtsdatum war falsch. Ihre Mutter hatte im Mai Geburtstag, nicht am 11. November.

Auf einmal machte es Klick irgendwo in ihrem Hirn. Sie ließ ihre Hand langsam sinken. Sie konnte nicht glauben, was sie da gerade entdeckt hatte. Ihre Mutter war nicht die, für die sie sich ausgab! Viel weiter kam Judith nicht, denn plötzlich hörte sie, wie sich unten im Erdgeschoss der Schlüssel im Schloss drehte. Sie erstarrte und bekam eine Gänsehaut am ganzen Körper.

Ihre Mutter war wieder zu Hause.

Judith nahm rasch den Zeitungsartikel, den Pass und die aussortierten Fotos und ließ sie in ihre Jackentasche gleiten. Darauf hob sie die restlichen Bilder, Briefe und Erinnerungsstücke wieder in den Karton und verschloss ihn so leise wie möglich mit dem Deckel. Sie richtete sich in Zeitlupentempo auf. Ihr linkes Bein war eingeschlafen und kribbelte wie verrückt.

Von unten vernahm sie Schritte, die sich vom Flur in Richtung Küche bewegten. Im nächsten Moment hörte sie Tütengeraschel.

Judith stellte sich auf die Zehenspitzen, um den Schuhkarton wieder in den Schrank zu räumen. Sie verzog das Gesicht. Das linke Bein tat weh. Behutsam schloss sie die beiden Holztüren und machte sich auf leisen Sohlen aus dem Schlafzimmer. Vor dem Bad hielt sie inne und lauschte.

Sie hatte Glück. Ihre Mutter hatte die Küche verlassen und die Tür der Gästetoilette hinter sich zugezogen.

Jetzt oder nie.

Judith schlich in Windeseile die Treppe hinunter und in die Küche.

Sie hatte noch mehr Glück. Die Tür zum Garten stand offen. Judith musste nur über die Schwelle treten, und schon war sie draußen. Diesmal stolperte sie nicht.

Die frische Luft des ausklingenden Nachmittags fühlte sich überraschend kalt auf ihren Wangen an. Die Sonne stand tief. Sie hatte beim Durchstöbern der Fotokisten völlig die Zeit vergessen.

Ihr Herz schlug ihr bis zum Hals, als sie den Schlüssel wieder unter den Blumentopf legte. Dann lief sie los.

Die Absätze! Ihre Schritte waren zu laut, aber es kümmerte sie nicht. Sie rannte um das Haus herum und hatte nur einen Gedanken: Ich hab's getan.

*Dreiundzwanzigstes Kapitel*

# Brunhilde ließ sich schwer auf die Couch fallen.

Sie legte den Arm über die Augen.

Jana war heute sehr anstrengend gewesen. Eine geschlagene Stunde hatte sie sich nur hüpfend fortbewegt. Wie ein Känguru war sie durch ihre Küche gesprungen. Als Brunhilde sie gefragt hatte, was sie denn da machte, hatte Jana nur gekichert und den Kopf geschüttelt. Das hieß wohl so viel wie »Sag ich nich«.

Brunhilde hatte sie bei Franzi abgeliefert und den ihr angebotenen Kaffee dankend abgelehnt. Sie war erschöpft und wollte ihre Ruhe haben.

Wieder zu Hause auf dem Sofa, dauerte es nicht lange, und sie schlief ein. Als sie wach wurde, bemerkte sie die Digitalkamera auf dem Wohnzimmertisch.

Jana hatte ihre Kamera vergessen, bevor sie sich auf den Weg zur Jugendfarm gemacht hatten.

Brunhilde richtete sich schwerfällig auf und griff nach der Kamerahülle. Sie hielt sie einen Moment lang unschlüssig in der Hand, dann öffnete sie die graue Tasche und zog den silbernen Apparat hervor.

Sie drückte eher aus Versehen auf den Knopf. Das Gerät in ihrer Hand machte ein sirrendes Geräusch, als sich das Objektiv ausfaltete. Brunhilde betrachtete den zweigeteilten Silberrüssel skeptisch. Sie zuckte die Achseln und drückte auf den anderen Knopf, um sich die Fotos anzusehen, die Jana geknipst hatte.

Während sie sich die Bilder ansah, musste sie immer wieder lachen. Jana mit Luftschlangen im Haar. Franzi, die den Mund öffnete, um in den Marmorkuchen zu beißen, den Brunhilde zu Janas Geburtstag gebacken hatte. Judith, die auf den Schlagsahneklecks auf ihrer Nasenspitze schielte. Der ging auf Tonis Konto. Er hatte so ziemlich alle Geburtstagsgäste mit der Sprühsahne angegriffen. Die jüngeren Kinder hatten später im Garten gespielt, auch Janas neuer Freund Jan. Die beiden verstanden sich großartig. Jana machte einen viel unbeschwerteren Eindruck, seit sie sich mit ihm angefreundet hatte. Sie war fast wieder so wie früher, vor Franzis und Michas Trennung.

Das Foto von Michael ließ Brunhilde kurz innehalten. Sie hatte ihren Schwiegersohn immer gemocht. Er und Franzi waren ihrer Meinung nach wie füreinander geschaffen. Und er hatte Franzi auf Händen getragen, bis … ja, bis. Was war eigentlich passiert? Sie wusste es nicht.

Mit ihr redete ja niemand.

Brunhilde seufzte.

Sie drückte weiter. Das nächste Foto zeigte ein stattliches Gebäude. Das musste Gut Hämmerling sein.

Staunend betrachtete Brunhilde die folgenden Aufnahmen. Zwei Pferde, die sich gegenseitig mit den Zähnen ins Rückenfell bissen. Ein paar Kastanienbäume, deren

Äste ineinandergriffen. Eine verschlungene weiße Säule neben der breiten Eingangstreppe. Jana hatte ein paar wunderbare Detailaufnahmen gemacht.

Plötzlich wechselte das Szenario. Was sie jetzt sah, waren keine Außenaufnahmen mehr. Das waren die Innenräume des Guts. Das waren –

Das war ja …!!

Brunhilde blieb fast das Herz stehen.

*Die Toteninsel,* dachte sie. Meine *Toteninsel.*

Brunhilde stand auf, viel zu schnell. Alles drehte sich, und ihr wurde schwarz vor Augen. Sie setzte sich wieder hin und wartete. Als sich das Rauschen in ihren Ohren gelegt hatte, ging sie in die Küche, um sich ein Glas Mineralwasser zu holen, dabei hätte sie einen Schnaps gebraucht.

Immer, wenn man einen brauchte, war keiner da.

Mehrere Minuten betrachtete Brunhilde die kleinen Kohlensäurebläschen in dem Glas, die auf dem Weg an die Oberfläche unvorhersehbare Haken schlugen. Ungefähr so sah es gerade in ihrem Kopf aus.

Der Anblick des Bildes war ihr durch Mark und Bein gegangen. Es nahm sie mit in die Vergangenheit und legte Erinnerungen und Gefühle frei, die sie lange verdrängt hatte. Sie begann zu weinen. Dann hörte sie abrupt auf und schämte sich.

Sie weinte so gut wie nie. Gefühle hatte sie immer schon als unangenehm empfunden, egal, ob Trauer, Wut oder Freude.

Und Liebe. Brunhilde räusperte sich. Liebe war ihr

ganz besonders suspekt. Nicht die mütterliche oder großmütterliche. Die romantische, körperliche.

Doch jetzt gerade hatte sie sie wieder einmal gespürt. Wie damals, als sie noch jung war.

Sie dachte selten an die Zeit vor ihrer Flucht, weil es ihr zu weh tat. Ihre Familie hatte nur wenig Geld gehabt, aber ihre Eltern waren liebevoll und fürsorglich gewesen und ihre Schwester Adelheid ihre engste Vertraute. Niemand konnte nachempfinden, wie sehr Brunhilde das Berlin ihrer Jugend geliebt hatte. Diese graue kalte Stadt war ihr kleines Paradies gewesen. Sie kannte jede Straße und jeden Winkel in Charlottenburg, die Cafés und Bars, die Plätze mit dem Kopfsteinpflaster, die dunklen Treppenhäuser und Innenhöfe und Hinterhäuser. Dort hatten sie wilde Partys gefeiert und getanzt, bis die Sonne wieder aufging.

Zuerst war sie mit Adelheid losgezogen. Mit den Ärmeln hatten sie über schmutzig-verschmierte Fensterscheiben gewischt und in die Wirtschaften gelugt, in denen Männer standen und saßen, deren Nasen immer röter und Augen immer glasiger wurden. Später war sie mit Heinz durch das Viertel spaziert und durch die Kneipen gezogen. Obwohl sie kaum Geld hatten, waren sie fast jeden Abend beschwipst nach Hause getorkelt, Hand in Hand, glücklich.

Mit Heinz war Berlin noch verzauberter gewesen. Sie waren nachts durch die Parks geschlendert und am Schloss vorbei, hatten auf schmiedeeisernen Bänken gesessen und sich geküsst. Die Sitzfläche hinterließ stets

Abdrücke auf dem Rock, die ihre Mutter und Adelheid später zu Hause kommentierten. Adelheid zog sie auf, die Mutter tadelte sie. Sie war eine liebe Frau gewesen, aber auch sehr altmodisch in ihren Ansichten.

Brunhilde erinnerte sich noch an das Kribbeln auf ihrem Nacken, wenn ihr Heinz Dinge ins Ohr geflüstert hatte. Sie hatte sich leicht gefühlt und schön.

Brunhilde seufzte. Das war lange her.

Mit Opa Walter war es anders gewesen. Sie wollte nicht schlecht über ihn denken oder reden. Er war ein guter Mann, sie hatte ihn nur nicht geliebt. Aber Heinz, ja. Den schon.

Er hatte dieses besondere Grinsen gehabt. Er erzählte ihr, wie er als kleiner Junge immer Streiche mit seinen Kameraden ausgeheckt und sich mit anderen Jungs geprügelt hatte, die viel größer und stärker waren als er. Außerdem kannte er viele Schimpfworte und war wegen seines losen Mundwerks mehr als einmal übers Knie gelegt worden. Heinz hatte dauernd aufgeschrammte Knie und zerzaustes Haar. Dreck unter den Fingernägeln. Blutergüsse. Beulen.

Heinz war wild und auch ein bisschen zornig, und seine Gier nach dem Leben hatte Brunhilde mitgerissen. Durch ihn hatte sie herausgefunden, wie gierig sie selbst nach dem Leben war.

Er hatte sie gefunden, völlig unverhofft. Ihre erste Begegnung würde sie nie vergessen.

»Wo willst du denn hin?«, hatte er gefragt.

Es war ein kalter Septembermorgen, und der Nieselregen hatte kleine, glitzernde Tröpfchen auf ihrem Wollmantel hinterlassen, die nach und nach in den Stoff sanken. Sie stand an der Bushaltestelle, die Hände tief in den Taschen versenkt, und musterte den jungen Mann mit den dunklen Haaren mit einer Mischung aus Neugier und Skepsis. Wie dreist, eine wildfremde Frau einfach so anzusprechen und gleich zu duzen. Aber der junge Mann sah umwerfend aus und saß in einer cremefarbenen Ente, das sprach für ihn. Trotz des Regens war das Fenster heruntergekurbelt, und er ließ seinen Ellbogen lässig hinaushängen. Der Stoff seiner Jacke war zwischen dem Oberarm und dem Handgelenk ganz dunkel. Er war offenbar schon länger so durch den Regen gefahren.

»Sprichst du immer Leute aus dem fahrenden Auto an?«, gab Brunhilde zurück.

»Nur, wenn die Leute so schön sind wie du«, hatte Heinz gesagt und gegrinst.

Sie wusste sofort, dass er ihr nur Ärger machen würde.

»Ich muss zur Arbeit, wohin denn sonst?«

»Ich fahre dich.«

»Und wenn ich nun am anderen Ende der Stadt arbeite?«

»Ich fahre dich überallhin.«

Brunhilde hatte den Kopf in den Nacken geworfen und gelacht. Der Regen hatte ihr Gesicht benetzt.

Was für ein Aufschneider, hatte sie gedacht. Was für ein schöner Aufschneider.

Brunhilde merkte, wie die anderen wartenden Fahrgäste sie mit missbilligenden Blicken bedachten, doch das spornte Brunhilde nur zusätzlich an. Sollten sie doch denken, was sie wollten.

Heinz hatte derweil die Handbremse angezogen, war ausgestiegen, um den Wagen herumgegangen und hatte die Tür für Brunhilde geöffnet. Sie hielt seinem herausfordernden Blick einen Moment stand. Sie wollte es ihm nicht zu leicht machen. Doch dann stieg sie mit einem Achselzucken ein. Und während sie ihre Füße im Fußraum sortierte und mit dem Mantel ihre schlanken Beine bedeckte, hatte Heinz gesagt:

»Ich fahre dich auch bis ans Ende der Welt. Du musst es bloß sagen.«

Brunhilde arbeitete damals in einer kleinen Buchhandlung in Schöneberg. Die Inhaberin, Frau Pelz, war eine Freundin ihrer Mutter. Die Bezahlung war schlecht, aber Brunhilde gefiel die Arbeit.

Als Brunhilde Heinz bedeutete, den Wagen an den Bordstein zu lenken, hatte er das Schild über der Ladentür mit einem spöttischen Gesichtsausdruck betrachtet.

»Bücher, hm?«, hatte er gesagt.

»Du kannst also lesen?«, erwiderte Brunhilde trocken.

Heinz lachte.

»Bist du klug?«

»Was für eine eigenartige Frage«, entgegnete Brunhilde.

»Sagst du das, damit du um die Antwort herumkommst?«

Keine Frage, er hatte Charme. Brunhilde verzog den Mund zu einem schiefen Grinsen.

»Macht es denn einen Unterschied, ob ich klug bin oder nicht?«

»Für mich? Nein. Mir reicht, dass du hübsch bist.«

Er grinste breit.

Brunhilde stieg die Röte ins Gesicht.

»Ich muss los«, sagte sie langsam, dabei wäre sie viel lieber sitzen geblieben.

Sie wollte bei ihm sein. Die Erkenntnis traf sie wie ein Blitzschlag. Sie sah ihm direkt ins Gesicht und sagte:

»Ich hab's mir anders überlegt. Tritt aufs Gas, fahr mich ans Ende der Welt.«

Genau so.

So hatte Heinz sie gefunden. Und es tat gut, gefunden zu werden, vor allem, wenn man selbst schon viel gesucht hatte. Es war so romantisch gewesen, gerade die ersten Wochen und Monate. Irgendwann jedoch holten sie die Sorgen des Alltags wieder ein.

Das mit dem Einbrechen hatte sich eher zufällig ergeben. Brunhilde wusste nicht mehr, wer ursprünglich auf die Idee gekommen war. Heinz arbeitete als Dachdecker und Zimmermann, aber ordentlich zu tun hatte er nur während der warmen Monate. Außerdem feierte er gern und trank zu viel. Das störte Brunhilde nicht weiter, aber es war doch so, dass Heinz nicht unbedingt der Tüchtigste war. Er träumte gern in den Tag hinein und redete mehr davon, Geld zu haben, als es zu verdienen. Die cremefarbene Ente gehörte natürlich auch nicht ihm, sondern einem guten Freund. Tatsächlich besaß Heinz nur von einem viel: Nichts.

Brunhildes Gehalt reichte vorne und hinten nicht. Im Winter, wenn sie Heinz mit durchfüttern musste, lieh sie sich regelmäßig Geld bei ihren Eltern. Manchmal konnte sie es zurückzahlen, häufiger jedoch gelang es ihr nicht. Sie stritt sich deswegen mit Heinz, aber nie sehr ernst und auch nicht laut. Mit Heinz konnte man nicht gut streiten. Dazu ging ihm kaum etwas nah genug. Er lag für gewöhnlich mit übereinandergeschlagenen Beinen auf der Couch und rauchte.

»Es ist Winter, mein Engel. Keiner baut im Winter. Ist viel zu kalt.«

Natürlich wusste sie, dass er ein Faulpelz war und immer den Weg des geringsten Widerstands ging. Aber sie liebte ihn und hätte sich niemals von ihm trennen können. Also musste sie sich etwas einfallen lassen.

Den Anfang machten sie mit einem Haus, das einem stinkreichen Großindustriellen gehörte, einem unsympathischen Mann mit fettigen Haaren, die er strähnig nach hinten gekämmt trug, wodurch seine stark zerfurchte Stirn noch höher wirkte. Er rauchte Zigarre und hatte einen schlechten Atem. Brunhilde hatte ihn in der Buchhandlung bedient. Während er mit ihr sprach, war ihr stoßweise übel geworden, weil sein Mundgeruch so beißend war. Dennoch hatte sie sich auf die wichtigen Informationen konzentrieren können, denn der Mann erzählte leutselig von seinen Urlaubsplänen, dass er seiner Frau zum 20. Hochzeitstag etwas für den Körper (einen Aufenthalt in einem exklusiven Hotel in den Alpen) und für den Kopf (ein Nachschlagewerk) kaufen wolle, dass er seine Gertrud immer noch liebte wie am ersten Tag und sie in einer Villa in Dahlem wohnten. Ob das nette Fräulein Brunhilde das Buch wohl dorthin schicken könnte? Das wäre ganz reizend.

Brunhilde nickte liebenswürdig und notierte alles. Auch die Urlaubszeiten der Familie Karl. Selbstverständlich auf einem separaten Zettel.

Als sie und Heinz zwei Wochen später mitten in der Nacht vor dem Haus der Familie Karl standen, glühten Brunhildes Wangen vor Aufregung, aber es war zu dunkel, als dass Heinz es hätte sehen können.

»Wollen wir das wirklich tun?«, fragte Heinz, den Blick auf das Gebäude gerichtet, das groß und bedrohlich wirkte.

»Natürlich«, hatte Brunhilde erwidert, beinahe entrüstet, »wir sind doch nicht umsonst hergefahren!«

Schließlich waren sie durch das Kellerfenster in das Haus eingestiegen und hatten sich die Taschen mit Bargeld und Goldschmuck vollgestopft.

Das war jetzt schon eine kleine Ewigkeit her, aber Brunhilde konnte sich noch immer an die prall gefüllten Hosen- und Jackentaschen erinnern und wie schwer sie wogen, als sie sich wieder durch das Kellerfenster ins Freie gewuchtet hatte.

Die Brosche in Form eines Schmetterlings besaß Brunhilde immer noch. Sie hatte sie zu ihrem Glücksbringer erkoren und von da an bei jedem ihrer Einbrüche angesteckt.

Irgendwann – die Zeitungen hatten inzwischen angefangen, über das unbekannte Räuberpaar zu schreiben – waren sie in der Villa vom alten Becker eingestiegen und hatten *Die Toteninsel* gestohlen. Genaugenommen hatte sie *Die Toteninsel* gestohlen. Aus Versehen.

Brunhilde musste lachen. Das war vielleicht ein dolles Ding gewesen!

Und jetzt hatte ihre Enkelin ein Foto von ebendiesem Gemälde auf ihrer Kamera, aufgenommen auf Gut Hämmerling. Dem Gut, auf dem ihre Tochter Franzi die Tochter vom alten Becker pflegte.

»Christiane«, murmelte Brunhilde abfällig.

Sie wusste es schon länger. Als Franzi ihr erzählte, dass sie eine Christiane Ruthemann pflegen würde, war Brunhilde zusammengezuckt. Der Name Ruthemann war nicht häufig und auch nicht selten, aber als Franzi anschließend von dem netten Herrn Ruthemann zu erzählen begann, hatte Brunhilde bereits keinen Zweifel mehr gehabt. Wie heißt er denn mit Vornamen, der nette Herr Ruthemann, hatte sie ihre Tochter gefragt.

Heinrich. Warum?

Ach, nur so.

»Heinrich«, schnaubte Brunhilde und legte die Hände im Schoß ineinander. So nannte er sich jetzt also. Na, das war ja mal einfallsreich.

Der Ärger und die Enttäuschung, die sich in ihr breitmachten, waren alte Gefühle, angestaut über mehrere Jahrzehnte und übelschmeckend wie ein saures Bäuerchen. Das Bild auf Janas Kamera war der unwiderlegbare Beweis für das tatsächliche Ausmaß von Heinz' Verrat.

Er hatte sie von vorn bis hinten belogen, und wenn nicht schon so viel Zeit vergangen wäre seitdem, hätte sie sicherlich noch mehr Tränen vergossen.

Brunhilde schluckte.

Er hatte sie also doch gefunden, nach all der Zeit. Bloß wie?

Brunhildes Augen wanderten unruhig hin und her.

Das Wie war nebensächlich. Das Warum war bei einem Menschen wie Heinz die interessantere Frage.

Brunhilde schüttelte es bei dem Gedanken, den sie in ihrem Kopf schon zig Mal formuliert hatte: Sie musste ihn wiedersehen.

*Vierundzwanzigstes Kapitel*

# Es war ein schmuddeliger herbstgrauer Tag.

Brunhilde lief über den Anlegesteg der *Rheinnixe,* betrat das alte Fährschiff und wunderte sich darüber, wie sich manche Dinge niemals ändern wollten. Die Holzstufen. Der braune Boden mit den kreisrunden Noppen. Siebziger Jahre. Wie passend.

Wie damals.

»Guten Morgen«, sagte sie zur Kapitänin, einer stets adrett gekleideten Frau mit einer ordentlich zurechtgeföhnten Frisur.

»Guten Tag«, antwortete diese.

Sie gab einem immer das Gefühl, die falsche Tageszeit genannt zu haben.

Heinz saß bereits da. Er war vor ihr an Bord gegangen. Brunhilde nahm auf der mit braunem rissigen Kunststoff bezogenen Sitzbank Platz und drehte den Kopf leicht nach links, um die trüben Wellen zu beobachten.

Jetzt saßen sie Rücken an Rücken, nur die Lehne war zwischen ihnen. Sie konnte ihn fühlen.

Seine Haare waren weiß geworden. All die anderen Menschen, die ihn sahen, ahnten vielleicht, dass er einmal schwarze Haare gehabt hatte. Oder braune. Aber sie,

sie wusste ganz genau, welche Farbe diese Haare früher hatten. Sie wusste auch, wie sie morgens, frisch nach dem Aufstehen, ausgesehen hatten, oder am Nachmittag, nach einem eiskalten Regenschauer. Und dass es sie nicht gekümmert hatte, wie kalt oder nass es war, solange er nur mit ihr gemeinsam im Regen gestanden und ihre Hand gehalten hatte.

Und jetzt?

Nach ihrer überstürzten Flucht vor fast vierzig Jahren war Brunhilde eine Zeitlang in Hamburg geblieben, so, wie sie es mit Heinz vereinbart hatte.

»Wir sehen uns dort«, hatte er damals zu ihr gesagt. »Wenn du sicher in Hamburg angekommen bist, schickst du einen Brief an den Passmacher. Schreib die Adresse von einem Haus darauf, vor dem wir uns einen Monat später treffen. Dreißig Tage nach dem Stempeldatum, hörst du? Um Punkt dreizehn Uhr. Hier, nimm das Geld. Das sollte reichen für die ersten Wochen.«

Brunhilde hatte das Geld mit zitternden Händen genommen. Die Scheine zitterten mit.

Heinz hatte ihr Kinn angehoben und ihr tief in die Augen geschaut.

»Hab keine Angst, Bruni. Ich werde dich finden.«

Er hatte das mit so viel Überzeugung gesagt, dass Brunhilde trotz des gewaltigen Kloßes in ihrem Hals plötzlich wieder zuversichtlich gewesen war. Ja, sie würden sich wiederfinden. Irgendwie.

Dass es *so* lange dauern würde, hätte Brunhilde nicht gedacht.

Sie kehrte in die Gegenwart zurück. Die *Rheinnixe* schaukelte gemächlich von der Anlegestelle fort. Durch viele einsame Jahre hindurch schaukelte sie in die Vergangenheit. Der Blick auf die Wellen. Die Hitze, die Brunhilde durch die Rückenlehne hindurch zu spüren meinte. Sie räusperte sich. Plötzlich war alles wieder da. Sie war wieder das verliebte Mädchen mit den langen, schlanken Beinen, dem die Männer nachsahen, das aber selbst nur Augen für den Einen hatte.

Die Schlagzeile: »Die Spur führt nach Charlottenburg«, die so völlig unerwartet in den Zeitungen veröffentlicht wurde. Die Polizei suchte eine Frau, hieß es da, eine Einbrecherin, die mehrere Villen in Berlin ausgeraubt hatte. Entsetzt hatte sie den Zeitungstext gelesen. Wieder und wieder.

Wieso suchte die Polizei nur eine Frau? Davor war sie doch von einem Räuberduo ausgegangen? Und warum wiederholte Heinz gebetsmühlenartig, dass sie zuerst gehen musste, damit er selbst noch ein paar Tage in der Stadt bleiben konnte, um zu sehen, wie sich die Dinge entwickelten. Um Gerüchte zu streuen, wie er sagte. Um von Brunhilde abzulenken.

Es hatte so schlüssig geklungen, so nachvollziehbar und gleichzeitig doch so falsch. Wie er von ihr ablenken wollte, ohne sich selbst verdächtig zu machen, hatte Brunhilde wissen wollen.

»Mir fällt schon was ein. Mir fällt doch immer etwas ein.«

Dazu dieses Grinsen. Dieses selbstverliebte, etwas

hochnäsige Grinsen, das man nur charmant finden konnte, wenn man auch seine weiche Seite kannte.

Es stimmte ja auch: Dem Heinz fiel immer etwas ein.

Zu seinem Plan gehörte, alles, was sie bis dahin erräubert hatten, zu Geld zu machen. Auch *Die Toteninsel*.

»Die Insel!«, war es ihr entfahren.

Ausgerechnet!

Sie hatte das Gemälde immer so geliebt. Aber es musste sein, hatte er gesagt. Und sie vertraute ihm. Sie hatte ja keine andere Wahl. Er war der Einzige, der alles wusste, der Einzige, der sie retten konnte. Wenn er sagte, dass es so sein musste, musste es so sein. Punktum!

Sie befolgte jeden Schritt seines Plans. Sie ging zum Passmacher, sie versteckte sich, sie floh. Sie erreichte Hamburg. So weit, so gut. Doch dann kam der Tag, an dem sie wie verabredet um dreizehn Uhr vor einem unscheinbaren kleinen Haus in Harburg gestanden und auf Heinz gewartet hatte.

Sie war so aufgeregt. Sie konnte nicht stillstehen. Hoffnung mischte sich mit Angst. Was, wenn er nicht käme?

Als plötzlich der Passmacher vor ihr stand, wusste sie sofort, was passiert war: Heinz hatte sie betrogen. Sie musste sich an der Hauswand abstützen.

»Wissen Sie noch, wer ich bin?«, fragte der Mann.

Brunhilde nickte stumm. Natürlich wusste sie das noch. Dieses Gesicht würde sie niemals vergessen.

»Ich soll Ihnen das hier geben.«

Der Mann überreichte Brunhilde einen Briefumschlag. Er nickte ihr zu und murmelte:

»Alles Gute.«

Mit diesen schlichten Worten drehte er sich um und ging.

In dem Umschlag fand Brunhilde zwei Seiten Papier, beidseitig beschrieben mit Heinz' kindlicher Krakelschrift, und dazwischen ein Bündel Geldscheine. Sie fuhr mit dem Zeigefinger darüber. Das waren sehr viele Scheine. Sie steckte sie in die Innentasche ihres Mantels und spürte, wie sich das Bündel über ihrer Brust nach oben wölbte. Den Briefumschlag ließ sie in der Handtasche verschwinden. Sie setzte sich langsam in Bewegung, in Richtung U-Bahn-Haltestelle. Ihre Knie waren wie Wackelpudding.

Heinz hatte sie betrogen. Wieder und wieder ging ihr dieser Satz durch den Kopf.

Verrat.

Wenn das Wort einfach nur so für sich stand, klang es sogar noch hässlicher.

Da, wo die Treppen in die Dunkelheit der U-Bahn-Haltestelle hinabführten, stand ein Mülleimer. Wie betäubt nahm Brunhilde den Umschlag aus der Handtasche, riss ihn mehrfach durch und warf ihn in den Müll. Sie brauchte Ruhe. Ruhe vor seinen Entschuldigungen, seinen Erklärungen oder vielleicht einem weiteren Plan. Und ließ sich von der Dunkelheit des U-Bahn-Schachts verschlucken.

Lange war das nun her. Eine kleine Ewigkeit.

Die Gegenwart, mahnte sich Brunhilde.

Sie schaute aufs Wasser. Ihre Hände waren kalt. Die Fähre hatte das andere Rheinufer erreicht. Als der verrostete Magnet an der Anlegestelle das Boot zu fassen bekam, ertönte ein lautes Geräusch, wie wenn eine Panzertür ins Schloss fällt. Sie stand auf und zog ihren Rock zurecht. Sie dachte an ihre zerknitterten Röcke von früher, unwiderlegbare Beweise für lange Abende auf Charlottenburger Parkbänken in dünnem Baumwollstoff. In keinen dieser Röcke würde sie heute noch hineinpassen.

Aber sie hatte auch keine Lust mehr, stundenlang auf irgendwelchen Parkbänken herumzusitzen, ihre Zeit mit Knutschen zu verplempern und dabei ein kaltes Hinterteil zu bekommen.

Brunhilde trug eine Sonnenbrille, obwohl der Tag grau war. Heinz sollte nicht gleich sehen, was die Jahre mit der feinen Haut rings um ihre Augen gemacht hatten.

Er stand jetzt neben ihr. Die Zeit hatte ihn kleiner werden lassen.

Er lächelte sie liebevoll an und sagte:

»Wo warst du denn bloß?«

*Fünfundzwanzigstes Kapitel*

# Gut Hämmerling war ein gesunder Ort.

Insbesondere im Vergleich zu Berlin. Das hatte Heinrich gleich bei der ersten Besichtigung des Anwesens gedacht. Und sich im selben Moment gefragt, was das eigentlich heißen sollte, gesund? So wie ein Apfel oder ein rotwangiges Kind.

Was er damit verband, hatte vermutlich mehr mit dem Wort Frieden als mit Gesundheit zu tun. Wobei man mit einer Frau wie Christiane immer mindestens zwei Armlängen vom Frieden entfernt war.

Heinrich hielt die Hände hinter dem Rücken ineinander verschränkt und versuchte, die Schultern hochzuziehen, um die Wirbelsäule ein wenig zu strecken. Er hatte fürchterliche Nackenschmerzen. Langsam wiegte er den Kopf von einer zur anderen Seite. Es knackte leise.

Er ließ den Blick durch das trübe Glas der Bibliotheksfenster über die Weideflächen schweifen. Die beiden Fuchsstuten standen wie so oft dicht beieinander. Sie mochten die Nähe der jeweils anderen. Der Rappe schien dagegen ein Einzelgänger zu sein. Aber womöglich fühlte er sich auch nur ein wenig ausgeschlossen, weil die Stuten so demonstrativ vertraut miteinander waren.

Heinrich kratzte sich am Kopf. Manchmal drifteten seine Gedanken so urplötzlich ab, dass er selbst Probleme hatte, ihnen zu folgen. Er fühlte sich wie jemand, der ständig versuchte, auf einen fahrenden Zug aufzuspringen.

Die Bibliothek war sein Lieblingszimmer. Die Bücher machten ihn glücklich, auch wenn er längst nicht alle gelesen hatte. Ihre altehrwürdige Gleichmütigkeit tat ihm dennoch gut. Sie hatte eine beruhigende Wirkung.

Plötzlich musste er an Brunhilde denken.

Sie hatte sich kaum verändert. Ihre Hülle war gealtert, aber ihre Augen funkelten, wenn er sie zum Lachen brachte. Und er hatte sie gleich mehrmals zum Lachen gebracht, als sie sich in dem Café am Bottlerplatz gegenübergesessen und lange Zeit in die Augen gesehen hatten.

Wenn Brunhilde lächelte, bildeten sich hübsche Grübchen unter den kräftigen Wangenknochen. Ihr Haar war dicht, wie früher. Die dicken roten Strähnen waren ergraut. Brunhilde trug jetzt einen Bob, so dass man ihre kleinen Perlenohrringe sehen konnte. Dazu eine feine Kette mit einem kleinen Anhänger um den Hals. Eine Bluse mit steifem Kragen. Er hatte einen appetitlichen Hauch von Parfum wahrgenommen.

Als er ihr sagte, dass sie immer noch schön war, hatte sie nach Christiane gefragt. Das brachte ihn aus dem Konzept.

»Sie spricht wieder«, hatte er gesagt.

Brunhildes Gesichtsausdruck war gleich geblieben. Sie nickte kurz und nippte an ihrem Tee. Früher hatte sie Kaffee getrunken, mit dicker Kondensmilch. Er vermied es, sie an ihre alten Gewohnheiten zu erinnern. Von der dicken Kondensmilch war es nur ein kurzer Sprung bis nach Charlottenburg und die Erinnerungen an überwundene Zäune und Mauern und aus den Angeln gehobene Fenster.

Warum in der Vergangenheit verweilen?

»Du weißt, dass Franziska deine Tochter ist?«, hatte Brunhilde geradeheraus gefragt, ohne ihn aus den Augen zu lassen.

Heinrich hatte genickt.

»Ja, das weiß ich wohl. Und sie sieht aus wie du.«

»Sie sieht aus, wie ich früher mal aussah«, korrigierte sie ihn. »Wie hast du uns gefunden? Hast du uns beschatten lassen?«

»Ich habe einen Privatdetektiv engagiert«, erwiderte Heinrich.

Er bemerkte den schmalen Goldring an Brunhildes Ringfinger.

»Wo ist dein Mann?«

»Er ist gestorben.«

»Oh.«

Brunhilde setzte erneut die feine Tasse an ihre Lippen.

»Wir hatten ein paar schöne Jahre. Irgendwann ist er krank geworden, aber es ging nicht lang. Seither bin ich allein.«

Heinrich wusste nicht, was er darauf erwidern sollte. Christiane und er hatten ebenfalls ein paar schöne Jahre gehabt. Die Wärme fehlte, aber damit hatte sich Heinrich schnell abgefunden, denn Christiane konnte ihm etwas anderes bieten: finanzielle Sicherheit. Dann bekamen sie ein wunderbares Kind, Bene, und es begann eine unbeschwerte Zeit, so musste man sich das vorstellen. Aber aus irgendeinem Grund, den Heinrich nicht nachvollziehen konnte, mochte Christiane Bene nicht. Spätestens als sie ins Teenageralter kam, lehnte Christiane sie mehr und mehr ab. Schließlich schmiss sie sie wegen einer Nichtigkeit raus. Nachdem Bene weg war, fühlte sich Heinrich furchtbar allein. Und all das schöne Geld schmeckte mit einem Mal nur noch fade.

»Du hast mir immer gefehlt«, sagte Heinrich.

Es hatte wie ein Geständnis geklungen. Und es stimmte: Er dachte oft an Brunhilde. Manchmal lag er nachts wach und träumte von ihr, während Christiane ein paar Zimmer weiter mit offenem Mund schnarchte.

»Wir waren ein gutes Team, du und ich«, lautete Brunhildes sachliche Feststellung.

Einem Impuls folgend, ergriff Heinrich Brunhildes Hand, aber sie entzog sie ihm sofort.

»Ist die Polizei dir jemals auf die Schliche gekommen?«, wollte sie wissen.

So unangenehme Fragen, aber was erwartete er? Heinrich hatte sich ertappt gefühlt, sich auf seinem Stuhl aufgerichtet und seine Lippen mit der Zunge befeuchtet.

»Ich …«, hatte er gesagt und den kompletten Rest des Satzes vergessen.

Brunhilde hatte ihn erwartungsvoll angesehen und gewartet. Da hatte er all seinen Mut aufgeboten.

»Nein.«

Auch das hatte wie ein Geständnis geklungen.

»Hast du denn weitergemacht?«, wollte Brunhilde wissen.

Heinrich schüttelte den Kopf.

»Du hattest es ja danach auch nicht mehr nötig, oder?«

Christianes Familie war so wohlhabend gewesen, dass Heinrich nie mehr hätte arbeiten gehen müssen. Er hatte es dennoch getan. Als pflichtbewusster Schwiegersohn war er in das Familienunternehmen eingestiegen. Aber er hatte sich nicht tot geschuftet und war jeden Nachmittag um halb fünf bei seiner Tochter gewesen. Statt zu antworten, fragte er:

»Und du?«

Brunhilde lächelte.

»Für mich ging es beim Einbrechen immer um mehr als ums bloße Stehlen«, sagte sie.

Da war er, dieser eigenartige Blick, den Heinrich nur allzu gut kannte. Hinter Brunhildes kühler, nüchterner Fassade steckte etwas Unberechenbares. Er hatte es schon fast vergessen, aber jetzt konnte er es wieder sehen.

»Ist das ein Ja?«

Brunhilde zuckte die Achseln.

»Ist alles schon verdammt lang her.«

Sie hatte früher schon immer nur auf die Fragen geantwortet, auf die sie antworten wollte.

»Und jetzt?«, hatte Heinrich gefragt.

Brunhilde hatte gelacht.

»Nichts. Alles geht so weiter wie bisher.«

»Wie soll das gehen? Ich meine, unsere Tochter arbeitet in meinem Haus und hat keine Ahnung, dass ich ihr Vater bin.«

»Na und? Walter ist ihr Vater. Sie kennt keinen anderen. Sie hat dich nie vermisst, Heinz.«

Heinz. Er hatte diesen Namen schon ewig nicht mehr gehört. Der Name ließ ihn immer zusammenzucken, weil er die Brücke in sein früheres Leben war. Ein Leben, von dem niemand etwas wissen sollte, auch wenn er Bene hatte einweihen müssen und das für ihn mit widersprüchlichen Gefühlen verbunden war. Denn insgeheim sehnte er sich dorthin zurück. Damals hatte er nichts besessen, was wertvoll war, und das Leben hatte viel mehr Spaß gemacht.

»Ich will es ihr sagen«, erklärte er fest.

Brunhildes Gesichtsausdruck wandelte sich schlagartig.

»Untersteh dich«, sagte sie leise.

Danach hatte sich das Gespräch in eine unerwartete Richtung entwickelt. Heinrich konnte nachher nicht mehr genau sagen, wann Brunhildes Verhalten unverhohlen feindselig geworden war. Vielleicht war er zu forsch gewesen, als er meinte, es sei sein gutes Recht, seiner Tochter die Wahrheit zu sagen.

»Du hast keine Rechte an meiner Familie!«, hatte Brunhilde gefaucht und war aufgesprungen. »Du hast mich verraten!«

Dann war sie verschwunden. Der Windfang hatte sie verschluckt.

Er hatte noch eine Weile in dem Café gesessen und Brunhildes halbvolle Teetasse angestarrt. Später war er mit gesenktem Kopf zur Anlegestelle der Fähre spaziert und ans andere Rheinufer zurückgefahren. Außer ihm war niemand sonst an Bord gewesen. Unterwegs kreisten seine Gedanken immer wieder um die eine Frage, die ihn seit fast vierzig Jahren bewegte.

Wie hatte er sich bloß gegen Brunhilde und für das Geld entscheiden können?

Neidvoll musterte Heinrich die beiden Fuchsstuten, die sich aneinanderdrängten. Gern hätte er sich wie ein König gefühlt, der sein Reich mit einer gewissen Selbstgefälligkeit begutachtet, aber es wollte ihm nicht gelingen. Ihn verfolgte sein schlechtes Gewissen. Weil er die falschen Entscheidungen getroffen hatte. Weil er gierig war.

Die Gier war nicht immer sein Begleiter gewesen. Sie hatte vielmehr in ihm geschlummert, Jahr um Jahr, bis das Gemälde sie geweckt hatte. Dieses verfluchte Gemälde! Seither hatte sie nicht mehr geruht. Denn plötzlich hatte das Bild ihm ungeahnte Möglichkeiten eröffnet.

*Die Toteninsel* selbst hatte ihn nie sonderlich fasziniert. Ihm ging es vielmehr um das, wofür sie stand: eine bessere Zukunft, frei von Sorgen. Bruni hingegen hatte das Gemälde geliebt und hätte es nie hergegeben. Er hatte keinen anderen Ausweg gesehen, als sie zu opfern.

Mittlerweile wurde er nachts nicht mehr von Träumen geplagt, in denen er als anonymer Anrufer auftrat. Er konnte sich auch noch nach fast vierzig Jahren an den genauen Wortlaut seiner Botschaft erinnern.

»Sind Sie sicher, dass es in dieser Nacht war?«, hatte die Polizistin am anderen Ende der Leitung gefragt.

»Ja. Ich bin mir ganz sicher.«

»Und Sie sind sich sicher, die Frau erkannt zu haben?«

»Ja.«

»Aber es war doch bestimmt dunkel?«

»Ich kenne die Frau. Ich bin mir sicher.«

»Warum wollen Sie Ihren Namen nicht nennen?«

Er hatte geschluckt, bevor er geantwortet hatte.

»Weil ich aus dem erweiterten Bekanntenkreis stamme, deshalb.«

Dann hatte er aufgelegt.

Während er die Wörter aneinandergehängt hatte, mit schwerer Zunge wie ein Betrunkener, hatten seine Wangen geglüht. Er war kein gläubiger Mensch, und doch hatte er das Gefühl gehabt, eine furchtbare Sünde begangen zu haben. Von jetzt an war er ein Verdammter. Er hatte seine Unschuld verloren, denn ihm war das Geld wichtiger gewesen als die Liebe.

Sein Plan war nicht ganz ausgereift gewesen. So viele Unwägbarkeiten. Er wollte nicht, dass die Polizei Bruni erwischte, aber er nahm die Möglichkeit in Kauf. »Die Spur führt nach Charlottenburg«, hatte die Zeitung getitelt.

»Woher wissen die das?«

Bruni hatte den Kopf in die Hände gelegt.

»Ich glaube, wir sollten verschwinden«, lautete Heinz' Antwort.

Bruni hatte nicht sofort zugestimmt. Erst, als ihr klar wurde, dass es keinen anderen Ausweg gab.

## *Sechsundzwanzigstes Kapitel*

# »Ich platz gleich!«

Torben hielt das Fernglas vor die Augen und bewegte sich nicht.

Joschi sah ihn zweifelnd an. Nicht, dass er Torben nicht geglaubt hätte. Aber in letzter Zeit bekam er diesen skeptischen Blick und die komische Falte auf der Stirn einfach nicht mehr aus dem Gesicht.

Es hatte Joschi noch weitere drei Tüten Gras gekostet, bis er den Hund auf frischer Tat ertappt hatte.

Drei!

Joschi wurde noch immer ganz schlecht, wenn er daran dachte. Dieser verrückte Schäferhund! Er hatte ihn eher durch Zufall beobachtet. Joschi hatte hinter dem Lager gestanden und eine Kippe geraucht, da sah er das Tier. Es schlüpfte durch das Loch im Fußraum vor dem Beifahrersitz in den Käfer, bediente sich am Gras und verschwand zwischen den Bäumen, die das Fabrikgelände begrenzten. Das ging so schnell, dass Joschi nur hilflos dastand und hinter ihm hersah. Das war doch einfach unfassbar! Welcher Hund machte denn so was?

Ein Kifferköter.

Er und Torben hielten jetzt schon den zweiten Nachmittag in Folge Ausschau nach dem Tier. Sie hatten sich im Schatten des alten Mercedes-Kastenwagens auf die Lauer gelegt, der zur Schauspielhalle gehörte, und jeweils mehrere Stunden hinter dem Auto verharrt. Torben hielt sich den Feldstecher vors Gesicht und guckte, bis sein Magen zu knurren begann. Er ignorierte es und guckte weiter.

Der Dieb wollte sich einfach nicht blicken lassen.

Joschi hatte noch nie längere Zeit neben Torben gestanden, deshalb hatte er sich nach den ersten sechzig Minuten gewundert, und zwar über sich selbst. Ihm war nie aufgefallen, dass Torben stank. Daher war Joschi jedes Mal erleichtert, wenn sich sein Boss (diesen Begriff benutzte Torben, wenn er von sich selbst sprach) eine neue Zigarette ansteckte.

Während Torben rauchte, konnte sich Joschi besser auf seine Aufgabe konzentrieren: den Hof beobachten und natürlich vor allem den Käfer. Er barg noch immer kiloweise feinstes Gras. Heugrün. Warm. Weich.

Joschi war allergisch gegen Gräser. Deswegen musste er sie wegrauchen. Alles Gras dieser Welt. Das war seine Aufgabe. Deshalb war er hier.

Joschi entfuhr ein etwas hysterisches Kichern. Er hatte seit dem Frühstück nicht mehr geraucht.

Torben ließ das Fernglas sinken und bedachte Joschi mit einem abfälligen Blick.

Stinker, dachte Joschi.

»Hast du sie noch alle?«, zischte Torben, »Bereite dich mal lieber auf deinen Einsatz vor.«

Joschi rutschte das Lachen zurück in den Hals. Er umfasste die Ränder der Lkw-Plane etwas fester. Hoffentlich wurden sie nicht beobachtet.

Torben ging wieder dazu über, durch das Fernglas zu gucken. Und plötzlich sagte er:

»Er kommt.«

Da war er, ein Schäferhund mit dichtem, glänzendem Fell. Er lief hektisch neben dem VW-Käfer hin und her und wedelte aufgeregt mit dem Schwanz. Staunend beobachteten Torben und Joschi, wie der Hund geschickt in den Käfer hineinkletterte.

»Warte«, sagte Torben, obwohl Joschi keinerlei Anstalten machte, seine Position zu verlassen.

Torben stellte das Fernglas auf den Boden.

»Wenn er aus dem Auto krabbelt, schnappen wir ihn.«

Wir, dachte Joschi spöttisch. Du meinst wohl ich.

Das Tier war jetzt auf der Rückbank. In dem Moment, als es auf den Beifahrersitz sprang, um durch das Loch im Fußraum zurück in die Freiheit zu kriechen, lösten sie sich aus dem Schatten des Kastenwagens und eilten so schnell sie konnten zu dem VW-Käfer hinüber. Joschi japste. Die Lkw-Plane war ganz schön schwer. Plötzlich drehte sich Torben zu Joschi um, fluchte irgendetwas Unverständliches (Machschonsiehstdunichtdassder-Hund …) und entriss ihm die Plane mit einem so heftigen Ruck, dass Joschi auf die Knie fiel.

Joschi rappelte sich hoch. Seine Jeans hatten links unterm Knie ein Loch, und die Haut darunter blutete. Joschi wurde sofort schlecht. Er hielt sich die Hand vor den Mund.

Als er aufblickte, warf Torben gerade die Plane über den Hund.

»Hilf mir«, rief Torben gepresst, »der zappelt!«

Joschi sprang auf die Plane. Torben hatte gelogen. Das Tier bewegte sich kaum. Wahrscheinlich bekam es nicht genug Luft. Oder war vor Angst wie gelähmt.

»Hast du ihn?«, rief Torben.

Schweißperlen glänzten auf seiner Stirn.

Joschi nickte.

»Trag ihn zum Auto«, befahl Torben.

Aber das war nicht so einfach. Erstens war der Hund ziemlich schwer, und zweitens rührte er sich zwar kaum, das hieß aber nicht, dass er totenstarr war. Zweimal musste Joschi anhalten, das unhandliche Bündel auf dem Boden absetzen und Atem schöpfen.

»Beeil dich, du Idiot«, schimpfte Torben, »willst du, dass uns jemand sieht?«

»Es geht schneller, wenn du mir hilfst«, gab Joschi zurück.

Den Zusatz »du Armleuchter« verkniff er sich.

Als Joschi den eingewickelten Hund auf der Rückbank von Torbens Kombi abgelegt hatte, stand auch ihm der Schweiß auf der Stirn.

»Und jetzt?«, fragte er, hob sein Käppi hoch und fuhr sich durch die verschwitzten Haare.

Torben zuckte die Achseln.

»Dein Problem.«

Er drehte sich um und ging einfach weg. Unterredung beendet.

Joschi blinzelte zweimal, dann seufzte er. Also gut.

Er setzte sich hinters Lenkrad und warf immer wieder nervöse Blicke in den Rückspiegel. Die ersten hundert Meter befürchtete er, der Hund könnte sich aus der Plane befreien und sich auf ihn stürzen. Doch das Bündel hinter seinem Sitz blieb völlig reglos.

Ob er tot war?

Joschi bremste sanft ab und fuhr auf den Bürgersteig. Erst, als er sich vergewissert hatte, dass sich die Lkw-Plane leicht hob und senkte, fuhr er weiter.

Er fand einen Parkplatz direkt vor seiner Haustür, stieg aus und verharrte ein paar Minuten auf dem Bürgersteig. Keine Autos, keine Fußgänger. Nur ein paar Herbstblätter schaukelten durch die Luft. Eines landete auf der Motorhaube.

Joschi öffnete die Wagentür und trug den Schäferhund in seine Wohnung. Dort legte er das ordentlich verschnürte Paket auf den Boden im Wohnzimmer. Das Tier winselte leise. Es zerriss Joschi fast das Herz. Er war kein Tierquäler. Seine Familie hatte Tiere gehabt, seit er sich erinnern konnte. Mümmel, das Kaninchen. Coco, den Wellensittich. Coco hatte sogar so etwas Ähnliches wie hallo sagen können. Und jetzt hatte er wirklich einen Hund gekidnappt. Was zum Teufel stimmte bloß nicht mit ihm?

Joschi ging hektisch auf dem Parkettboden auf und ab. Er hatte Angst. Würde das Tier nach ihm schnappen, wenn er es aus der Plastikplane befreite?

Unschlüssig starrte Joschi vor sich hin und kaute an

seinem Zeigefinger herum. Er beschloss, es darauf ankommen zu lassen, entfaltete die oberen Lagen der Plastikplane und trat schnell einige Schritte zurück.

Sollte der Hund sich doch selbst befreien.

Die Plastikplane bauschte sich auf und raschelte. Eine Vorderpfote kam zum Vorschein, dann die andere. Die Krallen verursachten ein kratzendes Geräusch auf dem Holz. Die Plane schlug noch eine knisternde Welle und rutschte zur Seite. Der große Hund stand etwas wackelig vor Joschis Sofa und schüttelte sich. Sein glänzendes Fell sah zerzaust aus und knisterte elektrisch. Der Rüde wirkte benommen und machte einen unsicheren Schritt nach vorn. Dabei warf er Joschi einen hilfesuchenden Blick zu.

Der wird doch nicht, dachte Joschi.

Da erbrach sich Werner auch schon auf den Parkettboden.

*Siebenundzwanzigstes Kapitel*

# Judith war tief in Gedanken versunken.

Sie hatte den Ellbogen auf den schmalen Fensterrahmen gestützt und das Kinn in die Hand gelegt. Das war ziemlich unbequem. Sie musste die Muskeln anspannen, damit ihr Arm nicht abrutschte.

Auf dem schmalen Tisch vor ihr lag das Zugticket, das sie erst am Vormittag ausgedruckt hatte. Es sah aus wie ein Origami-Hühnchen. Der Drucker hatte einen Papierstau nach dem anderen gemeldet, und schließlich hatte Judith das Papier genervt aus einer der Klappen an der Rückseite des Geräts herausgezogen. Dabei war dieses kleine Kunstwerk entstanden.

Es waren immer noch zwei Stunden bis Berlin.

Judith gegenüber saß ein Mann etwa in ihrem Alter. Er trug einen bunten Turban, darunter kam ein eher unauffällig hübsches Gesicht hervor; man musste schon genau hinsehen, um es zu bemerken, aber dann blieb man eine Weile an ihm hängen.

Der Mann las ein Buch. Viele Seiten waren an den oberen Ecken geknickt. Judith hasste Eselsohren, so sehr, dass sie Bücher mit zu vielen Eselsohren nicht lesen konnte. Am liebsten hätte sie dem Mann das Buch aus der Hand genommen und erst mal alle Ecken in die entgegengesetzte Richtung gefaltet.

Sie versuchte, sich auf die Landschaft vor dem Fenster zu konzentrieren. Zugfahren hatte sie schon als kleines Kind geliebt. Bäume, Gras und Weidezäune, Kühe und Elektrizitätsmasten flogen vorüber, flüchtige Bildsequenzen wie bei einem Daumenkino. So viel Platz und Landschaft war sie nicht gewohnt.

Beim Versuch, seine Beine übereinanderzuschlagen, versetzte der Mann Judith einen Tritt. Sie zuckte zusammen, und ihr Ellbogen rutschte ab. Der Mann machte ein betretenes Gesicht.

»Entschuldigung. Habe ich Ihnen weh getan?«

»Ja«, antwortete Judith.

»Verzeihung«, sagte er.

Judith schämte sich zwar dafür, aber sie hatte nicht erwartet, dass der Mann akzentfrei Deutsch sprechen konnte. Das war nicht mal ein Vorurteil, das war einfach nur blöd.

»Woher kommen Sie?«, fragte Judith, noch bevor sie über ihre Frage nachdenken konnte.

Der Mann lächelte schief.

»Von weit her.«

Judith nickte. Schon klar. Sie lehnte ihren Kopf an die Fensterscheibe und starrte hinaus.

»Wohin fahren Sie?«, fragte der Mann mit dem Turban.

Vielleicht tat es ihm leid, dass er ihre Frage so knapp beantwortet hatte.

Judith betrachtete sein schmales Gesicht. Es sah sehr weich aus, fast schon feminin.

»Ich fahre nach Berlin.«

Während sich Judith noch fragte, warum es sie immer mehr interessierte, woher Menschen kamen, als wohin sie gingen, meinte der Mann:

»Berlin ist groß.«

»Charlottenburg.«

Die Augenbrauen in dem weichen Gesicht schnellten nach oben.

»*Da* komme ich her«, sagte er.

»Ich finde, das klingt nach einem Ort wie aus dem Märchen, Charlottenburg«, bemerkte Judith.

Der Mann lächelte.

»Dann fahren wir ja noch eine ganze Weile zusammen. Da sollte ich wohl versuchen, Sie nicht mehr zu treten.«

»Das sollten Sie auch versuchen, selbst wenn ich nur bis Wolfsburg führe.«

Der Mann lachte.

»Wohl wahr.«

»Meine Schwester hat einen anderen Vater als ich, und ich habe einen Hinweis gefunden, dass er aus Charlottenburg kommt«, sagte sie unvermittelt.

Der Mann wirkte überrascht und schien nicht zu wissen, was er darauf erwidern sollte. Vermutlich war es ihm unangenehm, dass sie so offenherzig war. Doch das kümmerte sie nicht. War es nicht einfach herrlich befreiend, sich mit Fremden zu unterhalten?

Als sie schon nicht mehr mit einer Reaktion rechnete, fragte er plötzlich:

»Warum machen Sie sich auf die Suche und nicht Ihre Schwester?«

»Ich habe das Gefühl, dass ich das tun muss.«

»Dass ICH das tun muss oder dass ich das TUN muss?«, fragte der Mann mit dem Turban.

Judith antwortete nicht. Stattdessen sagte sie:

»Ich heiße Judith.«

»Lukas. Warst du schon mal in Berlin?«

Judith sah aus dem Augenwinkel, dass das Mädchen auf der anderen Seite des Gangs sie und Lukas neugierig beäugte. Es verreiste mit einem schwarzen Kaninchen. Judith überlegte, ob das Unglück brachte, wie bei Katzen. Wobei. So was Kleines, Flauschiges –

»Schon einige Male.«

»Aber noch nie mit einer Mission?«

Judith musste über das Wort schmunzeln.

»Nein. Noch nie mit einer Mission.«

»Das verändert alles, oder?«, fragte Lukas.

Er gefiel ihr.

»Was ist deine Mission?«, fragte Judith.

»Ich habe keine. Ich fahre einfach nur nach Hause.«

Berlin war immer so grau, dachte Judith, als sie aus dem Zug gestiegen war.

Und hoch!

Sie legte den Kopf in den Nacken. Auch der Himmel über ihr war grau. Ihr Handy vibrierte in der Manteltasche.

Das war Georg. Er hatte ihr heute schon fünf Nachrichten geschickt. Judith fühlte sich bedrängt. Das war keines ihrer Lieblingsgefühle.

Er verstand nicht, warum sie nach Berlin fahren musste. Er hatte wissen wollen, warum sie die Suche nach Franzis leiblichem Vater zu ihrem Problem machte. Denn »eigentlich ist es doch ihre Angelegenheit«, hatte er gesagt. Judith ärgerte sich darüber. Nur, weil er es nicht verstand, musste er doch nicht versuchen, es ihr auszureden.

Sie war mit der S-Bahn zum Savignyplatz gefahren. Dort stand sie nun, zog den zusammengefalteten Papierzettel aus ihrer Manteltasche und las den Namen der Kneipe. Sie fragte einen Mann mit lichtem grauen Haar nach dem Weg dorthin. Der Mann kratzte sich ausgiebig am Kopf, ohne zu antworten, und Judith begriff, dass er sturzbetrunken war.

»Schon gut«, sagte sie, »ich frage jemand anderen.«

Sie hatte keine Lust mehr zu laufen. Sie suchte sich eine Bank und nahm Platz, öffnete ihre Handtasche und holte das Buch hervor, das sie sich für die Zugfahrt eingesteckt hatte. Die gestohlenen Fotos aus dem Kleiderschrank ihrer Mutter hatte sie zwischen die Seiten geklemmt, damit sie nicht verknickten.

Komisch, wie das manchmal so war. Was manchmal so geschah. Eine Reise begann selten am Bahnhof oder am Flughafen. Judiths Reise hatte mit diesen Fotos aus den siebziger Jahren begonnen. Ihre Oberfläche war rau, die Kontraste waren weich, und die Farben hatten einen leichten Orangeschimmer.

Judith hatte sie in den Händen gehalten und immer wieder durchgesehen, eins nach dem anderen. Sie hatte versucht, sich eine Geschichte von ihnen erzählen zu lassen, aber das war nicht so einfach. Es waren nicht genug Fotos. Und egal, wie schnell sie sie auch durchsah, es wurde kein bewegtes Bild, kein Film daraus.

Die Lücken mussten andere füllen. Deshalb war sie hier.

Judith betrachtete das Foto von dem Mietshaus mit der Backsteinfassade, in dem ihre Mutter als Mädchen gewohnt hatte. Dann zog sie das Foto hervor, auf dem Brunhilde und der Mann mit der Zahnlücke vor der »Schatztruhe« standen. Dort wollte sie anfangen.

Mit Hannes.

*Achtundzwanzigstes Kapitel*

# Was will ich eigentlich hier?

Judith fühlte sich, als hätte jemand bei ihr die Luft rausgelassen. Bis zu dem vierstöckigen pflaumenblauen Gebäude war sie etwa zehn Minuten gelaufen. Sie hatte zwei Passanten nach dem Weg gefragt. Fehlanzeige. Erst der Dritte war alt genug, um sich an die »Schatztruhe« zu erinnern. Der Eingang der Kneipe wies zur Straßenecke. Die großen Fenster links und rechts davon waren mit braunen Gardinen verhangen. An manchen Stellen blätterte der Putz von der Fassade, und die Wand sah aus, als könnte man mit dem Finger Löcher hineindrücken wie bei einem saftigen Schokokuchen. Dabei war der Anblick des Gebäudes alles andere als appetitlich.

Judith betrachtete das Neonschild mit der Aufschrift »Roxy« – so hieß die »Schatztruhe« inzwischen –, und auf einmal überkam sie ein Gefühl von tiefer Hoffnungslosigkeit. Sie ließ die Schultern hängen.

Vielleicht war das alles nur eine totale Schnapsidee. Es konnte ihr doch im Prinzip egal sein, wer Franzis Vater war. Und plötzlich sagte eine andere Stimme in ihrem Kopf: Was bist du denn für eine Journalistin? Wo bleibt deine Neugier?

Gute Frage. Die musste sie wohl irgendwo auf dem

Weg zur Kneipe verloren haben. Jetzt gerade wollte sie einfach nur ins Hotel und sich aufs Bett fallen lassen. Ein Glas Sekt wäre auch nicht schlecht.

Na gut, dachte Judith und stieß die Tür auf.

Vor ihr lag ein ziemlich dunkler Raum, ein langer, schmaler Schlauch. Rechts befand sich eine mit Messing beschlagene Holztheke. Das sah ganz nett aus und sogar viel netter, als es die schmuddelig braune Fassade und das dreckige Neonschild hatten vermuten lassen. Ein Mann saß an der Bar, ein Bier mit stattlicher Schaumkrone vor der Nase. Er unterhielt sich mit dem Barkeeper, einem Glatzkopf mit mehreren Speckfalten im Nacken. Der trocknete gerade eine Biertulpe mit einem karierten Tuch ab und lachte über etwas, das der Gast gesagt hatte. Dann fiel sein Blick auf Judith. Er nickte ihr freundlich zu.

»Hallo. Bier?«, fragte er.

Interessante Begrüßung. Judith musste grinsen.

»Ja, gern.«

Sie nahm auf einem der Barhocker Platz und beobachtete den Mann dabei, wie er ihr ein frisches Bier zapfte.

»Ick hab Se hier noch nie jesehn«, sagte der Barkeeper, als er das Glas vor Judith auf einem Bierdeckel platzierte.

»Ich war auch noch nie hier. Ich suche jemanden. Kennen Sie den früheren Besitzer dieser Kneipe? Hannes?«

»Den Hannes? Klar kenn ick den! Den kennt doch jeder! Die Kneipe jehört aber mittlerweile mir. Hannes is nich mehr der Jüngste und auch nich janz fit. Hatte Krebs jehabt, wissense.«

Judith nahm einen großen Schluck von dem kalten

Bier und konnte den anschließenden Rülpser noch gerade so in ein lautes Ausatmen umwandeln. Sie hatte einen Riesendurst. Sie betrachtete ihr Glas und beobachtete, wie ein paar Schaumblasen verzagt platzten und traurig an der Glasinnenseite nach unten rutschten.

»Hannes kommt bestimmt gleich«, sagte der Barkeeper. »Der kommt ja jeden Tag. Und meistens so um diese Zeit.«

Diese Zeit, dachte Judith. Sie wusste gar nicht, was das für eine Zeit war. Sie schaute auf ihr Handy. Drei verpasste Anrufe. Georg ließ nicht locker. Es war kurz vor sechzehn Uhr.

»Lust auf 'ne Runde Karten?«, fragte der Barkeeper.

Der andere Gast und Judith blickten sich verdutzt an und zuckten gleichzeitig die Achseln. Warum nicht? Der Barkeeper, Frank, erklärte ihnen die Regeln. Die Spieler mussten, nachdem sie ihre Karten angesehen hatten, entscheiden, wie viele Stiche sie in der Runde bekommen würden. Wenn sie richtiglagen, gab es Punkte, wenn nicht, Punktabzüge.

»Hab ick von meiner Tochter jekriegt«, erläuterte Frank und wurde rot, vor Stolz oder Scham.

Judith überlegte, dass diese beiden Gefühle ganz gut zueinander passten, und nahm ihre Karten auf. Sie hatten gerade eine Runde gespielt, da spürte Judith einen kalten Zug im Rücken. Ein älterer Herr mit sehr roter Nase betrat das Lokal.

»Dit is der Hannes«, erklärte Frank. »Hey, Hannes, Lust auf 'ne Partie Wizard?«

»Wat denkste?«

Hannes grinste von einem Ohr zum anderen.

Die Zahnlücke ist weg, war das Erste, was Judith dachte, dennoch erkannte sie den sehr viel jüngeren Mann von dem Foto sofort in dem gealterten Gesicht wieder. Wie alt es genau war, konnte sie schwer schätzen. Über siebzig auf jeden Fall.

Hannes hatte O-Beine und trug ein kariertes Jackett mit Lederaufsätzen an den Ellbogen. Als er neben Judith am Tresen Platz nahm, strich er sich die Haare glatt und reichte Frank die Hand, bevor er sich ihr zuwandte.

»Johannes Bergradt, anjenehm«, sagte er.

»Judith Albrecht. Freut mich.«

»Die junge Dame hier is von weit her anjereist, um dich zu suchen«, erklärte Frank fröhlich.

Hannes fand das überhaupt nicht ungewöhnlich.

»Erzähl mir mal wat Neues«, lachte er und nickte Judith freundlich zu. »Aber erst mal hätt ick gern ein kühles Bier, und dann spielen wir 'ne Runde, ja?«

Judith hatte zunächst mit mehr als fünfzig Punkten geführt, doch irgendwann hatte ihre Konzentration nachgelassen. Seit vier Runden sagte sie verlässlich die falsche Anzahl Stiche an, und ihre Punktzahl schwand. 120, 100, 70, Tod durch Herzversagen. Sie betrachtete die Karten in ihrer Hand und dachte dabei angestrengt nach, aber nicht über den nächsten Spielzug.

»Wat willste denn nun jenau von mir wissen?«, fragte Hannes, ohne von seiner Hand aufzublicken.

Judith stellte amüsiert fest, dass er immer seine Zunge in den Mundwinkel klemmte, bevor er eine Karte legte. Seine Haare standen über den Ohren in zwei strohigen Büscheln ab, die Glatze dazwischen wirkte wie blank poliert. Er hatte inzwischen drei Bier intus, und seine Nase leuchtete noch ein bisschen mehr.

»Ich glaube, du kennst meine Mutter«, erklärte sie.

»Ach ja? Dit is jut möglich. Ick kannte 'ne janze Menge Frauen, die heute Mütter sind.«

Frank lachte tonlos. Sein Bierbauch hob und senkte sich dabei, und er kniff die Augen zusammen. Er erinnerte Judith an einen kleinen, dicken Buddha.

»Aber mal im Ernst jetzt«, sagte Hannes. »Wie heeßt se denn, deine Mutter?«

Judith schob Hannes das Foto über den Tresen zu.

»Brunhilde Gärtner.«

Sie nannte den Namen aus dem Reisepass, den sie in dem Schuhkarton in Brunhildes Schrank gefunden hatte.

Hannes nahm das Foto in die Hand und veränderte den Abstand zu seinem Gesicht. Plötzlich hellte sich seine Miene auf.

»Dit jibt et doch jar nich! Wie jung wir da waren«, flüsterte er. »Guck ma, Frank, da war ick noch jung und knackig!«

Als Hannes das Foto wieder auf den Tresen legte, schenkte er Judith seine ganze Aufmerksamkeit.

»Und *du* bist die Tochter von der Brunhilde?«

Er musterte sie von Kopf bis Fuß.

»Du siehst ihr jar nich ähnlich«, sagte Hannes.

»Du kannst dich an sie erinnern?«, fragte Judith.

»Natürlich kann ick mich an die erinnern«, rief Hannes aus und richtete seinen Oberkörper so ruckartig auf, dass er beinahe vom Stuhl fiel. »So 'ne Frau verjisst man doch nich!«

Judith betrachtete ihn überrascht.

»Wie meinst du das?«

Hannes sah sie an, als wenn sie nicht ganz bei Trost wäre.

»Hat se dir denn nie Fotos von sich jezeigt, als se noch 'n junges Mädchen jewesen war?«

Judith dachte an die Bilder aus dem Karton im Kleiderschrank. Sie kannte natürlich auch die Familienalben, aber sie hatte sich noch nie Gedanken darüber gemacht, ob ihre Mutter hübsch war oder hässlich. Mama war halt Mama.

»Se war bildhübsch«, meinte Hannes jetzt und legte seine Karten kurz auf dem Tresen ab, um die Form eines weiblichen Körpers in die Luft malen zu können.

»Tolle Figur, sinnlicher Mund. Und diese Haare! Kastanienbraun, haben se im Kiez jesagt. Oder dunkelrot. Außerjewöhnlich waren se auf jeden Fall. Solche Haare hatte außer ihr niemand in der Jejend. Wenn se in der Sonne stand, hat es ausjesehn, als hätte ihr eener flüssijet Kupfer über den Kopf jeschüttet.«

»Dit klingt ja fast, als wenn du in se verliebt jewesen wärst«, meinte der Barkeeper lachend.

Hannes nickte heftig.

»Und wie!«, rief er. »Und ick war nich der Einzije!

Aber deine Mutter, die hatte ja eh nur Augen für den Heinz.«

Heinz. Da war er wieder, der Name.

»Und der Heinz?«, fragte Judith. »Was war das für einer?«

Hannes nahm seine Karten wieder auf und schob die Lippen nach vorn, als müsse er kurz abwägen, wie er diesen Heinz denn nun finden sollte.

»Nun ja«, begann Hannes,»der Heinz war eijentlich 'n juter Kerl. Der sah auch jut aus! Groß war der, schlank, muskulös. So'n sportlicher Typ mit dichtem dunklen Haar. Die beeden waren 'n sehr schönet Paar.«

Hannes' Bericht brach ab. Er gab vor, sich auf das Spiel konzentrieren zu wollen, aber Judith nahm ihm das nicht ab.

»Aber?«, half sie ihm auf die Sprünge.

Hannes suchte nach den richtigen Worten, die offenbar nicht kommen wollten.

»Er war, sagen wir mal, berechnender als Bruni«, erklärte er zuletzt. »Ick gloob schon, dass er se jeliebt hat, aber dit hing eben auch damit zusammen, dass se so schön war und er, na ja, mit ihr anjeben konnte. Aber vielleicht unterstelle ick ihm da och wat. Ick weeß nich.«

»Was ist aus den beiden geworden?«

Jetzt sah Hannes etwas verlegen drein.

»Dit weeßt du nich?«

»Nein. Meine Mutter hat leider nie mit uns über damals gesprochen«, gab Judith zurück.

Hannes wich ihrem Blick aus.

»Nun, et jab da so verschiedene Jerüchte.«

Judith wartete.

»Also, mir wurde erzählt, dass die Bruni irjendwann schwanger war«, fuhr Hannes schließlich fort, fühlte sich aber sichtlich unwohl dabei. »Dit war ja zu erwarten jewesen, so wie die immer rumjeturtelt ham. Dit hat mir jar nich so überrascht. Aber da kursierte och noch 'n anderet Jerücht.«

Hannes schüttelte den Kopf.

»Dit sind doch so 'ne alten Jeschichten. Ick will nich schlecht über deine Mutter reden.«

Judith nahm Hannes' Hand. Sanft sagte sie:

»Aber ich bitte dich doch darum.«

Hannes sah Frank hilflos an und seufzte.

»Also. Damals jab et in Berlin so'n paar spektakuläre Einbrüche. Die Polizei konnte die Täter nich dingfest machen, die Spuren ließen aber eindeutig drauf schließen, dass et sich um ein Team aus mindestens zwei, vielleicht auch drei Personen jehandelt hat. Die waren in die feinsten Villen einjestiegen. Die Krönung war der Einbruch in der Villa vom alten Becker im Grunewald. Dit war so'n stinkreicher Industrieller, einer der reichsten Männer von der janzen Stadt. Man war sich zwar nich janz sicher, ob dit nu wirklich dieselben Einbrecher wie in den übrigen Fällen jewesen waren, aber die Spuren am Tatort deuteten darauf hin. Die Jeschichte war damals in aller Munde.

Na ja, und einmal, da war der Heinz so richtig sturzbetrunken. Ick kann mir noch dran erinnern, wie er da drüben am Tresen jesessen hat, wo der Ernst jetzt sitzt, und ähnlich friedlich sein Bierchen trank. Bloß dass er plötzlich anfing, so wirres Zeug zu faseln. Er jeriet förmlich ins Schwärmen darüber, wie schön doch die Villa vom alten Becker wäre. Und dass er und seine Frau, die berühmte Opernsängerin Hilde Schild, im Oberjeschoss rumjerätselt hatten, warum plötzlich alle Fenster offen stünden, während er, der Heinz, in aller Seelenruhe durch die Haustür ins Freie marschiert war. ›Aber davor, da hättense mich fast erwischt. Dit war haarscharf jewesen! Der Bruni wäre dit nie passiert!‹, hatte er dabei jerufen. ›Die war immer so vorsichtig, die erwischt keener!‹

Tja, wir haben dem damals nich so viel Beachtung jeschenkt. Der Heinz war schon so'n Aufschneider manchmal. Hatte er halt ma wieder eenen übern Durst jetrunken. Wir ham jelacht und nix weiter. Aber dann jeschahen auf einmal mehrere Dinge gleichzeitig. Zum einen stand eines Tages die Polizei vor dem Haus, in dem Bruni mit ihrer Familie wohnte, und wollte mit Bruni sprechen. Die Adelheid, die Zwillingsschwester von der Bruni, wusste nur, dass die Bruni seit 'n paar Tagen nich mehr zu Hause jewesen war. Und seitdem ham wa die Bruni hier och nich mehr jesehen.

Na ja, und dit andere, wat merkwürdig war, war, dass der Heinz jar nicht lange Zeit später hier rinjeschneit kam und freudestrahlend verkündete, dass er das janz große Los jezogen hätte.«

Hannes' Geschichte endete so abrupt, dass Judith es zunächst nicht verstand. Sie hing immer noch an seinen Lippen, die aber mit einem Mal fest aufeinanderklebten.

»Und dann?«, fragte Judith atemlos.

Hannes hob den Kopf. Es schien, als lägen seine Augen ein wenig tiefer in den Höhlen als zuvor. Er sah müde aus.

»Die Tochter von denen«, sagte er tonlos, »'n paar Wochen später hat der Heinz die Tochter vom alten Becker jeheiratet. Christiane hieß die.«

Judith stellte ihr Glas auf der Theke ab und hatte das Gefühl, sich selbst dabei über die Schulter zu schauen. Der Bierdeckel. Das Glas darauf. Der Schaum auf dem Bier.

Sie fragte:

»Wie hieß denn der Heinz mit Nachnamen?«

Hannes' Gesicht hellte sich auf. Das war eine leicht zu beantwortende Frage.

»Na, Ruthemann«, sagte er und lächelte.

## *Neunundzwanzigstes Kapitel*

# »Einen Augenblick.«

Die etwas kratzige Stimme einer Frau ertönte hinter der Wohnungstür im zweiten Stock des Vorderhauses.

Judith war aufgeregt. Jetzt gleich würde sie ihre Tante Adelheid kennenlernen, Mamas Zwillingsschwester. Judith hatte Hannes das Foto von Tante Adelheid und Brunhilde gezeigt, und Hannes hatte zu strahlen begonnen.

»Na klar! Die Adelheid! Die hatte 'n janz schön loset Mundwerk jehabt«, hatte er erzählt. »Se war nich so schön jewesen wie Bruni, aber lustig, und alle hatten se jemocht.«

Er wusste sogar, wo Adelheid jetzt wohnte, und gab Judith die Adresse. Anschließend hatte sich Judith von Frank und Hannes verabschiedet und war mit der U-Bahn nach Kreuzberg gefahren. Tante Adelheid wohnte in der Nähe vom Viktoriapark.

Judith hatte sich vorgestellt, wie sie die Frau anstrahlen und sagen würde: Hallo Adelheid, ich bin's, deine Nichte Judith. Schön, dich endlich mal kennenzulernen. Und wenn sie das Gefühl hatte, dass Adelheid ein wenig gerührt war, würde Judith sie einfach in den Arm nehmen und drücken. Doch in dem Moment, als eine leicht untersetzte Frau mit eingefallenen Wangen und stumpfen braunen Augen die Wohnungstür öffnete, verließ Judith der Mut.

Die Frau hatte schlohweißes kurzes Haar und buschige Augenbrauen wie ein Mann. Durch den Türspalt erkannte Judith, dass sie einen Morgenrock mit rosa Blumen darauf anhatte. Darunter trug sie sicher noch ihren Schlafanzug.

»Sind Sie Adelheid Gärtner?«, fragte Judith.

Die Frau sah sie neugierig an, dann nickte sie bestimmt.

»Sie wollen mir doch nichts verkaufen, oder?«

Judith war fürchterlich aufgeregt. Sie schüttelte rasch den Kopf.

»Nein, ich will Ihnen nichts verkaufen. Ich bin Brunhilde Gärtners jüngere Tochter Judith.«

Die Frau zog überrascht den Kopf zurück.

»Brunhildes Tochter? Können Sie das beweisen?«

Damit hatte Judith nicht gerechnet.

»Ich … äh … beweisen?«

Der Gesichtsausdruck der Frau änderte sich schlagartig. Sie schloss sogar die Tür ein paar Zentimeter und sah Judith durch den Spalt misstrauisch an.

»Sie sind doch wieder einer von diesen Nostalgiereportern«, sagte die Frau, »gehen Sie weg.«

Damit wollte Adelheid die Tür schließen, doch Judith streckte rasch ihre Hand aus und presste sie gegen das gelblackierte Holz.

»Halt, bitte warten Sie! Ich bin wirklich Brunhildes Tochter.«

Sie kramte das Buch aus ihrer Handtasche und zog die Fotos zwischen den Seiten hervor. Als sie das Foto gefunden hatte, auf dessen Rückseite ZUHAUSE stand, reichte sie es der Frau durch den Türspalt.

»Hier, sehen Sie? Das habe ich von meiner Mutter bekommen.«

Judith ratterte verschiedene Informationen über Brunhilde hinunter, die ihr in den Sinn kamen. Haar- und Augenfarbe, die »Schatztruhe«, kleiner Leberfleck unter dem rechten Auge. Mit jedem Detail wuchs die Verwunderung auf dem Gesicht der Dame im Schlafrock. Und die Tür öffnete sich wieder ein wenig.

Als Judith nichts mehr einfiel, verstummte sie einfach und fixierte die Zwillingsschwester ihrer Mutter atemlos.

Das musste reichen, dachte Judith dabei, bitte, glaub mir.

Da begann Adelheid Gärtner auf einmal zu grinsen, und Judith meinte, ihre Mutter in dem faltigen Gesicht wiederzuerkennen.

»Na, dann mal rein in die gute Stube«, sagte Tante Adelheid und zwinkerte dabei.

Judith hatte auf dem Sofa im Wohnzimmer Platz genommen. Es war ein kleiner, ziemlich dunkler Raum. Die Vorhänge waren viel zu schwer und ließen kein Sonnenlicht durch, und auch die Möbel drückten. Gemütlich war anders.

»Ich komme sofort zurück«, sagte Tante Adelheid und verschwand im Flur.

Ihre Wohnung war in dem Stil eingerichtet, den man als Gelsenkirchener Barock bezeichnet hätte. Auf den freien Flächen standen glitzernde Kerzenblumen in bunten Farben, wie man sie auf dem Weihnachtsmarkt kaufen konnte. Auch die Porzellanpuppensammlung auf dem Rand des beigefarbenen Sofas zeugte von einem sehr eigenen Geschmack.

Tante Adelheid schlurfte in rosafarbenen Pantoffeln zwischen der Küche und dem Wohnzimmer hin und her, um ihren unverhofften Gast mit Kaffee zu bewirten.

»Mach dir bitte keine Umstände«, rief Judith hinter ihr her.

Adelheid machte eine abwehrende Handbewegung.

»Papperlapapp.«

Das »Du« hatte sie Judith noch im Flur angeboten, als sie ihre Jacke entgegengenommen hatte.

»Du trinkst deinen Kaffee bestimmt gern stark«, rief Adelheid aus der Küche.

»Ja«, rief Judith zurück.

Adelheid balancierte Tassen, Unterteller und Löffel auf einem Tablett ins Wohnzimmer. Die Löffel klirrten auf dem Porzellan, so sehr zitterte sie dabei.

»Ich hatte lang keinen Besuch«, erklärte sie, als wollte sie sich für den Lärm entschuldigen, »das heißt aber nicht, dass das Service schmuddelig ist, oder so. Kaffee läuft noch durch.«

Damit ließ sie sich in den wuchtigen Sessel auf der anderen Seite des niedrigen Tischs fallen und musterte ihren Gast neugierig.

»Ich muss ja sagen, dass du Brunhilde gar nicht ähnlich bist.«

»Ja, das höre ich andauernd. Ich komme mehr nach meinem Vater.«

»Und wer ist dein Vater?«

Judith lehnte sich leicht nach vorn. Das Sofa war furchtbar unbequem. Eine Feder bohrte sich immer wieder in ihren Oberschenkel.

»Er hieß Walter. Walter Albrecht.«

»Und waren die beiden verheiratet?«

Judith nickte.

»Dann hieß Bruni also Brunhilde Albrecht? Kein Wunder, dass ich sie nie gefunden habe. Ich habe schließlich nach einer Bruni Gärtner und einem Kleinkind gesucht.«

»Du hast sie gesucht?«, fragte Judith überrascht.

»Natürlich«, gab Adelheid entrüstet zurück, »was denkst du denn?«

Sie funkelte Judith an.

»Sie ist doch meine Schwester! Ich habe mir große Sorgen um sie gemacht. Ich wusste ja, dass sie schwanger war von diesem, von diesem ...«

Adelheid suchte nach Worten und fuchtelte dabei hilflos mit den Händen.

»Heinz?«, kam ihr Judith zu Hilfe.

Der böse Blick, den Adelheid ihr mit verkniffenem Mund zuwarf, galt hoffentlich Heinz und nicht ihr.

Tante Adelheid stand auf und verließ das Zimmer. Dabei murmelte sie irgendetwas mit Kaffee.

»Ich glaube, sie mag Heinz nicht besonders«, flüsterte Judith den Puppen zu.

Adelheid kehrte mit einer kleinen Thermoskanne zurück. Ihre Miene war unverändert düster. Sie schenkte Judith in die zierliche Porzellantasse ein. Zuletzt schüttete sie eine kleine Pfütze in ihre eigene Tasse und füllte sie großzügig mit dicker Kondensmilch auf. Ihre Hand zitterte nicht mehr. Der Zorn hatte sie offenbar ruhiger gemacht.

Judith nahm den ersten Schluck von dem pechschwarzen Getränk. Es war so unfassbar stark, dass sie fürchtete, es wäre zu viel für ihr Herz. Sie blähte die Wangen auf und spürte, wie ihre Augen immer größer wurden. Adelheid schien sich über diese Reaktion zu freuen. Sie nickte jedenfalls bedächtig und sagte:

»War Zeit, dass du mal einen richtigen Kaffee bekommst.«

»Was war denn mit Heinz?«, wollte Judith wissen, als ihr Herz nicht mehr wie bei Pinball kreuz und quer durch ihren Brustkorb flog.

Adelheid zuckte die Achseln.

»Was soll schon mit dem gewesen sein? Der sah gut aus. Charmant war er. Sie war bis über beide Ohren in ihn verliebt. Und sie hätte alles für ihn getan. Als er irgendwann angefangen hat, ihr so Flöhe ins Ohr zu setzen, ist sie sofort darauf angesprungen. Dummes Huhn. Wir haben uns so oft gestritten wegen diesem Mistkerl! Aber sie hat nur gesagt: ›Ich liebe ihn.‹ Was sollte ich da noch groß tun? Es hatte ja doch keinen Sinn.

Dass sie wegen ihm auf die schiefe Bahn geraten ist, hat unsere Mutter nie verkraftet. So ein elender Gauner. Als Bruni auch noch schwanger wurde, dachte ich, jetzt ist es aus, die Mama stirbt. Aber bevor Bruni es ihr erzählt hat, ist sie verschwunden. Von einem Tag auf den anderen. Sie musste fliehen, weil ihr die Polizei auf die Schliche gekommen ist. Dabei hat *er* das doch alles angezettelt!

Ich habe das der Polizei natürlich nie erzählt. Ich hatte Angst, dass er sie noch mehr belasten würde, wenn sie ihn festnehmen. Aber es vergeht kein Tag, an dem ich ihm nicht die Pest an den Hals wünsche! Vor allem, weil er es sich doch erstaunlich schnell in seinem neuen Leben bequem gemacht hat. Kaum war Bruni weg, ist er auch schon in die Villa im Grunewald gezogen. Das werde ich ihm nie verzeihen. Der hat nur noch die Dollarzeichen gesehen. So ein Scheißkerl!«

Adelheid hatte so schnell und viel gesprochen, dass ihr am Ende die Puste ausging. Sie holte tief Luft und fuhr sich durch das weiße Haar.

»Er ist einmal zu mir gekommen, nachdem sie verschwunden war. Ich wollte gerade mit den Fäusten auf ihn losgehen, da hat er mir gesagt, dass Brunhilde in Hamburg sei und dass es ihr gutgehe. Er hat die Hände schützend vor seinen Oberkörper gehalten. Wahrscheinlich sollte es aussehen, als wollte er mich beschwichtigen, aber ich glaube, dass er die Hosen voll hatte.«

Tante Adelheid wechselte das Thema.

»Wohnt sie denn überhaupt in Hamburg? Da habe ich jedenfalls nach ihr gesucht, jahrelang.«

Judith schüttelte den Kopf.

»Wir leben in Bonn.«

»Bonn?«

Adelheids Augen füllten sich mit Tränen.

»Dann hat er mich auch in diesem Punkt belogen.«

Judith starrte betreten auf den Wohnzimmertisch.

»Wie geht es ihr denn?«, fragte Adelheid, nachdem sie ein paar Tränen mit dem Handrücken weggewischt und sich wieder ein wenig gefasst hatte.

Judith wurde rot. Sie musste daran denken, wie sie auf dem Fußboden vorm Kleiderschrank ihrer Mutter gesessen hatte und beim Durchsehen der Fotos in dem Schuhkarton begreifen musste, wie wenig sie von ihr wusste.

Wann hatte sie ihre Mutter das letzte Mal mit aufrichtigem Interesse gefragt, wie es ihr ging? Und sich die Antwort darauf gemerkt?

»Äh. Gut. Glaub ich«, stotterte sie.

»Warum hat sie nie Kontakt zu mir aufgenommen, kannst du mir das mal sagen? Wir waren doch wie Pech und Schwefel, bevor dieser Teufel aufgetaucht ist!«

Jetzt hatte Adelheid einen bitteren Zug um den Mund, und ihre schmalen Lippen bebten leicht. Sie sah viel älter aus als Brunhilde, dachte Judith.

Sie hatte keine Antwort auf Adelheids Frage.

»Ich verstehe auch so viele Dinge nicht«, meinte Judith und seufzte.

## *Dreißigstes Kapitel*

# »Wie war die Arbeit?«

Franzi hob ruckartig den Kopf, als Toni ihr diese Frage stellte.

Sie hatte gedankenverloren auf dem Sofa gesessen und ihn nicht kommen hören. Auf ihrem Schoß lag ein Rock von Maria, dessen Reißverschluss halb herausgerissen war. Bei dem Versuch, ihn wieder festzunähen, hatte sich Franzi in den Zeigefinger gestochen. Sie lutschte einen Blutstropfen von der Fingerspitze. Dabei betrachtete sie ihren Sohn. Manchmal versetzte ihr sein Anblick einen kleinen Stich. Wie groß er war! Und dazu diese verblüffende Ähnlichkeit mit seinem Vater.

Mini-Micha.

Franzi zuckte die Achseln.

»Ach, normal, würde ich sagen. Christiane hat mich heute nicht zur Schnecke gemacht, das ist ja schon mal was.«

Sie hielt kurz inne.

»Aber eben hab ich mal wieder gedacht, dass die echt Geld wie Heu haben.«

»Ach ja?«

Franzi nickte.

»So ein Haus hast du noch nicht gesehen. ›Haus‹ ist

eigentlich das falsche Wort. Es ist eine Villa. Mit Freitreppe! So was kenne ich nur aus dem Fernsehen. Verbotene Liebe. Oder Dallas. Überall aufwendiger Stuck und ausladende Goldrahmen, wunderschön, wirklich. Und in den Fluren stehen antike Vasen auf wuchtigen Marmorsockeln. In der Eingangshalle ist auch alles aus Marmor. Der ist so grau meliert und von weißen und rötlichen Fasern durchzogen.«

Franzi überlegte, ob sie zu sehr ins Schwärmen geraten war. Sie blickte betreten auf ihre Hände, in der sie Marias Rock hielt, den sie in einem Secondhandladen für drei Euro gekauft hatte.

»Ich mag unser Haus«, sagte Toni.

Franzi hob den Kopf und lächelte. Sie vergaß manchmal, wie feinfühlig er sein konnte.

»Mama, ich muss mit dir reden.«

Franzi horchte auf. Dieser ernste Tonfall passte nicht zu ihrem Sohn. In ihrem Kopf spulten sich verschiedene Szenarien ab.

Szenario a) Toni erzählt mir, dass er kifft.

Absolut abwegig. Nicht, dass er es tut, sondern dass er es mir erzählt.

Szenario b) Toni erzählt mir, dass er sich zum ersten Mal in ein Mädchen verliebt hat und nicht weiß, was er jetzt tun soll.

Absolut abwegig. Gleiche Begründung wie bei a).

Szenario c) Toni erzählt mir, dass er nicht versetzt wird.

Am abwegigsten. Toni schrieb fast nur Einsen und Zweien.

Worüber könnte ihr Teenager-Sohn sonst mit ihr reden wollen?

Höchste Alarmstufe.

»Was gibt's?«, fragte Franzi betont locker.

Toni setzte sich ihr gegenüber an den Küchentisch und hielt den Kopf gesenkt. Hatte er etwas angestellt? Franzi spürte, wie ihr Herzschlag einen Zahn zulegte.

Toni sagte:

»Ich weiß nicht, ob es richtig ist, wenn ich es dir erzähle.«

Franzi versuchte es mit einem weiteren lockeren Spruch, der verkrampft und künstlich klang.

»Jetzt machst du es aber spannend.«

Ihre Stimme war schrill.

Toni hob den Kopf. Er sah traurig aus.

»Vor ein paar Tagen war ich mit Eli in der Altstadt. Und da hab ich Papa gesehen. Zusammen mit der Tante aus dem Reitstall.«

Franzi zog die Augenbrauen zusammen.

»Mit Bene?«

Toni nickte.

Franzi war ganz starr.

Bene?

Bene und Micha?

»Die beiden kennen sich aus dem Reitstall«, begann Franzi, »Micha hat Jana mal zum Reiten gefahren.«

Toni schüttelte noch während Franzi redete den Kopf.

»Nee, Mama, die sind sich nicht zufällig da begegnet, die waren zusammen unterwegs«, meinte er bestimmt.

Franzi öffnete den Mund leicht und befeuchtete ihre Lippen.

»Du meinst als Paar?«

Toni nickte.

»Ja. Sie sind Arm in Arm gelaufen.«

Franzi wurde schwindelig. Als stünde sie irgendwo weit oben auf einem Felsen und schaute in die Tiefe. Sie hatte Angst vor dem Abgrund. Alles drehte sich.

»Tut mir leid, Mama«, murmelte Toni, »ich war mir nicht sicher, ob ich es dir sagen soll. Aber dann dachte ich, dass du das wissen musst.«

Franzi schloss den Mund und betrachtete ihren Sohn liebevoll.

»Das war richtig von dir. Danke, dass du es mir erzählt hast«, sagte sie nach einer gefühlten Ewigkeit.

Jetzt bloß nicht in Tränen ausbrechen, dachte sie dabei. Nicht jetzt. Nicht vor Toni.

»Ich wollte es dir neulich schon erzählen, gleich nachdem ich die beiden gesehen hatte. Aber da hast du mit mir über irgendwas reden wollen, und dann hab ich's vergessen. Tut mir leid.«

Franzi spürte, wie der Kloß, der sich in ihrem Hals gebildet hatte, wuchs. Ihr war zum Heulen zumute, aber sie bot all ihre Selbstbeherrschung auf, um ruhig zu bleiben. Und irgendwie funktionierte es.

»Ihr seid doch befreundet, oder?«, fügte Toni hinzu. »Also, ich finde, wenn man sich gut kennt, darf man so was nicht machen.«

»Wann war das?«, presste Franzi hervor.

Toni dachte kurz nach.

»Na ja. Vor ein paar Tagen. Als du mich mal wieder mit dem Kiffen genervt hast.«

Franzi erinnerte sich. Das war wirklich erst ein paar Tage her. Aber das hieß nichts. Vielleicht waren die beiden schon viel länger zusammen. Wann hatte Micha Jana zum Reiten gebracht? Franzis Gedanken verselbständigten sich.

Plötzlich fiel ihr das Urlaubsfoto in Michas Flur ein. Lief das zwischen den beiden etwa schon seit dem Sommer? War er mit Bene in Meran gewesen?

Was für ein Arschloch!

Genaugenommen zwei. Arschlöcher!

## *Einunddreißigstes Kapitel*

# Weg. Einfach nur weg.

Franzi stopfte in Windeseile ein paar Sachen in die Familien-Krankenhaustasche und fuhr zum Bahnhof.

Bis auf Jana waren alle schon mal im Krankenhaus gewesen. Toni, als er die Mandeln herausbekommen hatte. Maria, als sie vom Pferd gefallen war und sich einen Nackenwirbel angebrochen hatte. Seither war sie nie wieder geritten. Micha mit Meniskusriss beim Skilaufen. Meniskusriss Klappe die II. beim Handballspielen. Als er ihr zwei Jahre später erzählte, dass er Kitesurfen lernen wollte, hatte Franzi ihm einen Vogel gezeigt. Und nicht zu vergessen sie selbst. Entbindung eins, zwei und drei.

Franzi wusste noch, wie Micha vor der ersten Meniskusoperation im Krankenhausbett lag, bevor sie ihn in den OP-Saal fuhren. Er hatte Angst. Sie hielt seine Hand, und er sagte, dass es ihm peinlich sei, so vor ihr zu zittern. Wo sie doch schon zwei Kinder zur Welt gebracht hatte.

»Ich bin ein Waschlappen.«

Franzi hätte am liebsten laut losgelacht, weil sie die Situation so witzig fand. Doch sie verkniff es sich. Einen Mann, der sich zu seiner Schwäche bekannte und sich dafür schämte, durfte man nicht auslachen. Sonst würde man wahrscheinlich nie wieder Sex haben.

Stattdessen hatte Franzi ihm durch die Haare gestreichelt und ihm gesagt, dass er sich keine Sorgen machen sollte und dass sie ihn liebte.

»Ich liebe dich« zu sagen war damals noch so einfach gewesen. Die drei Wörter hatten ihr unentwegt auf der Zunge gelegen. Die Geheimwaffe. Die Universalantwort.

Irgendwann (wann genau, wusste sie nicht mehr) waren sie das nicht mehr gewesen, aber sie hatte die drei Wörter trotzdem weiter in der bewährten Reihenfolge ausgesprochen. Sie hatten mit der Zeit immer mehr Anlauf gebraucht. Oder anders gesagt: Franzi hatte den Wörtern einen kleinen Schubs geben müssen. Das war immer noch einfacher, als die Probleme, die sie hatten, zu benennen und anzupacken.

Probleme? Was denn für Probleme? Ich liebe dich!

Ich dich auch, Schatz.

Alles klar!

Wieso ausgerechnet Bene, dachte Franzi. Sie war nicht verletzt, weil er eine andere hatte. Es ging um den Verrat. Es ging darum, dass Micha und Bene sie gemeinsam angelogen hatten.

Der Gedanke tat Franzi so weh, dass sie die Augen fest zusammenkneifen musste, um nicht in Tränen auszubrechen. Sie konnte nicht sagen, um wen es ihr mehr leidtat. Sie hatte gedacht, dass Bene fast schon so etwas wie eine Freundin war, dass sie sich ernsthaft Gedanken um Franzi machte und für sie da sein wollte. Dabei hatte sie Franzi benutzt, um noch näher an Micha zu sein.

Sie konnte Bene sogar verstehen. An ihrer Stelle hätte

sich Franzi vermutlich genauso verhalten. Hinzu kam, dass sich niemand besser vorstellen konnte, was Bene für Micha empfand, als sie selbst.

Franzi schluckte, als ihr einfiel, dass sie Bene erzählt hatte, dass sie sich immer noch hin und wieder mit Micha traf. Und Micha – dem konnte sie auch keinen wirklichen Vorwurf machen. Er hatte nie behauptet, dass er sich außer mit ihr nicht noch mit anderen Frauen traf.

Franzi hielt sich die Hände auf die Ohren, als könnte sie so ihre Gedanken abschalten. Es schien sogar ein bisschen zu helfen. Schließlich bemerkte sie, dass die ersten Leute bereits zu ihr hinüberschauten.

»Stehen Sie an?«, fragte das junge Mädchen hinter ihr vorsichtig.

Franzi starrte unschlüssig in das blasse Gesicht und sah für einen Moment Maria vor sich. Sie erinnerte sich wieder, was sie eigentlich hatte machen wollen: Sie stand vor dem Fahrscheinautomaten in der Wartehalle des Bonner Hauptbahnhofs. Wenn die Schwenktüren zum Bahnsteig 1 geöffnet wurden, entstand ein eisig kalter Luftzug, der ihr die Haare ins Gesicht blies.

Franzi nickte und sagte:

»Ja. Entschuldigung. Ich beeile mich.«

Ein wenig fahrig berührte sie den Bildschirm und klickte sich durch das Menü. Zielbahnhof. Sie betrachtete die Buchstaben. Jede Menge Buchstaben, eine ganze Welt voller Fahrziele. Unschlüssig berührte sie das A. Amsterdam. Oder nein, doch P wie Paris?

Hinter ihr räusperte sich jemand. Das Mädchen war

verschwunden, stattdessen stand jetzt ein älterer Herr mit Hut hinter ihr. Sie machte eine entschuldigende Geste.

Bloß, weil ihr Exmann noch mit einer weiteren Frau schlief, musste der Arme ja nicht gleich seinen Zug verpassen. Franzi räumte das Feld.

Sie sah auf die Anzeigetafel. Die nächsten Reiseziele klangen wenig verlockend. Das hatte man davon, wenn man in so einem dämlichen Nest wohnte. Hier fuhren fast nur Regionalzüge nach Köln oder Düsseldorf!

Plötzlich erblickte Franzi einen Namen, der sie an früher erinnerte. Da war Papa Walter aufgewachsen. Ohne weiter darüber nachzudenken, kaufte sie ein Ticket und stellte sich anschließend in der Schlange beim Bäcker an, um etwas Reiseproviant zu besorgen. Sie holte sich einen Kaffee, der nach heißem Wasser schmeckte, eine Puddingschnecke und ein belegtes Brötchen. Die Ränder der Goudascheiben waren dunkler als die Mitte, und die Salatblätter hingen schlaff nach unten. Dennoch hätte Franzi schwören können, dass sie noch nie in ihrem Leben so ein leckeres Brötchen verzehrt hatte. Und der Kaffee, na ja.

Egal.

Sie tat es. Davon hatte sie immer geträumt. Solange sie sich erinnern konnte, hatte sie sich gewünscht, eines Tages einfach ihre Tasche zu packen und wegzufahren, irgendwohin. Und jetzt tat sie es. Das war ein erhebendes Gefühl. Einen faden Beigeschmack hatte es dennoch.

Warum denn von all den möglichen Frauen auf der Welt ausgerechnet Bene?

## *Zweiunddreißigstes Kapitel*

# »Bist du ganz sicher?«

Brunhilde stand die Besorgnis ins Gesicht geschrieben.

Maria nickte. Ihre Wangen waren gerötet.

»Hast du versucht anzurufen?«

»Das Handy ist ausgeschaltet.«

Brunhildes Augenlider begannen, unkontrolliert zu flattern.

»Wo ist Jana?«

»Oben. Sie macht Hausaufgaben.«

Brunhilde überlegte angestrengt. Dann sagte sie eindringlich:

»Kein Wort zu ihr, hörst du? Nicht eines. Wenn sie fragt, antwortest du, dass Mama überraschend eine Schicht auf Gut Hämmerling übernehmen musste.«

Maria nickte.

»Und was machen wir jetzt?«

Brunhilde ließ sich schwer in einen der Wohnzimmersessel fallen. Ihr Blick glitt über die Regale mit den Fotos, von denen ihr Maria mit Zahnspange, Jana mit Zahnlücke und Toni im viel zu großen Kommunionsanzug entgegenstrahlten.

»Wo ist Judith?«

»Weggefahren.«

»Weggefahren? Wann? Wohin?«

»Ich weiß nicht.«

»Ist deine Mutter vielleicht bei ihr?«

Maria zögerte. Dieser Gedanke war ihr offensichtlich noch nicht gekommen. Sie zückte ihr Handy, fuhr mit ihren Fingern über das Display und hielt sich das Gerät ans Ohr. Es dauerte nur wenige Sekunden, da begann Maria bereits zu reden:

»Tante Judith, ist Mama bei dir?«

Brunhilde konnte nicht hören, was Judith antwortete, aber nach Marias Verhalten zu urteilen, war die Antwort nicht die, die sie sich erhofft hatte.

»Wo bist du?«, erkundigte sich Maria.

»Ach so? Was machst du denn da? Aha. Und wann kommst du zurück?«

»Sag ihr, dass wir sie hier brauchen. Jetzt«, befahl Brunhilde scharf.

Maria bedachte sie mit einem hilflosen Blick, schüttelte den Kopf, und ihre Lippen formten Worte, die Brunhilde als »geht nicht« deutete.

Maria sagte:

»Komm bitte so schnell wie möglich nach Hause. Mama ist verschwunden. Ja, wissen wir nicht. Seit gestern schon. Nein. Sie geht nicht ran. Das haben wir doch schon versucht, Judith!«

Überflüssigerweise nickte Maria ein paarmal, als ob Judith sie sehen könnte.

»Okay. Bis später.«

Maria verabschiedete sich und ließ die Hand sinken.

»Tante Judith ist in Berlin. Sie hat noch was zu erledigen, sagt sie, aber sie nimmt den ersten Zug zurück nach Bonn.«

Berlin? Das Wort löste immer einen Schwall an Gefühlen in Brunhilde aus, aber sie hatte gelernt, sich unter ihm hinwegzuducken, als würde sie durch eine heranrollende Welle tauchen. Seit ihrer Flucht war sie nicht mehr in Berlin gewesen, so lange, wie es Franzi gab. Sie hatte Franzi bekommen und Berlin verloren. Ihr Berlin. Und jetzt war Judith dort.

Warum?

»Ich glaube, da stimmt was nicht«, schob Maria hinterher.

»Wie meinst du das?«

In Brunhildes Kopf schrillten die Alarmglocken. Maria hatte recht. Da war doch was im Busch! Sie schob sich schwerfällig aus dem Sessel und klopfte sich die Hosenbeine ab. Hundehaare. Überall diese Haare.

»Sie klang so geheimnisvoll«, erläuterte Maria.

Brunhilde betrachtete ihre Enkelin stumm. Die eine Tochter verschwand, die andere klang plötzlich geheimnisvoll. Als wenn sie keine anderen Sorgen hätte.

»Wo ist Toni überhaupt?«, wechselte Brunhilde das Thema.

Maria deutete den Flur hinunter.

»Toni?«, rief Brunhilde.

Er öffnete die Tür seines Zimmers nach wenigen Sekunden.

»Ja?«

Seine Stimme klang verschlafen.

»Kommst du mal bitte?«

Toni kam auf geringelten Socken aus seinem Zimmer geschlurft.

»Deine Mutter ist verschwunden, sagt Maria.«

Toni nickte langsam. Das wusste er bereits. Er fuhr sich durch die Haare.

»Ich glaube, sie hat Werner mitgenommen«, sagte er.

»Was?«, fragten Brunhilde und Maria gleichzeitig.

»Werner ist auch weg«, erklärte Toni.

»Wie kommst du darauf, dass er weg ist?«, fragte Maria schnell. »Vielleicht dreht er nur eine Runde um den Block.«

»Das habe ich gestern Abend, als ich ins Bett gegangen bin, auch noch gedacht. Aber er ist nicht nach Hause gekommen. So lange ist er noch nie weg gewesen. Mama hat ihn bestimmt mitgenommen.«

»Aber wohin denn?«, rief Maria aus.

Tja. Gute Frage. Wenn Brunhilde das nur gewusst hätte.

»Ich fahre sofort los.«

Mit diesem Satz hatte Michael das Gespräch mit seiner Schwiegermutter beendet und sich gleich in den Wagen gesetzt. Als er nun vor der Haustür auf dem Fußabtreter stand, wurde ihm schmerzlich bewusst, wie demütigend es war, keinen Schlüssel mehr zu dem Haus zu haben, das er selbst vor vielen Jahren geplant und gebaut hatte. Er lauschte dem vertrauten Klingelton.

Die Tür ging auf, und dahinter stand Jana. Als sie ihn

sah, begann sie sofort, zu hüpfen und zu lachen. Michael hob sie vorsichtig hoch. Jana hatte Gliedmaßen wie ein Vogel.

Michael fiel das Schlucken schwer. Während er seine Tochter im Arm hielt, wurde der Kloß in seinem Hals noch ein Stück größer. Janas Haar roch nach Shampoo, ihr Kopf lag schwer auf seiner Schulter, und sie drückte ihn so fest, dass er kaum noch Luft bekam.

Solange er weit weg von zu Hause war, im Schutz seiner neuen Wohnung und mit der Gewissheit, die richtige Entscheidung getroffen zu haben, konnte er das Gefühl verdrängen, seine Kinder zu vermissen. Aber wenn er sein altes Zuhause sah, in dem sein altes Leben gespeichert war wie auf einer Festplatte, bekam er immer furchtbares Heimweh.

Jana fehlte ihm am meisten, denn sie brauchte ihn noch. Das hätte er natürlich niemals zugegeben. Weder dass er Jana mehr vermisste als die anderen, noch dass der Grund dafür nichts mit dem Kind an sich, sondern mit seinem Ego zu tun hatte.

Er setzte Jana ab, bevor sie merkte, dass etwas nicht mit ihm stimmte. Sie war immer noch ganz aufgeregt und rief:

»Ziehst du jetzt wieder bei uns ein, Papa?«

Seine Augen brannten. Als er versuchte zu antworten, versagte ihm die Stimme.

»Michael«, sagte Brunhilde fest, aber ihre Augen flackerten beunruhigt, »gut, dass du kommst.«

Sie umarmte ihn, und Michael spürte, wie sich der

Knoten langsam löste. Am liebsten hätte er seine Schwiegermutter nicht mehr losgelassen. So nah hatte er sich ihr in den vergangenen zwanzig Jahren selten gefühlt. Brunhilde bedeutete Michael mit Blicken, dass sie an Jana denken mussten.

»Hast du Jana schon erzählt, was du vorhast?«, fragte sie.

Michael schüttelte den Kopf.

»Nein. Ich hatte noch keine Gelegenheit.«

»Was denn? Was denn?«, wiederholte Jana immer wieder und hüpfte auf und ab wie ein Flummi.

»Papa bleibt heute hier, weil Mama ein paar Tage auf Gut Hämmerling übernachten muss«, erklärte Brunhilde und versuchte, Jana anzulächeln.

Jana hörte sofort auf zu hüpfen. Zwischen ihren Augen bildete sich eine steile Falte.

»Warum muss Mama über Nacht wegbleiben?«, wollte sie wissen.

Brunhilde log, ohne mit der Wimper zu zucken.

»Weil Herr Ruthemann ein paar Tage verreisen muss. Und er möchte seine Frau nicht ganz allein lassen. Da hat sich deine Mama bereit erklärt, ihr Gesellschaft zu leisten.«

Jana war anzusehen, dass sie nicht so recht wusste, was sie davon halten sollte.

»Mama hat gestern nichts gesagt«, meinte sie misstrauisch.

»Na ja, Herr Ruthemann ist ziemlich überstürzt abgereist.«

»Und wann kommt er wieder?«

»Das weiß er noch nicht so genau«, antwortete Michael.

Jana war anzusehen, dass sie ihnen kein Wort glaubte. Wütend drehte sie sich um und rannte die Treppe hoch. Darauf ertönte ihre laute Stimme im ersten Geschoss.

»Warum sagt ihr mir nicht einfach, dass Mama einen neuen Freund hat«, brüllte sie.

Ihre Zimmertür fiel mit einem lauten Knall ins Schloss.

Michael und Brunhilde schauten sich verdutzt an. Brunhilde fing sich als Erste:

»Soll sie das erst mal denken. Bis wir wissen, wo Franzi wirklich steckt.«

»Und was, wenn sie recht hat?«

Brunhilde schien einen Moment zu überlegen.

»Aber dann würde sie doch ans Telefon gehen, oder?«

»Ich weiß, wo ihr Freund wohnt.«

Das war Maria gewesen. Sie lehnte im Rahmen zur Küchentür und sah ihren Vater merkwürdig an. Vielleicht wollte sie seine Reaktion testen.

»Hallo, Schatz«, sagte Michael.

Als er sich vorbeugte, um seiner ältesten Tochter einen Kuss auf die Wange zu geben, wich sie leicht vor ihm zurück.

»Wie geht es dir?«, fragte er.

Maria verzog keine Miene, als sie antwortete:

»Wie soll es mir schon gehen? Mama ist verschwunden, ohne etwas zu sagen, sie hat Werner mitgenommen, und mein Vater hat ein Verhältnis mit Mamas Freundin.«

Es war mucksmäuschenstill im Flur. Michael spürte, wie sich seine Augen weiteten, aber er sagte nichts.

Die Bombe war geplatzt. Früher oder später hatte das passieren müssen, das war Michael klar gewesen. Aber ausgerechnet jetzt? Ihm wurde heiß und kalt. Er spürte Brunhildes Blick auf sich ruhen, der in wenigen Sekunden von fassungslos zu zornig wechselte. Marias Körperhaltung sprach ebenfalls eine eindeutige Sprache. Die verschränkten Arme, der abweisende Ausdruck in den Augen. Maria war stinkwütend.

»Was redest du denn da, Maria?«, warf Brunhilde ein.

Michael zweifelte keine Sekunde daran, dass Brunhilde Maria glaubte, aber sie hatte offenbar beschlossen, sich auf Michaels Seite zu schlagen, bis der Sturm vorübergezogen und Franzi wieder da war.

Maria ließ nicht locker.

»Hast du dir nie Gedanken darüber gemacht, wie es für Mama ist, wenn sie das herausfindet?«

Da war er plötzlich wieder, der Kloß, der ihn nicht schlucken ließ. Michael betrachtete seine Tochter flehentlich. Doch Maria kannte keine Gnade.

»Ausgerechnet Bene, Papa.«

»Die vom Reitstall?«

Brunhildes Stimme überschlug sich fast.

»Genau die«, bestätigte Maria, »Toni hat euch gesehen.«

Wo? Die Frage brannte Michael förmlich auf der Zunge. Sie waren doch immer so vorsichtig gewesen! Und wie lange wussten seine Kinder schon Bescheid?

»Es würde mich auch nicht wundern, wenn Mama deshalb verschwunden wäre.«

»Die vom Reitstall?«, wiederholte Brunhilde. »Das ist doch Blödsinn!«

Aber Michael sah ein, dass Leugnen zwecklos war.

»Wann habt ihr es Mama denn erzählt?«, fragte er tonlos.

Sein Hals war so furchtbar trocken.

Marias Augen funkelten, als sie antwortete:

»Gestern. Toni hat ihr gesagt, dass er dich vor ein paar Tagen mit Bene in der Altstadt gesehen hat. Er hat es erst mir erzählt, weil er nicht wusste, was er machen soll. Und ich habe ihm gesagt, dass Mama wissen muss, was los ist. Weil das sonst total unfair und hinterhältig und gemein ist.«

Die letzten beiden Sätze hatte Maria so schnell ausgesprochen, dass ihre Zunge kaum mitgekommen war und die Töne und Buchstaben sich überschlugen.

»Was ist mit Jana?«, erkundigte sich Michael, etwas gefasster.

»Keine Sorge, Papa. Die weiß nichts.«

Das Wort »Papa« hatte Maria förmlich ausgespuckt. Sie drehte sich einfach um. Michael hörte, wie sie im Weggehen murmelte:

»Du bist hier nicht willkommen.«

*Dreiunddreißigstes Kapitel*

# Die Luft roch nach altem Laub und kalter Erde.

Es hatte den ganzen Vormittag über geregnet, aber nach Einbruch der Dunkelheit waren die Temperaturen so stark gesunken, dass sich der Boden unter ihren Füßen jetzt knusprig anfühlte. Der Himmel spiegelte die Kälte wider, die ihre Wirbelsäule umklammerte und strammstehen ließ wie einen Soldaten. Kleine Sterne funkelten über ihr. Eine klare, eigenartig helle Herbstnacht.

Das war nicht gut.

Sie drehte sich um. Eines der Pferde beobachtete sie aufmerksam. Es hatte die Ohren gespitzt, und seine Blesse zeichnete sich im silbrigen Mondlicht von dem dunklen Fell ab. Sein Schnauben klang warm. Sie stellte sich vor, wie sie ihre kalten Hände vor seinen Nüstern rieb wie an einem Feuer. Als sich das Tier langsam in Bewegung setzte und auf Brunhilde zutrottete, löste sie sich aus dem Schatten der Bäume und rannte los.

Die Nacht ließ Gut Hämmerling wie eine Festung wirken, schwarz, massig und wenig einladend. Brunhilde drückte sich mit dem Rücken an eine Wand unter zwei großen Fenstern. Ihr Herz klopfte gleichmäßig. Sie hatte keine Angst, obwohl sie nicht wusste, wie sie hineingelangen sollte. Und wo sie suchen musste. Das Gebäude war riesig. Sie konnte sich einzig auf ihr Gefühl verlassen.

Brunhilde schlich zur Rückseite des langgezogenen Flügels an der Nordseite des Guts. Die großen Fenster begannen etwa auf Kopfhöhe. Brunhilde vermutete, dass sie direkt unter der Bibliothek stand. Jana hatte ihr beschrieben, dass sie von dort auf die Koppeln schauen konnte.

Brunhilde legte den Kopf in den Nacken, um die Fenster im ersten Stock zu betrachten. Wenn das hier unten wirklich die Bibliothek war, musste das da oben Christianes Zimmer sein.

Bei dem Gedanken an Christiane beschleunigte sich Brunhildes Puls. Sie war ihr noch nie begegnet, und trotzdem verabscheute sie diese Frau.

Sie schluckte ihre Wut herunter. Das war nicht der richtige Zeitpunkt für Gefühlskino. Brunhilde schlich weiter an der Wand entlang und wunderte sich darüber, wie man so nachlässig hatte sein können, keine Bewegungsmelder an einem so großen, unübersichtlichen Gebäude auf dem Land anzubringen.

Vor ihr erhob sich eine Wand, die zum Haupthaus gehörte. Sie war unverputzt. Vor der nackten Ziegelsteinwand reihten sich die Mülltonnen. In einer Spalte hockte eine Katze und beobachtete sie aufmerksam. In dem rechten Winkel zwischen der unverputzten und der weißgetünchten Wand befand sich ein Fallrohr, das ziemlich neu aussah. Brunhilde trat näher und streckte die Hand nach dem Rohr aus. Sie war sich sicher, dass es sie tragen würde.

Das war eine Möglichkeit. Aber vielleicht gab es noch eine bessere.

Bis zum Ende der Ziegelsteinwand waren es 29 Schritte. Sie bog vorsichtig um die nächste Ecke.

Keine zwei Meter von ihr entfernt befand sich eine einfache Holztür, von der die weiße Farbe abblätterte. Im oberen Teil war ein Fenster aus Milchglas eingelassen. Brunhilde drückte die Klinke hinunter. Die Tür war unverschlossen.

Brunhilde stutzte. Sollte das wirklich so einfach sein?

Sie schob sich neben den Türrahmen und lehnte den Oberkörper vor, um in das schwarze Loch dahinter zu blicken. Alles ruhig. Es roch nach Waschmittel. Brunhilde betrat den Raum und spürte, wie sich die Dunkelheit schwer auf ihre Schultern legte.

Sie wäre lieber über das Rohr nach oben geklettert. Diese dunklen Räume waren ihr schon immer unheimlich gewesen.

Sie lauschte, zog die Taschenlampe aus ihrer Jackentasche und machte sich auf den Schockmoment gefasst, wenn man die ersten Schemen wahrnehmen, aber noch nicht zuordnen konnte. Der schwache Lichtkegel fing nicht viel ein. Zwei Zaumzeuge an der Wand. Ein Sattel auf einem Holzbock. War das die Sattelkammer? Aber der Geruch?

Brunhilde drehte sich auf dem Absatz, um den Rest des Raumes auszuleuchten. Da standen zwei Waschmaschinen, und auf dem Boden erkannte sie mehrere Plastikkörbe. Bettlaken schwebten ein paar Schritte neben ihr wie Gespenster in der Luft.

Wieso hatte die Tür offen gestanden?

Einer plötzlichen Eingebung folgend, machte Brunhilde erneut kehrt. Sie richtete den Strahl der Lampe erst auf das Riegelschloss, dann auf den Boden vor der Tür. Da lag ein Vorhängeschloss mit geöffnetem Bügel.

Brunhilde bekam eine Gänsehaut. Es fühlte sich an, als wenn ihr feine Eiskristalle auf den Rücken rieseln würden. Sie schaltete die Taschenlampe aus.

Jemand hatte ihr den Weg bereitet.

Sie drehte sich um, starrte wie gebannt in die Dunkelheit und wartete, bis sich ihre Pupillen wieder geweitet hatten. Sie konnte spüren, dass sie die einzige Person war, die die dichte Luft atmete. Aber irgendwo vor ihr, ein oder zwei Räume weiter, war noch jemand. Sie sollte gehen. Und ein anderes Mal wiederkommen. Aber sie hatte selten das getan, was sie hätte tun sollen.

Beherzt durchschritt Brunhilde den Raum und öffnete eine weitere Holztür, die in einen engen, sehr langen Flur führte. Sie brauchte die Taschenlampe. Unter der Decke hing eine nackte Glühbirne. Hinten rechts befand sich die nächste Tür. Als Brunhilde sie aufschob, hatte sie das Gefühl, eine andere Welt zu betreten. Jenseits der Messingschwelle begann ein Meer aus Marmor.

Schnell schob sich Brunhilde durch den Türspalt in einen hohen Raum, der sehr unübersichtlich war mit all seinen Spiegeln, gedrehten Säulen, Sockeln, Statuen und

Blumenvasen. Bleiche LED-Lichter im Boden ließen mehrere Skulpturen mit menschlichen Formen unheimliche Schatten an die Wände werfen. Sie wurden von den großen Spiegeln verdoppelt.

Ein Museum. Dieser Raum sah aus wie ein Museum. Der richtige Ort, um ein kostbares Gemälde aufzuhängen, das keiner direkten Sonneneinstrahlung ausgesetzt werden durfte.

Sie drückte sich von der Wand ab und schlich an den Vitrinen voller alter Dinge vorbei. Hornkämme. Broschen. Anstecknadeln. Kristallkelche.

Brunhilde blieb wie angewurzelt stehen. Sie hatte etwas gehört. Ganz sicher.

Die feinen Härchen in ihrem Nacken und auf ihren Armen richteten sich auf.

Der Lichtkegel der Taschenlampe beleuchtete ihre Brust, als hätte ein Scharfschütze auf sie angelegt. Brunhilde stockte der Atem. Die Skulptur vor ihr.

Das war keine Skulptur.

»Pssst.«

Die andere Frau legte den Zeigefinger an die Lippen, als sie sich aus dem Schatten löste. Sie war groß und gertenschlank und bewegte sich fließend wie eine Schlangenfrau. Oder eine Spinne.

Twiggy, alte Bohnenstange, dachte Brunhilde.

Sie hatte sich also nicht geirrt. Obwohl ihr das Herz bis zum Hals schlug, machte sie zwei entschiedene Schritte auf die Frau zu. Sie standen jetzt direkt voreinander.

»Was tun Sie hier?«, flüsterte Brunhilde.

Die Frau antwortete mit einem provozierenden Lächeln. »Dasselbe wie du.«

Brunhilde stockte.

*»Die Toteninsel.«*

Die beiden Wörter schwebten zwischen ihnen in der Luft wie ein kalter Hauch, und Brunhilde hätte nicht mit Sicherheit sagen können, ob sie oder die andere Frau sie ausgesprochen hatte. Brunhildes Hände begannen zu zittern.

»Es gehört mir«, sagte Brunhilde tonlos, und die andere Frau erwiderte ausdruckslos:

»Nein. Tut es nicht.«

Brunhilde wandte sich von ihr ab und ging los. Sie war eindeutig im Vorteil, denn wenn die Frau nicht zufällig wie ihre Enkelin die Geheimgänge von Gut Hämmerling erkundet hatte, konnte sie nicht einmal ansatzweise ahnen, wo Christiane Ruthemann ihren kostbarsten Schatz aufbewahrte.

Brunhilde spürte es mehr, als dass sie es hörte. Die Frau folgte ihr in einem Abstand von wenigen Metern. Brunhilde beschleunigte ihren Schritt.

Das Haus war so groß, still und dunkel, dass man fast hätte denken können, es stünde leer. Brunhildes weiche Gummisohlen verursachten keinerlei Geräusch. Sie konnte sich immer noch so geschmeidig bewegen wie eine Katze, wenn sie es wollte. Die Frau hinter ihr hingegen hatte sich nicht allzu gut vorbereitet. Sie hatte sich zum Beispiel keine Gedanken über ihr Schuhwerk gemacht. Ihre Schuhsohlen quietschten, kaum hörbar zwar, aber sie quietschten.

Anfängerin.

Brunhilde lief den Gang hinunter, an dessen Ende sie die Bibliothek vermutete. Sie versuchte, ihren Schatten auszublenden, und beschleunigte ihre Schritte. Die Frau fiel zurück.

Brunhilde blieb vor einer großen Tür stehen und legte die Hand auf die Klinke. Als sie sie nach unten drückte, ertönte ein leichtes Knacken.

Brunhilde betrat den hohen, dunklen Raum. Ihr Herz machte einen Sprung. Sie hatte recht gehabt. Es handelte sich um die Bibliothek. Die Bücherregale reichten bis unter die Decke. Es roch nach altem Papier und Leder. Auf der gegenüberliegenden Seite machte sie die riesigen Fenster aus. Sie steuerte ohne Umschweife auf die linke Seite zu. Ihre Augen erspähten den Kamin. Irgendwo daneben musste es einen Zugang zu dem geheimen Gang mit der Wendeltreppe ins Obergeschoss geben, den Jana abfotografiert hatte, genauso wie den Eingang im ersten Stock, der von einem eigenartigen sanduhrförmigen Zimmer abging, und das niedrige Türchen, das von dem Geheimgang selbst ins Freie führte. Nur wie der Öffnungsmechanismus aussah, das hatte Jana Brunhilde nicht verraten, als sie ihrer Enkelin neulich die vergessene Digitalkamera zurückgegeben und ihr behutsam die eine oder andere Information über Gut Hämmerling entlockt hatte.

Brunhilde ging neben dem Kamin in die Hocke und

begann, den Boden und die Wand zu betasten und nach Unebenheiten, Griffen, Knöpfen oder etwas in der Art zu suchen. Hinter sich vernahm sie ein zartes Quietschen. Ihre Verfolgerin hatte den Raum ebenfalls betreten und näherte sich ihr langsam. Als sie direkt hinter ihr stand, bemerkte Brunhilde trocken:

»Warum haben Sie sich nicht gleich ein Glöckchen um den Hals gehängt?«

Dass die Frau mit einem leisen Kichern reagieren würde, hatte Brunhilde nicht erwartet.

»Ich hatte so eine Ahnung, dass du eine wirklich gute Einbrecherin bist.«

Brunhilde ließ für einen Moment von der Wand ab und drehte sich um.

»Warum duzen Sie mich überhaupt? Kennen wir uns?«

»Irgendwie schon«, gab die andere zurück, verstummte aber gleich wieder.

Brunhilde hielt inne. Was, wenn die Frau bewaffnet war? Immerhin hatte sie das Vorhängeschloss an der Kellertür aufgebrochen. Aller Wahrscheinlichkeit nach nicht mit den Zähnen.

»Wenn ich das Bild finde, nimmst du es mir ab, oder?«, fragte Brunhilde.

Die Frau lachte heiser.

»Jetzt duzt du mich auch.«

Schweigen.

»Ich bin Elisabeth.«

Brunhilde konnte nichts mit dem Namen anfangen.

»Er hat dir nie von mir erzählt, oder?«

Brunhilde kniff die Augen zusammen. Er?

»Was suchst du da eigentlich?«, fragte Elisabeth unvermittelt.

Brunhilde seufzte leise.

»Hier muss es so etwas wie einen Knopf oder einen Hebel geben, den man betätigt, um in einen Geheimgang zu gelangen. Dort bewahrt sie das Bild auf.«

Elisabeth stutzte.

»Ein Geheimgang? Woher weißt du das?«

»Berufsgeheimnis«, gab Brunhilde zurück.

Da schob sich Elisabeth an Brunhilde vorbei, ging vor dem Kamin in die Hocke und betastete die Ziegelsteine. Ihre Hand verschwand im Kamin. Als die Geheimtür unter Brunhildes Händen plötzlich nachgab, dachte sie noch, dass das der wohl älteste Trick aller Zeiten war: Wie oft hatte sie gelesen, dass sich geheime Öffnungsmechanismen im Kamin befanden? Sie schüttelte den Kopf und schob die Tür nach innen, die aus vier breiten Holzpaneelen bestand. Dahinter war alles finster.

Brunhilde richtete sich vorsichtig auf und holte ihre Taschenlampe hervor. Sie betrat den dunklen Gang.

## *Vierunddreißigstes Kapitel*

# Christiane konnte schon wieder nicht schlafen.

Rastlos war sie in ihrem Schlafzimmer auf und ab gegangen und hatte immer wieder die Ohren gespitzt. Sie wollte nicht, dass Heinrich merkte, dass sie laufen konnte. Er sollte, wie alle anderen auch, denken, dass sie eine arme kranke Frau und auf Hilfe angewiesen war. Und er sollte sich schlecht fühlen.

Das hatte er verdient.

Sie waren früher einmal so glücklich miteinander gewesen. Damals, als er sie im Park angesprochen hatte, war es gleich um sie geschehen. Liebe auf den ersten Blick. Von Amors Pfeil niedergestreckt.

Christiane blieb kurz stehen und straffte die Schultern. Ihr Körper war ganz steif durch das ewige Vortäuschen von Bewegungsunfähigkeit. Wenn sie nicht aufpasste, würde ihr kleines Versteckspiel am Ende noch dazu führen, dass sie *tatsächlich* nicht mehr laufen konnte. Sie wackelte mit ihren Zehen. Die Beine taten ihr weh, weil sie sie so wenig benutzte.

Sie wusste nicht, wie lange sie die Lüge von der fußlahmen Frau noch aufrechterhalten konnte. Sie wollte auch nicht mehr. Jeden Tag, wenn sie auf die Koppel hinausblickte, brach es ihr fast das Herz. Wie gern würde sie hinausgehen und eins von den Pferden am Kopf kraulen.

Die Pferde waren immer ihre Leidenschaft gewesen. Für Christiane gab es nichts Schöneres als den Geruch nach warmem Leder im Stall, nach Heu und Fell. Und dann die Geräusche. Das leise, beruhigende Schnauben der Tiere. Das dumpfe Bollern unbeschlagener Hufe in den Boxen. Das Klappern von Hufeisen in der Boxengasse und auf dem Straßenasphalt. Das Pumpen durch die Nüstern, wenn die Tiere im Galopp über die Felder flogen.

Die Liebe zu den Pferden hatte Benedikte von ihr geerbt. Sie war eine noch bessere Reiterin geworden als ihre Mutter.

Früher, als Benedikte noch klein gewesen war, hatte Christiane voller Stolz zugesehen, wie sie auf dem Rücken ihres Ponys ihre Kreise in der Reithalle gezogen hatte. Leider hatte Christiane ihr nie wirklich sagen, geschweige denn zeigen können, dass sie stolz auf sie war.

Wann immer Christiane versucht hatte, ihre Gefühle nach außen zu tragen, hatten sich diese merkwürdigen eisernen Hände um ihr Herz geschlossen und zugedrückt, bis sie keine Luft mehr bekam. Das war immer sehr unangenehm. Deshalb hatte sie es sich irgendwann abgewöhnt.

Ihre Tochter musste schließlich auch so wissen, dass sie geliebt wurde. Immerhin war Christiane ihre Mutter. Dass sie ihr Kind liebte, war eine logische Konsequenz. Nicht mehr und nicht weniger.

Christiane hatte Benedikte dazu angehalten, gerade

am Tisch zu sitzen und die Ellbogen beim Essen nicht aufzustützen. Am liebsten hätte sie es ja gesehen, wenn ihre Tochter ihr Brot mit Messer und Gabel gegessen hätte, aber Heinrich fand, dass das zu viel verlangt war.

Zu viel verlangt. Pah.

Manchmal fühlte sich Christiane wirklich sehr, sehr einsam.

Benedikte war ein schwieriges Kind gewesen. Sie hatte zu allem nein gesagt, mit den Türen geschlagen und sich in ihrem Zimmer eingeschlossen. Manchmal hatte sie tagelang nicht mit Christiane geredet. Sie war so bockig und so stur! Christiane hatte es kaum ertragen. Noch viel weniger hatte sie ertragen, dass sich Benedikte ihrem Vater gegenüber ganz anders verhielt. Die beiden waren wie Pech und Schwefel. Manchmal hatte sie beobachtet, wie Heinrich und Benedikte auf den Treppenstufen zur Küche nebeneinandersaßen und sich flüsternd miteinander unterhielten, damit Christiane nichts hörte. Sie war sich sicher, dass ihr Mann und ihre Tochter Geheimnisse vor ihr hatten. Viele kleine und große Dinge, die sie wie kostbare Perlen an einer Kette festknüpften und sich für andere unsichtbar um die Hälse hängten. Christiane hatte damit nichts zu tun. Was sie mit ihrer Tochter verband, war einzig die Liebe zu den Pferden. Und ausgerechnet die musste Benedikte schließlich missbrauchen, um sich endgültig von ihr abzuwenden.

Dass das Kind gern ritt und seine Freizeit im Stall verbrachte, hatte Christiane immer gutgeheißen. Aber dass Benedikte das Studium einfach so hinwarf, um eine Reitschule aufzumachen, war einfach lächerlich! Wie viel hätte Christiane darum gegeben, ihr Studium zu Ende zu führen. Sie hatte es nicht getan – ihrer Familie zuliebe. Es war genug Geld da, sie musste nicht arbeiten. Wofür also studieren? Heinrich stieg im Unternehmen ihres Vaters ein, und sie kümmerte sich um das Kind.

Das Kind.

Dieses kleine Wesen war eine Zeitlang alles für sie gewesen. Wenn sie Benedikte in den Armen gehalten hatte, war ihr das pure Glück durch die Adern gerauscht. Früher hatte Heinrich Christiane immer Lichtgestalt genannt, wenn ihre weizenblonden Haare im Sonnenlicht geschimmert hatten. Dabei war eigentlich Benedikte die Lichtgestalt.

Doch Benedikte war weggegangen. Sie hatte sie zurückgelassen, alles hingeschmissen und war aufs Land gezogen. Noch dazu an diesen eigenartigen Ort. Bonn. Warum Bonn? Was gab es da schon? Wiesen, Hügel und niedrige Häuser. Christiane hatte es nicht verstanden.

Unter normalen Umständen hätte Christiane es nie herausgefunden. Vielleicht wäre das auch besser gewesen, für alle Beteiligten. Heinrich hatte sich die größte Mühe gegeben und war auch lange unentdeckt geblieben. Er war immer noch ein raffinierter Fuchs, das musste man ihm lassen. Aber dann passte er einen Moment nicht auf. Eine Prise Pech gehörte natürlich auch in die richtige Mischung für ein Desaster.

Christiane dachte zurück an den Tag, der alles verändert hatte.

Heinrich hatte sich an jenem Morgen mit den Worten von ihr verabschiedet, dass er einen alten Freund in Charlottenburg besuchen wollte. Damit schloss er die Tür hinter sich und ging. Ein alter Freund? Christiane dachte kurz nach und beschloss, dass es sie nicht weiter interessierte. Aber schließlich überlegte sie, dass sie mit ihm in die Stadt fahren könnte. Also lief sie zur Haustür und rief hinter ihm her, er möge sie doch bitte mitnehmen. Sie spürte sofort, dass ihm das nicht recht war.

Auf der Fahrt in die Innenstadt wechselten sie kaum ein Wort miteinander. Und als Christiane ihn danach fragte, wen er denn in Charlottenburg besuchen wollte, reagierte Heinrich äußerst seltsam:

»Ach. Kennst du nicht.«

Sie stutzte und hielt die Luft an. Kennst du nicht? Es gab niemanden in Heinrichs Leben, den sie nicht kannte. Sie kannte jeden. Alle.

Heinrich merkte wohl, dass Christiane über seine Antwort nachdachte. Deshalb schob er hinterher:

»Jemand von ganz früher.«

Ganz früher. Das gefiel Christiane nicht. Ganz früher war die Zeit, in der sie Heinrich noch nicht gekannt hatte. Ganz früher war ein dunkler, schemenhafter Ort, an dem sich zwielichtige Gestalten herumtrieben, denn sie wusste, dass Heinrich aus ärmlichen Verhältnissen stammte.

Wenn er sich einfach nur einen beliebigen Namen ausgedacht hätte, wäre Christiane ihm nicht gefolgt. Hans aus dem Kegelklub. Willi vom Rudern. Aber er hatte es nicht getan. Weil die Person anonym blieb, entfachte sie

Christianes Misstrauen. Manchmal war es so einfach, sich zu verraten.

»Wo soll ich dich absetzen?«, fragte Heinrich.

»Lass mich am Savignyplatz raus.«

»Soll ich dich später irgendwo abholen?«

Sie erkannte die Nervosität hinter dem neutralen Gesichtsausdruck.

»Nein, nein. Ich nehme die S-Bahn.«

Bevor er am Aufgang zur S-Bahn-Haltestelle Savignyplatz hielt, hatte Christiane bereits Ausschau nach einem Taxi gehalten.

»Da. Fahr da rüber«, gebot sie ihrem Mann.

Heinrich brachte den Wagen gleich hinter einem gelben Taxi zum Stehen. Der Fahrer lehnte lässig an der Beifahrertür und rauchte eine Zigarette.

»Bis später.«

»Bis später, Schatz.«

Christiane stieg aus und schaute dem braunen Mercedes nach, der in gemächlichem Tempo davonfuhr. Schnell ging sie auf den Taxifahrer zu und packte ihn ohne Vorwarnung am Arm. Der junge Mann, ein schlaksiger Typ mit langen schwarzen Haaren, zuckte so heftig zusammen, dass sein Schreck auf Christiane übersprang.

»Steigen Sie schnell ein, und fahren Sie los. Ich zeige Ihnen, welchem Wagen Sie folgen müssen. Es ist ein Notfall. Keine Fragen.«

»Das kostet extra«, knurrte der Fahrer, aber er warf die Zigarette weg und setzte sich ohne Widerrede hinters Lenkrad.

Christiane nahm neben ihm Platz. Als das Taxi auf die Kantstraße abbog, war sie beinahe sicher, dass sie den Mercedes bereits aus den Augen verloren hatten.

»Fahren Sie bitte schneller. Wir suchen einen braunen Mercedes.«

»Einen braunen Mercedes? So einen wie den da?«, fragte der junge Mann.

Kurz vorm Breitscheidplatz stand der Mercedes mit Warnblinklicht auf der rechten Spur. Mehrere Autos hupten.

»Fahren Sie langsamer«, rief Christiane.

Gerade, als der Taxifahrer vom Gas ging, fuhr Heinrich wieder an.

»Und jetzt schön dahinter bleiben.«

Heinrich bog nach einer Weile rechts ab in eine Nebenstraße, fuhr noch etwa zwei Kilometer und drosselte das Tempo. Er setzte den Blinker und parkte ein. Christiane sah sich hilfesuchend nach einem Straßenschild um, konnte aber keines entdecken.

»Wo sind wir hier?«, fragte sie den Taxifahrer.

»Ansbacher«, antwortete er. »Soll ich hier auch irgendwo halten?«

»Nein, fahren Sie langsam an dem Wagen vorbei. Bleiben Sie irgendwo da vorn kurz stehen, ich muss sehen, wo er reingeht«, sagte Christiane schnell.

Der Mann folgte ihren Anweisungen. Kurz bevor sie den Mercedes überholten, beugte Christiane ihren Oberkörper nach vorn, damit Heinrich sie nicht sehen konnte. Anschließend richtete sie sich langsam wieder auf, und ihr Blick wanderte zum Außenspiegel. Heinrich stieg in aller Seelenruhe aus dem Wagen.

»Sie wollen nicht gesehen werden?«, fragte der Taxifahrer unvermittelt.

Christiane sah ihn bestürzt an. War es so offensichtlich? Ja. Natürlich war es das. Sie schluckte. Was, wenn Heinrich gar keinen alten Bekannten aus seiner dubiosen Vergangenheit besuchte, sondern seine Geliebte? Merkwürdigerweise hatte sie sich über diese Möglichkeit bisher noch überhaupt keine Gedanken gemacht. Er war nicht mehr jung, hatte weiße Haare und viele Falten. Wer würde eine Liebelei mit so einem Mann anfangen?

Ein junges Ding, das kein Geld hatte.

Christiane wurde heiß.

»Ich –«, begann sie, verstummte aber gleich wieder.

Der junge Mann nickte kurz, schlug das Lenkrad ein und parkte den Wagen.

»Warten Sie hier«, sagte er und stieg aus.

Christiane folgte ihm mit ihren Blicken.

Geht Heinrich mir fremd?

Plötzlich waren Bilder auf Christiane eingestürmt, Erinnerungsfetzen wie aus einem alten Schwarzweißfilm. Ruckelig, etwas unzusammenhängend. Bilder von der Haushälterin und ihrem Vater in der Küche, nachts, eingehüllt in ein Leuchten, weil der Vollmond hoch am Himmel stand. Manchmal hatte sie sich gefragt, ob sie es vielleicht doch bloß geträumt hatte. Sie war schließlich noch ein Kind gewesen und hatte viel Fantasie besessen. Alle Kinder hatten Fantasie.

Selbst Christiane.

Aber sie hatte nicht geträumt. Sie hatte ihren Vater mit der Haushälterin, Louise, in der Küche auf frischer Tat ertappt. Nur dass ihr Vater und Louise sie nicht bemerkt hatten.

Warum sollte nicht auch Heinrich eine Affäre haben? Vielleicht war es nicht mal irgendein junges Huhn. Eine andere Frau in ihrem Alter fand ihn möglicherweise attraktiv. Und er hatte Geld. Vielen Frauen reichte das.

Christiane schluckte.

Der Taxifahrer kam wieder zurück. Die Fahrertür öffnete sich, und er schob sich auf den Sitz. Christiane sah ihn ängstlich an. Der junge Mann schüttelte den Kopf.

»Ich weiß nicht, ob da eine Frau wohnt«, sagte er sofort.

Christiane blinzelte die Tränen weg. Was bildete der sich denn ein zu wissen, was in ihr vorging, dachte sie aufgebracht. Gleichzeitig musste sie zugeben, dass er ein erstaunliches Feingefühl an den Tag legte für so einen jungen Taxifahrer mit Pferdeschwanz.

»Er ist in ein Haus gegangen, in dem sich mehrere Büros befinden – ein Rechtsanwalt, ein ambulanter Pflegedienst und ein Architekt«, berichtete der Mann.

»Ein ambulanter Pflegedienst?«

Ihre Stimme war dünn.

»Ja. In den oberen Etagen sind aber auch noch Wohnungen.«

Er nannte ihr die Hausnummer. Christiane versuchte, ihre Gedanken zu ordnen. Sie nickte kurz und drückte dem Fahrer einen 50-Euro-Schein in die Hand.

»Ich danke Ihnen.«

»Kommen Sie klar?«, fragte der Mann noch, aber Christiane hatte schon die Beifahrertür zugeschlagen.

Ob sie klarkam? Was für eine bescheuerte Frage!

Energisch marschierte sie die Straße hinauf und hielt Ausschau nach dem Gebäude mit der gesuchten Hausnummer. Sie hatte es schnell gefunden, ein typisches Berliner Mehrfamilienhaus mit Vorder- und Hintergebäude sowie Seitenflügeln rund um einen Innenhof. Es war grau gestrichen und sah sehr gepflegt aus. Die Eingangstür war von einem schmalen weißen Streifen eingerahmt. Der braune Mercedes parkte nur wenige Meter entfernt.

Christiane betrachtete die vielen Klingelschilder mit den runden silbernen Knöpfen daneben und stellte beinahe panisch fest, dass sie nicht wusste, wonach sie suchen sollte.

Sie legte ihre Hand auf die schlichte Messingklinke der zweiflügeligen Tür und drückte dagegen. Sie war nicht abgeschlossen. Christiane betrat den Durchgang zum Innenhof, in dem es angenehm schattig und kühl war.

Im Innenhof sah sie sich nach allen Seiten um. Dann legte sie den Kopf in den Nacken. Über ihr breiteten sich die weitverzweigten Arme eines großen Baums aus. Seine Wurzeln hatten bereits angefangen, die Bodenplatten anzuheben. Insgesamt passte der Innenhof nicht zu dem, was die Fassade des Vorderhauses versprach. Efeu kletterte am Mauerwerk empor, dessen grauer Putz feucht aussah. Die Seitenflügel hatten unscheinbare Holztüren mit kleinen Sichtfenstern. In einer Tür fehlte die Scheibe.

Die Ecke links neben dem Eingang zum Hinterhaus füllte ein ausladender Holunderstrauch aus. Christiane stand ratlos in der Mitte des Hofs, ließ den Blick über die Fahrräder in den rostigen Fahrradständern schweifen und lauschte.

Plötzlich hörte sie Heinrichs Stimme. Sie kam aus einem geöffneten Fenster im Seitenflügel.

»Ist das alles?«

Christiane drückte sich an die Hauswand unterhalb des Fensters. Ihr schlug das Herz bis zum Hals.

»Ich befürchte, ja«, antwortete eine tiefe, verrauchte Männerstimme, »tut mir leid. Der junge Mann, den ich angeheuert habe, scheint nicht besonders gut mit der Kamera umgehen zu können.«

»Ich danke Ihnen trotzdem«, sagte Heinrich nach einer längeren Pause.

Stühlerücken. Er verabschiedete sich von dem Mann mit der Raucherstimme.

»Ich danke Ihnen, Herr Schmidtbauer.«

»Immer wieder gern, Herr Ruthemann.«

Herr Schmidtbauer hustete rasselnd.

Heinrich würde bestimmt gleich durch die Tür des Hinterhauses kommen. Sie musste sich ein Versteck suchen. Der Holunderstrauch bot sich an. Wenn sie sich an den Zweigen vorbeischob und ganz in die Ecke verkroch? Ihr blieb nicht viel Zeit zum Nachdenken. Doch als sie gerade hinter den Busch krabbeln wollte, bemerkte sie, dass sie nicht allein im Hof war. Im Eingang zum Seitenflügel gegenüber stand ein junger Mann in Shorts. Sein Oberkörper war nackt, und er sah aus, als wenn er gerade erst aufgestanden wäre. Bis auf sein Gesicht. Das wirkte hellwach.

»Was machen Sie da?«

Christiane hatte es sprichwörtlich die Sprache verschlagen. Jeden Moment würde Heinrich in den Hof kommen. Und wenn er sie hier stehen sah, dann –

»Unterstehen Sie sich, in die Ecke zu pissen«, sagte der junge Mann wütend.

Christiane riss die Augen weit auf.

»Wie kommen Sie denn –«, entfuhr es ihr, »was erlauben Sie sich!«

Jetzt war sie wieder sie selbst, Christiane Ruthemann, geborene Becker-Schild, eine wohlhabende Dame aus Grunewald, die ganz sicher nicht irgendwelche Höfe in Berlin aufsuchte, um ihre Notdurft zu verrichten.

»Christiane!«

Heinrich war wie vom Donner gerührt. Er stand neben dem rostigen Fahrradständer und bewegte sich nicht. Stattdessen starrte er Christiane aus großen ungläubigen Augen an. Er drückte einen braunen DIN-A4-Umschlag an die Brust. Es war nur ein einfacher Papierumschlag, aber er wirkte dennoch bedrohlich auf Christiane. Als wollte er ihre heile, kleine Welt zerstören.

»Was ist da drin?«

Ihre Stimme klang so scharf, dass Heinrich zusammenzuckte. Der junge Mann hob beschwichtigend die Hand und sagte:

»Ich geh dann mal lieber.«

Christiane und Heinrich blieben allein zurück. Wobei

Christiane das unbestimmte Gefühl hatte, dass Herr Schmidtbauer zwei Stockwerke höher gerade an seinem Schreibtisch hockte, den Atem anhielt und die Ohren spitzte.

»Nichts.«

Heinrich setzte eine gleichgültige Miene auf.

»Nichts?«, fragte Christiane. »Na, dann kann ich es doch sicher mal sehen, oder?«

»Nein.«

»Warum nicht?«

»Darum.«

Schweigen. Christiane und Heinrich maßen sich mit Blicken.

»Was ist es dir wert, dieses Geheimnis zu hüten?«

Christianes Stimme schien von weit her zu kommen. Heinrich antwortete nicht.

»Wenn du mir nicht sofort sagst, was das da in diesem Umschlag für Bilder sind, gehe ich zu dem Anwalt, der in diesem Haus wohnt, und lasse mich beraten.«

Heinrich kniff die Augen zusammen. Er verstand ganz offensichtlich nicht, was Christiane damit sagen wollte.

»Dann lasse ich mich scheiden, du Schaf!«

Sie hatte gebrüllt. Sie schämte sich für ihre Unbeherrschtheit, aber was zu viel war, war zu viel. Heinrich wich die Farbe aus dem Gesicht. Er strich sich durch das wirre weiße Haar und sah Christiane verzweifelt an, ganz offensichtlich hin- und hergerissen zwischen seinem Wunsch, sich auf der Stelle in Luft aufzulösen, und dem Verlangen, Christiane die Wahrheit zu sagen.

»Sag es mir«, beschwor Christiane ihren Mann.

Der machte einen Schritt nach vorn, zögerte, schien es sich anders zu überlegen, machte schließlich noch einen Schritt auf sie zu.

»Da sind Bilder von einer Frau drin, die ich mal gekannt habe«, sagte er schließlich.

Christiane hörte bereits das Blut in den Ohren rauschen, bevor er weitersprach.

»Und von der Tochter, die ich mit ihr habe.«

Fünf Sekunden. So lange brauchte die Information, um an einem Ort in ihrem Gehirn anzukommen, an dem Christiane sie wie ein Puzzleteil in eine leere Stelle einfügte. Sie betrachtete das fertige Bild.

Es behagte ihr nicht.

Sie fiel in Ohnmacht.

Eine Woche später wurde Christiane aus dem Krankenhaus entlassen. Sie konnte weder laufen noch sprechen. Den Ärzten war es ein Rätsel, den Untersuchungsergebnissen zufolge war Christiane nämlich gesund. Ihre Reflexe funktionierten, ihr Gehirn sah normal aus, die Nervenbahnen waren intakt. Aber Christiane verließ das Krankenhaus im Rollstuhl und redete kein Wort.

Ein Schlaganfall, hieß es. Christiane Ruthemann hatte einen Schlaganfall gehabt, der schwerer gewesen war, als man zunächst erahnen konnte.

Das war jetzt etwas mehr als ein Jahr her. Damals hatte das Vortäuschen und Bestrafen begonnen. Strafe musste sein. Immerhin hatte Heinrich sie belogen und hintergangen.

Christiane ließ ihre Augen durch ihr geliebtes Sanduhrzimmer wandern. In Nächten wie dieser, wenn sie die Vergangenheit einholte und ihr die Bilder aus ihrer Kindheit durch den Kopf jagten, gab es nur eines, das Christiane Ruhe geben konnte.

*Die Toteninsel.*

Christiane zog den Bademantel enger zusammen und schlüpfte in ihre Pantoffeln. Vorsichtig öffnete sie die Tür und horchte in den Salon hinein. Heinrichs Zimmer war neben der Treppe, weit weg von ihr. Das war die Art von Distanz, aus der sie ihn ertragen konnte.

Alles war wie gewohnt still und öde. Sie schlich zu der Geheimtür hinüber. Sie war so geübt darin, sich des Nachts im Haus fortzubewegen, dass sie den kleinen Knopf neben der Standuhr auch ohne Licht fand. Die Tür schwang auf, und Christiane verschwand in dem dunklen Gang dahinter.

Keine Minute später stürzte Christiane wieder in ihr Zimmer und riss den Telefonhörer von der Station. Vor lauter Panik wollte ihr die Nummer des Notrufs zuerst nicht einfallen. Sie drückte ungelenk auf den Tasten herum. Als sie die Stimme eines Mannes hörte, begann sie, aufgeregt und atemlos zu sprechen. Es waren abgehackte, wirre Sätze, aber sie konnte ihre Gedanken nicht besser ordnen.

Sie legte wieder auf.

Christiane drehte sich um und betrachtete das schwarze Loch in der Wand. Sie bildete sich ein, einen kalten Lufthauch zu spüren.

Jemand war dort.

Ihr Herz raste, aber sie musste zurückgehen. Sie musste wissen, wer es genommen hatte.

Sie versuchte, sich zu beruhigen, ging gemessenen Schrittes wieder zurück in die Dunkelheit und folgte der gewundenen Treppe ins Erdgeschoss.

»Du?«

Brunhilde war sich sicher, diese Stimme noch nie gehört zu haben. Sie war schnarrend und kehlig und ganz und gar unangenehm. Brunhilde bekam eine Gänsehaut.

Als der Lichtkegel ihrer Taschenlampe einen weißen Bademantel erfasste und einige Zentimeter höher ein entsetztes Gesicht mit weit aufgerissenen Augen, stieß sie einen spitzen Schrei aus und ließ die Taschenlampe fallen. Es gab einen dumpfen Knall, die Lampe kullerte über den Boden und blieb so liegen, dass sie zwei Füße beleuchtete, die in weißen Socken und Filzpantoffeln steckten.

Brunhilde konnte hören, dass der Atem der Frau im Bademantel stoßweise ging.

»Ich wusste … ich wusste …«, stammelte Christiane.

Brunhilde zitterte am ganzen Leib und bückte sich nach der Taschenlampe. Ihre Hand war so unruhig, dass sie ihr beinahe noch einmal entglitt.

»Christiane?«, flüsterte Brunhilde.

Christiane machte einen Schritt auf sie zu.

»Wo ist sie?«

Brunhilde ging automatisch einen Schritt nach hinten. Sie antwortete nicht.

»Wo ist sie?«, wiederholte Christiane.

Einer plötzlichen Eingebung folgend, machte Brunhilde einen Schritt zur Seite und sagte:

»Elisabeth?«

»Sie meint das Bild«, sagte Elisabeth und schnaubte.

»Es ist weg. Wo ist es?«

Christianes Stimme klang panisch.

Das Licht ging an. Erschrocken fuhr Brunhilde herum und konnte das Gesicht der anderen Einbrecherin zum ersten Mal genauer betrachten. Eisblaue Augen. Braune Haare. Ein verkniffener Zug um den Mund, gebräunte Haut. Als würde sie den Großteil des Jahres in einem warmen Land verbringen und am Strand in der Sonne liegen. Sie war hochgewachsen und schlank. Brunhilde hatte sie noch nie zuvor gesehen. Sie war sich ganz sicher.

Christiane ging es offenbar anders.

»Du?«, stieß sie erneut hervor.

Doch dieses Mal klang Christianes Stimme gequält, so als hätte ihr jemand einen Hieb in die Magengrube verpasst. Sie strauchelte und kippte auf einmal um, wie ein gefällter Baum. Brunhilde sprang herbei und konnte sie gerade noch auffangen.

Sie hatte noch nie jemanden in Ohnmacht fallen sehen.

## *Fünfunddreißigstes Kapitel*

# Franzi war hundemüde.

Die Zugfahrt hatte nicht lang gedauert. Auf dem kleinen Bahnhof stand sie zunächst ein paar Minuten ratlos auf dem Bahnsteig und beobachtete ein wenig neidisch die Reisenden, die von der Familie, der Mutter oder dem Freund mit Hund abgeholt wurden. Sie beneidete aber auch die, die allein, jedoch zielstrebig in alle Richtungen ausschwärmten. Wenigstens wussten sie, wo sie hingehörten.

Franzi hoffte auf einen dieser magischen Momente. Eine schicksalhafte Begegnung mit einem attraktiven Fremden oder einer lebenserfahrenen Dame, die ihr etwas Sinnträchtiges mit auf den Weg geben würde. Sie betrachtete einen Mann, der Pfandflaschen aus dem Mülleimer wühlte. Es sah aus, als hätte der Metalleimer seinen Arm gefressen.

Irgendwann hatte sie geseufzt und sich in Bewegung gesetzt, war durch die Wartehalle geschlurft und anschließend ziellos mit ihrer Tasche durch die Gegend gelaufen.

Sie brauchte eine Unterkunft.

Sie blieb abrupt stehen, mitten auf dem Bürgersteig. Eine genervte Mutti kurvte mit ihrem Kinderwagen um

Franzi herum und entfernte sich mit energischen Schritten.

»Entschuldigung«, murmelte Franzi.

Als sie dem hektisch wackelnden Gesäß der Frau mit Blicken folgte, dachte sie das erste Mal darüber nach, einfach wieder nach Hause zu fahren.

Doch da stellte sie fest, dass sie vor dem Eingang eines Hotels stand. Sie hob den Kopf und las den Namenszug über der gestreiften Eingangsmarkise. Das klang doch ganz nett. Vielleicht war das Hotel das Äquivalent zu der schicksalhaften Begegnung und sozusagen Franzis schöner Fremder.

Sie ging durch die Drehtür und ließ sich an der Rezeption ein Doppelzimmer für eine Nacht geben. Der bebrillte Hotelangestellte, der sich um sie kümmerte, erinnerte sie an einen Fernsehmoderator.

Als sie die Tür zu ihrem Hotelzimmer aufstieß, war es plötzlich wieder da, das Glücksgefühl, es endlich getan zu haben – abzuhauen! Frei zu sein!

Es verflüchtigte sich in dem Moment, da sie auf dem Doppelbett Platz nahm und einen gefühlten halben Meter einsank. Auf so einer Matratze konnte man doch nicht schlafen!

Franzi legte die Beine hoch. Auch ihre Schenkel versanken.

Vielleicht war sie zu schwer?

Seufzend schaltete sie ihr Handy aus, ohne noch einmal auf das Display zu sehen, und den Fernseher ein.

Da! Da war er ja, der Moderator von der Rezeption!

Mehr wegen des Zufalls als aus Interesse an der Sendung beschloss sie, die Fernbedienung auf die Seite zu legen und sich einfach ein bisschen berieseln zu lassen.

Sie schlief sofort ein.

Zuerst sausten wirre Bilder durch ihren Kopf, und sie warf sich von einer Seite auf die andere. Sie träumte von dem Einhorn. Es hatte seine Farbe gewechselt und war jetzt pink, wohl um sie zum Narren zu halten, aber sie erkannte es doch. Es stand mit den Vorderhufen in einem Plastikkorb mit frisch gewaschenen weißen Bettlaken, schnaubte und sah sie dabei herausfordernd an.

Wach auf, sagte es.

Franzi schlug die Augen auf. Es war stockdunkel im Zimmer, wahrscheinlich mitten in der Nacht. Es dauerte nicht lange, bis sie verstand, wo sie war. Im ersten Moment hatte sie gedacht, sie läge unter Pablos Dachschräge. Es roch leicht nach Zigarettenqualm. Wahrscheinlich stand auf dem Balkon ein Stockwerk tiefer jemand und rauchte. Die Zigarette danach. Oder einfach so.

Sie überlegte, wie viele Paare, die hier im Hotel übernachteten, wohl eine Affäre miteinander hatten und der jeweilige Ehepartner davon überzeugt war, dass ihr Mann auf Dienstreise beziehungsweise die geliebte Frau auf einer Fortbildung war.

»Er musste schon wieder wegfahren. Er arbeitet einfach zu viel. Armer Schatz.«

»Ich finde es gut, dass sie sich weiterbildet. Dass sie mal was für sich tut. Davon profitiere ich am Ende doch auch.«

Wie man sich belügen ließ.

Franzi dachte an Pablo. Sie hatten sich zwar gestern erst gesehen, auf Gut Hämmerling, aber es war schon fast eine Woche vergangen, seit sie das letzte Mal bei ihm war. Er fehlte ihr.

Dann dachte sie an Bene und Micha. Sich die beiden als Paar vorzustellen tat ein bisschen weh. Vor allem, weil sie gut zusammen aussahen. Zwei attraktive Menschen, klug, witzig.

Dennoch war Franzi sich sicher, dass Micha nicht der Richtige für Bene war. Bene brauchte jemanden, der ihr Stabilität gab, einen Fels in der Brandung. Aber niemand wusste besser als Franzi, dass Micha ein Jenga-Turm war, aus dem man schon reichlich Holzklötzchen herausgezogen hatte. Und wenn er umfiel, musste ihn jemand anders wieder aufheben. Er selbst schaffte das nicht.

Bene tat ihr fast ein wenig leid.

Ob es ihr gelingen würde, Bene und Micha zu verzeihen, dass sie sie belogen hatten? Franzi wünschte es sich. Sie mochte Bene, und auch Micha lag ihr am Herzen, schon allein wegen der Kinder und der vielen gemeinsamen Erinnerungen.

Vielleicht brauchte es einfach Zeit.

Als Franzi die Beine über den Bettrand schwang und aufstand, stolperte sie über ihre Schuhe. Überrascht stellte sie fest, dass sie die Jeans noch anhatte. Natürlich. Sie war beim Fernsehen eingeschlafen. Sie tappte ins Bad.

Sie war sich sicher, die Person, die ihr verschlafen aus dem Spiegel zuzwinkerte, noch nie gesehen zu haben.

Dann schaltete sie ihr Handy ein. Es war 4.14 Uhr. Plötzlich begann ihr Handy zu vibrieren und zu leuchten, und mit lautem Bing, Bing, Bing ging eine wahre Flut von Nachrichten ein. Um Himmels willen! Ihre Kinder. Judith. Mama. Micha.

Am liebsten hätte sie das Handy weggelegt und noch ein Ründchen geschlafen.

In einer Nachricht von Toni hieß es:

»Mama, hast du Werner mitgenommen? Wir machen uns Sorgen um euch.«

Franzi stutzte. Werner war ausgebüxt? Auch das noch.

Obwohl ihr Tonis Nachricht einen Stich versetzte (»Ich habe meine Kinder alleingelassen. Ich bin eine schlechte Mutter.«), wollte sie das alles eigentlich nicht wissen. Zumindest nicht jetzt. Es reichte hoffentlich, wenn sie sich ihrem Leben nach der Frühschicht stellte. Sie schaltete das Handy wieder aus.

Um diese Uhrzeit fuhr sicher noch kein Zug. Tja, dann musste es eben anders gehen.

Franzi schulterte die Krankenhaustasche und zog die Tür zu ihrer kleinen, kurzen Freiheit hinter sich zu.

Sie hatte Glück gehabt, dass Pablo sein Handy nicht ausgeschaltet und ihren Anruf gehört hatte. Manchmal übernachtete er auf Gut Hämmerling, wenn am folgenden Tag wichtige Arbeiten anstanden. Dies war so eine Nacht.

Er hatte ihr die Tür geöffnet und sich dabei mit dem Ärmel den Schlaf aus den Augen gerieben. Hola, hatte er gebrummt und gegähnt. Er roch frisch nach Bett.

»Es ist noch Nacht, glaube ich«, sagte er, »wieso bist du nachts wach?«

»Leg dich wieder hin, Schatz. Wir reden nachher.«

Franzi hatte ihm einen Kuss gegeben, und Pablo war davongeschlurft. Daraufhin hatte Franzi ihre Jacke abgestreift und einen Blick auf ihre Armbanduhr geworfen. Ihr blieb noch mehr als eine Stunde Zeit, bis ihr Dienst anfing. Sie schlug den Weg zur Bibliothek ein.

Dass das Licht in dem Raum brannte, hatte Franzi bereits von weitem gesehen. Sie wunderte sich.

Ob Herr Ruthemann schon wach war? Franzi verlangsamte ihre Schritte. Als sie die Bibliothek etwas widerstrebend betrat, brauchte ihr Verstand einen Moment, um zu begreifen, was sie sah. Das war ja –

»Mama!«, entfuhr es ihr.

»Franzi! Du bist wieder da!«, rief Brunhilde aus und blieb wie angewurzelt stehen.

»Ich muss gleich arbeiten«, sagte Franzi mechanisch.

»Aber du warst die ganze Nacht nicht zu Hause, und keiner hat dich erreichen können.«

Vorwurfsvoll. Natürlich. Auch ihre Mutter hatte sich Sorgen um sie gemacht. Franzi war mehr als zwölf Stunden lang verschwunden gewesen. Da sie die meiste Zeit davon geschlafen hatte, war es ihr nicht so lang und auch nicht besonders schlimm vorgekommen. Die vielen verpassten Anrufe erzählten gewiss etwas anderes.

Franzi ließ das Bild, das sich ihr bot, in seiner ganzen abstrusen Pracht auf sich wirken. Ihre Mutter und eine Frau, die sie nicht kannte, standen mitten in der Bibliothek und versuchten, Christiane festzuhalten, die offenbar bewusstlos war und eigenartig verkrümmt zwischen den beiden hing. Es sah so aus, als hätte ihr jemand den Hals umgedreht.

Franzi deutete mit dem Zeigefinger auf Christiane.

»Ist sie –?!«

»Nein«, sagten Brunhilde und die fremde Frau wie aus einem Mund.

Puh, dachte Franzi.

»Aber was hat sie dann?«

»Äh, ich befürchte, das ist meine Schuld«, sagte die fremde Frau.

Sie war groß und hager und braun gebrannt.

Schuld woran?, fragte sich Franzi. Sie sah zu ihrer Mutter hinüber, aber Brunhilde schwieg.

»Lasst mich mal«, sagte Franzi.

Ihre Mutter und die Fremde legten Christiane vorsichtig auf den Rücken. Das strohige Haar umkränzte ihr wachsweißes Gesicht, und Franzi dachte wieder einmal, dass sie selten so viel alte, eingefallene Haut gesehen hatte. Das war nicht sehr nett. Aber das war Christiane schließlich auch nicht. Zumindest nicht zu ihr. Deshalb wollte Franzi aber längst nicht, dass sie starb.

Christianes Atmung und Puls waren flach und unregelmäßig, aber vorhanden. Franzi zückte ihr Handy und wählte die 112. Eine piepsige Stimme meldete sich. Franzi traute dem Püppchen am anderen Ende der Leitung nicht so recht zu, dass es in der Lage sein würde, einen Krankenwagen nach Gut Hämmerling hinauszuschicken. Dass die Frau sich den Namen des Anwesens zweimal buchstabieren ließ, machte es nicht besser. Franzi verdrehte die Augen und legte auf.

»Sie hat mich gesehen, hat geschrien und ist umgekippt«, erklärte die fremde Frau.

»Weil Sie sich kennen? Oder weil Sie sich nicht kennen?«

Franzi war verwirrt.

»Oh, wir kennen uns sehr gut.«

Franzi stützte Christianes Nacken mit den Händen.

»Wie lange ist sie denn schon in diesem Zustand?«, erkundigte sie sich.

Ihre Mutter zuckte die Achseln.

»Ein paar Minuten, mehr nicht.«

»Was machst du überhaupt hier?«, entfuhr es Franzi.

Brunhilde war so eigenartig dunkel gekleidet. Das Oberteil hatte sie doch bei Papa Walters Beerdigung getragen? Das war nicht einfach dunkle Kleidung. Das war Schwarz in Schwarz.

Erneut war es die andere Frau, die sprach.

»Wir sind aus demselben Grund hier.«

»Ah ja? Und was ist das für ein Grund, dass ihr drei euch hier in aller Herrgottsfrühe in der Bibliothek versammelt? Christiane ist noch nicht mal angezogen!«

Und wie ist sie überhaupt in die Bibliothek gekommen?, dachte Franzi auf einmal. Der Rollstuhl war nirgends zu sehen.

»Wo ist Christianes Rollstuhl?«, fragte Franzi.

»Die braucht keinen Rollstuhl«, stieß die fremde Frau

zwischen den Zähnen hervor, »die braucht höchstens einen Maulkorb.«

Franzi warf ihrer Mutter einen fragenden Blick zu, dann wandte sie sich an die Fremde:

»Und wer sind Sie?«

Statt zu antworten, erklärte die Frau:

»Christiane hat etwas, das mir gehört.«

»Dir?«, meldete sich Brunhilde zu Wort. »*Mir*!«

Sie brüllte es fast. Franzi zuckte zusammen.

Die Frau mit den eisblauen Augen lächelte nur.

»Und du denkst, dass es da drin ist?«, fragte sie und deutete auf die Wand neben dem Kamin. Franzi kniff die Augen zusammen. Da war ja eine Tür! Die hatte sie noch nie bemerkt. Aber sie war auch noch nicht so oft in der Bibliothek gewesen und wenn, dann hatte sie nicht unbedingt auf die Wände geachtet.

Franzi betrachtete ihre Mutter von der Seite. Brunhilde verzog keine Miene.

»Wovon redet die, Mama?«, wollte Franzi wissen.

Es war mehr ein vertrauliches Zischen, das nur ihrer Mutter gelten sollte, denn die fremde Frau kam ihr merkwürdig vor. Nicht, dass sich ihre Mutter weniger merkwürdig verhielt, aber diese Fremde hatte so etwas Fiebriges, wild Entschlossenes an sich. Wie jemand, der nichts zu verlieren hatte.

Plötzlich nahm die Frau die Beine in die Hand und lief mit erstaunlich flinken Bewegungen zum Kamin hinüber. Brunhilde setzte ihr nach. Franzi war zu verblüfft, um etwas zu sagen. Ihr klappte der Unterkiefer herunter, und sie beobachtete, wie die beiden Frauen durch die schmale Tür neben dem Kamin verschwanden.

Seit wann konnte ihre Mutter denn so rennen?

Franzi blieb allein mit der bewusstlosen Christiane zurück und betrachtete die rosa Herzchen auf deren Pyjama, den man durch den halbgeöffneten Bademantel sehen konnte. Christiane wirkte so hilflos. Hoffentlich hatte sie nicht schon wieder einen Schlaganfall!

»Der Krankenwagen ist gleich da«, flüsterte Franzi beschwörend und betete, dass das auch wirklich stimmte.

Und während sie über Christiane kniete und sich fragte, was zum Teufel hier los war, kam ihr ein kurioser Gedanke: Konnte es wirklich sein, dass Christiane keinen Rollstuhl brauchte, um in die Bibliothek zu kommen?

*Sechsunddreißigstes Kapitel*

# »Ist da jemand?«

Heinrich flüsterte in die Stille hinein.

Er war aus einem unruhigen Schlaf erwacht. Jemand hatte die Haustür geöffnet. Er war sich sicher. Dabei war es noch nicht einmal fünf Uhr. Franzis Dienst begann erst in einer Stunde.

Heinrich kratzte sich am Kopf. An Weiterschlafen war nicht mehr zu denken. Also konnte er auch gleich aufstehen.

Auf dem Flur hatte er ein weiteres Geräusch wahrgenommen. Es kam aus Christianes Zimmer und klang, als wenn eine der kleinen Bronzestatuen auf den Teppichboden gefallen wäre.

Als Heinrich die Tür öffnete, hörte er sofort, dass sich mehrere Personen im Salon befanden, die jedoch in der Bewegung innehielten, als er eintrat.

»Christiane?«, fragte er vorsichtig.

Stille. Dann:

»Das ist schon das zweite Mal, dass wir drei uns in einem Haus aufhalten, in dem wir nichts zu suchen haben.«

Und nach einer kurzen Pause:

»Wo ist das Bild?«

Er wusste sofort, wer sie war. Diese Stimme würde er sein Lebtag nicht vergessen. Die Frau hinterm Vorhang. Heinrichs Herz machte einen Satz und spurtete los.

»Das Bild?«

Er beschloss, sich erst mal dumm zu stellen.

»Ihr habt es doch in diesem Geheimgang versteckt.«

Brunhilde? Was machte Brunhilde auf Gut Hämmerling?

Heinrich betrachtete ihr schmales Gesicht und die vollen Lippen. Er musste sich noch dümmer stellen.

»Geheimgang?«

»Der da.«

Brunhilde wies mit dem Zeigefinger auf das dunkle Rechteck in der Wand neben Christianes Schlafzimmer.

Sie hatten den Geheimgang entdeckt, und das Bild war weg? Heinrichs Herz begann zu galoppieren. Das konnte nicht sein.

»Wie seid ihr hier reingekommen? Ich rufe jetzt die Polizei«, sagte er tonlos.

Die fremde Frau zuckte die Achseln.

»Und was willst du denen erzählen? Dass du ein Bild vermisst, das dir selbst nicht rechtmäßig gehört?«

Er änderte die Taktik.

»Wer sind Sie überhaupt?«

Die hochgewachsene Frau mit der gebräunten Haut und den eisblauen Augen bedachte ihn mit einem spöttischen Blick.

»Hast du mich vergessen? Du bist ja undankbar. Ohne mich hättest du die kleine Christiane damals sicher nicht heiraten können, weil der alte Becker und seine Frau dich sonst erwischt hätten. Ohne mich wärst du im Knast gelandet. Dafür säße jetzt ein anderer alter Sack auf Gut Hämmerling und würde es sich gutgehen lassen.«

Heinrich schwieg. Interessanterweise verrauchten seine Anspannung und Nervosität und machten einem ganz anderen Gefühl Platz: Er war beleidigt.

Alter Sack?

»So sieht man sich wieder.«

Brunhilde musterte erst Heinz, dann Elisabeth von der Seite. Wieso sah Heinz aus, als hätte er ein Gespenst gesehen?

Elisabeth wandte sich ihr zu.

»Ich war mit euch in dem Haus in der Nacht, in der du *Die Toteninsel* gestohlen hast.«

Eine Stunde später ging Heinrich bedächtig in der Bibliothek auf und ab. Draußen war es immer noch dunkel. Das Einzige, was die Fensterscheiben preisgaben, war sein eigenes Spiegelbild, und das war nicht besonders ansprechend. Zerzauste Haare, Morgenmantel. Er sah aus wie jemand, der Demenz im fortgeschrittenen Stadium hatte. So stellte er sich das zumindest vor.

Die Polizei war schon wieder weg. Die große Polizistin war ihm beim Abschied aus Versehen auf den Fuß getreten. Er hatte nur seine Hausschuhe getragen. Wahrscheinlich war sein Mittelfußknochen gebrochen.

Christiane war weg. Man hatte sie ins Krankenhaus gebracht, und er hatte sich dazu entschlossen, auf Gut

Hämmerling zu bleiben. Wenn ihn jemand gefragt hätte, warum er seine arme kranke Frau nicht begleitete, hätte er in diesem Augenblick absolut wahrheitsgemäß geantwortet: Weil ich keine Lust habe.

Und was morgen geschah oder auch nur in ein paar Stunden, war ihm schnurzpiepegal. Er wollte einfach nur seine Ruhe haben.

Vier Frauen, dachte er, das war mehr, als ein einzelner Mann verkraften konnte. Seine Frau Christiane. Seine Tochter Franziska. Bruni, die Mutter seiner Tochter. Und dann die vierte Frau.

Heinrich hatte ihr Gesicht sofort erkannt. Sie war natürlich älter geworden, aber es bestand kein Zweifel. Es war dasselbe Gesicht, das er vor vielen Jahren in der Villa des alten Becker in Grunewald plötzlich im Lichtschein der Taschenlampe in den Falten des Wohnzimmervorhangs ausgemacht hatte.

Sie war ganz in Schwarz gekleidet gewesen, so wie er, und für einen kurzen Moment hatte er sich gefragt, ob es vielleicht Bruni war. Aber das konnte nicht sein. Er hatte Brunis Silhouette doch noch vor einer Minute oben auf der Galerie erspäht.

In dem Moment hatte die schwarzgekleidete Fremde den Zeigefinger über die Lippen gelegt.

Pssst.

Da hatte Heinz die Stimmen und Schritte vor der Haustür gehört und war erstarrt.

Verflucht.

Oben auf der Galerie vernahm er hektische Geräusche.

Bruni trat den Rückzug an. Heinz schob den Schalter der Taschenlampe nach vorn. Das Licht erlosch. Ihm klopfte das Herz bis zum Hals, doch er war unfähig, sich zu rühren.

Ein Schlüssel kratzte im Schloss der Eingangstür. Sie würden ihn erwischen, schoss es ihm durch den Kopf, aber seine Beine gehorchten ihm immer noch nicht.

Auf einmal spürte er den festen Griff um seinen Oberarm. Er wurde zur Seite gerissen. Die Frau zerrte ihn neben sich in die Falten des schweren Vorhangs. Der Stoff hatte sich kaum beruhigt, da ging das Deckenlicht im Wohnzimmer an. Heinz hielt den Atem an. Ein Schweißtropfen löste sich aus seinem Haaransatz und rann über seine Stirn. War das knapp gewesen!

»... durchaus eine bemerkenswerte Darstellung, finde ich. Warte, Schatz, ich nehme dir den Mantel ab.«

Die Stimme des alten Becker war zärtlich. Heinz wusste nicht viel von ihm, nur, dass er stinkreich war.

»Es hat dir doch gar nicht gefallen«, antwortete die Frau lachend.

Heinz musste an eine schwere, volltönende Glocke denken.

»Wie kommst du darauf?«

»Weil du überhaupt nicht auf das, was ich gesagt habe, eingegangen bist.«

Ihre Schuhsohlen kratzten in unmittelbarer Nähe des Vorhangs über den gefliesten Boden. Zum Glück war der Stoff so dick und schwer, dass man keinerlei Konturen durch ihn erkennen konnte. Heinz und die Fremde an seiner Seite waren in Sicherheit, solange sie sich still verhielten und nicht bewegten. Vorsichtig drehte Heinz den Kopf und versuchte, die Frau zu mustern, die ihn gerade gerettet hatte.

Sie war fast so groß wie er selbst, sehr schlank und feingliedrig. Sie stand völlig reglos da und hatte den Blick auf einen Punkt auf dem Vorhang keine fünf Zentimeter vor ihrem Gesicht geheftet. Ihre Wimpern flatterten unruhig.

Gern hätte er sie gefragt, was sie hier wollte, aber ihm fiel auf, was für eine dämliche Frage das angesichts ihres und seines Aufzugs war.

Er dachte an Bruni. Hoffentlich hatte sie es sicher aus dem Fenster geschafft. Wahrscheinlich stand sie irgendwo draußen zwischen den Bäumen und wartete auf ihn. Sie machte sich bestimmt fürchterliche Sorgen.

»Noch ein Glas Wein, Liebling?«, fragte der Mann.

Schritte entfernten sich in Richtung Küche. Die Bewegung war so nah, dass der Stoff des Vorhangs vor Heinz' Nase erneut erzitterte. Heinz hielt die Luft an.

»Mmmh«, machte die Frau.

Heinz vermutete, dass sie irgendwo in der Nähe des Sofas stand, zwei oder drei Meter von dem Versteck entfernt, das er sich mit der geheimnisvollen Einbrecherin teilte.

»Ich gehe mal kurz hoch, Schatz«, sagte die Frau unvermittelt.

Lass sie bloß nicht ins Bad gehen, dachte Heinz beschwörend.

Die Stufen der massiven Treppe aus dunklem Holz, die ins Obergeschoss führte, knarzten leise.

Heinz hatte gesehen, dass vier Türen von der Galerie abgingen. Eine führte in das Badezimmer, durch das sie sich Zugang zu dem Haus verschafft hatten, hinter den anderen drei Türen lagen wahrscheinlich Schlaf-, Gäste- und Kinderzimmer.

In der ersten Etage wurde eine Tür geöffnet. Das klackernde Geräusch der kleinen harten Absätze erstarb, aber die Schritte des Mannes in der Küche waren immer noch zu hören. Er pfiff fröhlich vor sich hin. Heinz vernahm das Ploppen eines Weinkorkens.

Wenn sich die beiden jetzt mit einer Flasche Rotwein ins Wohnzimmer setzten, würde er hier wahrscheinlich noch zwei Stunden herumstehen. Er versuchte, seine Anspannung leise wegzuatmen. Da spürte er ihren Blick. Die Fremde hatte den Kopf gedreht und starrte ihn mit weit aufgerissenen Augen an.

Hatte er zu laut geatmet? Er wusste nicht, was sie ihm sagen wollte. Er hob die Augenbrauen, um ihr zu signalisieren, dass er nicht wusste, was sie von ihm wollte.

»Helmut?«, ertönte plötzlich die Stimme der Frau, »Hast du das Fenster im Schlafzimmer offen gelassen?«

Sie klang beunruhigt.

Das hatte die Frau Heinz mitteilen wollen! Dass sie durch das Schlafzimmerfenster eingestiegen war!

Der alte Becker kam ins Wohnzimmer zurück und blieb jenseits des Vorhangs stehen, am unteren Ende der Treppe.

»Steht das Fenster offen?«, rief er.

»Ja.«

Erneut vernahm Heinz das leise Knarzen der Treppenstufen. Der alte Becker ging nach oben zu seiner Frau. Kaum waren auch seine Schritte verklungen, schob die Frau neben Heinz vorsichtig zwei Finger zwischen die Falten des Vorhangs und spähte in den erleuchteten Raum.

»Los«, zischte sie so leise, dass es mehr wie ein Kitzeln im Ohr war.

Gemeinsam traten sie hinter dem Vorhang hervor und gingen in Richtung Haustür, ohne den Blick von der Treppe und der Galerie zu lösen. Ihnen blieb nicht viel Zeit. Sobald die Beckers das Badezimmer mit dem ebenfalls geöffneten Fenster betraten, würden sie Alarm schlagen.

Die Frau drückte vorsichtig die Klinke der Haustür herunter. Sie ließ sich geräuschlos öffnen. Zwei Sekunden später standen sie auf der Fußmatte vor der Tür. Die Frau zog sie gefühlvoll ins Schloss, und ein leichtes Klicken ertönte.

Heinz und die Fremde sahen sich unschlüssig an, bevor Heinz seiner unerwarteten Komplizin mit einem kurzen Nicken bedeutete, in Richtung Büsche abzuhauen.

Zu zweit verursachten sie mehr Lärm, als ihnen guttat. Heinz duckte sich, als die ersten Äste über seinem Kopf knackten, als befürchtete er, dass ihn jeden Moment ein Riese am Schlafittchen packen und aus dem Schutz des Dickichts hervorziehen würde. Wie das weiße Kaninchen aus dem Hut.

Die Frau neben ihm stieß einen erstickten Schrei aus,

als sich ihre Haare in der Hecke verfingen. Wie konnte man auch so töricht sein, einen derart langen Pferdeschwanz nicht in den Kragen zu stecken, dachte Heinz ärgerlich. So ein Anfängerfehler wäre Bruni nie unterlaufen.

Bruni.

Wo war sie eigentlich?

Als hätte Bruni seine Gedanken gelesen, hörte er auf einmal ihr Eulen-Huhu. Dabei formte sie mit den Händen einen Trichter vor ihrem Mund.

Heinz hielt inne und starrte angestrengt in die Richtung, aus der der Ton gekommen war. Die Frau machte noch ein oder zwei Schritte und drehte sich zu ihm um.

»Worauf wartest du denn noch?«, zischte sie. »Wir müssen zusehen, dass wir hier wegkommen!«

Heinz hatte nicht viel Zeit zum Nachdenken. Am liebsten wollte er sie loswerden. Jetzt, hier draußen, war sie nicht mehr seine Komplizin, sondern eine Konkurrentin, die ihm und Bruni durchaus auch die Tour hätte vermasseln können. Und Bruni wäre alles andere als begeistert, wenn Heinz ohne Beute, aber dafür mit einer fremden Frau antanzte.

Doch die Neugier siegte. Heinz konnte nicht anders.

»Was wolltest du da drinnen?«, zischte er zurück.

»Lass uns erst mal abhauen«, flüsterte die Frau.

»Ich war nicht allein in dem Haus. Meine Freundin ist hier noch irgendwo und wartet auf mich.«

Die Frau machte einen Schritt auf Heinz zu und betrachtete ihn ungläubig.

»Dann hab ich also wirklich richtig gehört! Ihr wart zu zweit da drin?«

Das Komische an der Situation blieb Heinz nicht verborgen, als er zurückgab:

»Genaugenommen waren wir zu dritt.«

»Ich hab mich unten versteckt, als ich euch gehört habe. Was wolltet ihr in dem Haus?«, fragte die Frau hektisch.

Heinz stutzte.

»Zuerst beantwortest du meine Frage«, sagte er.

Sogar im Schatten der Kiefern, unter denen sie jetzt standen, konnte er sehen, wie die Frau ihre Augen verdrehte.

Auf einmal waren die Hausfassade und der Garten der Villa hinter ihnen hell erleuchtet. Das Ehepaar musste das geöffnete Badezimmerfenster und das Seil entdeckt haben. In demselben Moment erscholl erneut Brunis klarer Eulenschrei. Sie war ganz in der Nähe.

»*Die Toteninsel*«, sagte die Frau, »habt ihr sie gesehen?«

»*Toteninsel*?«, fragte Heinz verständnislos. »Was soll das denn sein?«

»Das Bild«, gab die Frau eindringlich zurück.

»Ein Bild? Du meinst ein richtiges Gemälde? So was kann man doch nicht klauen! Das ist doch für so eine Art Einbruch viel zu sperrig!«

»Das ist nicht irgendein Gemälde.«

Die Frau fauchte beinahe.

»Es ist ein Vermögen wert!«

Heinz zuckte bloß die Achseln.

»Also wart ihr nicht wegen der *Toteninsel* in dem Haus?«, fragte die Frau misstrauisch.

Heinz schüttelte den Kopf.

»Wir suchen eher nach kleinen Sachen. Nach Schmuck und Bargeld.«

Die Frau blinzelte etwas verwundert und verzog den Mund.

»Das klingt fast so, als wenn ihr das öfter machen würdet.«

Heinz hätte sich ohrfeigen können für seine eigene Dummheit. Warum hatte er der Fremden nicht gleich gesagt, wie er und Bruni hießen und wo sie wohnten?

»Aber dass der alte Becker einen echten Böcklin aufgetan hat, davon habt ihr keinen blassen Schimmer, was?«

Die Frau lachte heiser. Heinz ließ sich nicht gern auslachen.

»Ich glaube, wir sollten jetzt getrennte Wege gehen«, sagte er reserviert.

Sie zuckte die Achseln.

»Wie du meinst.«

Heinz marschierte grußlos in die Richtung, aus der der Eulenruf gekommen war. Ihm fiel ein, dass er sich gar nicht bei der Frau bedankt hatte. Doch als er sich umdrehte, hatte die Dunkelheit sie bereits verschluckt.

Keine fünfzig Meter weiter traf er auf Bruni, die auf dem Boden zwischen den mächtigen Wurzeln einer uralten Fichte hockte und sich die Hände rieb.

»Ist dir kalt?«, fragte Heinz.

Bruni sah zu ihm auf. Eine Mischung aus Wut und Erleichterung spiegelte sich in ihren großen Augen.

»Wo hast du denn nur gesteckt?«, fragte sie, sprang auf und fiel ihm um den Hals.

Sie roch nach Harz.

»Das glaubst du mir nie«, gab er zurück.

Da entdeckte er das in ein Bettlaken gehüllte Bündel, das an dem Baumstamm lehnte. Es war ziemlich groß und rechteckig und sah aus wie ein –

»Was ist denn das?«, wollte er wissen.

Bruni drehte sich um und sah ebenfalls auf das Bündel hinab. Als sie sich wieder zu Heinz umdrehte, umspielte ein beschämtes Grinsen ihre Lippen.

»Ich konnte einfach nicht daran vorbeigehen«, meinte sie.

Heinz machte einen Schritt auf den Baumstamm zu.

»Du hast ein Gemälde mitgenommen?«, fragte er.

Bruni nickte.

»Ja. Ich habe es gesehen, und es hat mich völlig in seinen Bann gezogen.«

»Was ist denn drauf?«, fragte Heinz vorsichtig und spürte, wie sein Herz schneller klopfte.

»Eine Insel«, sagte Bruni

Heinz wurde kurz schwindelig.

Sie hatten das große Los gezogen.

Die junge Frau saß auf der Parkbank und las. Sie hatte die Beine übereinandergekreuzt und eine Hand in das aufgeschlagene Buch gelegt, damit der Wind die Seiten nicht umblätterte. Er betrachtete ihre schlanken Waden und Fesseln gierig.

Hannes hatte recht gehabt, dachte Heinz. Die Tochter vom alten Becker war eine schöne Frau.

Er schlenderte langsam zu ihr hinüber. Sie spürte seinen Blick auf sich ruhen und hob den Kopf. Ihre Augen waren wässerig, aber sie hatte rosige Wangen und volle Lippen. Ihre weizenblonden Haare leuchteten in der Sonne. Dass sie Geld hatte, erkannte man an der stilvollen, modischen Kleidung. Heinz dachte an das kleine Zimmer, in dem er hauste. Keine Heizung. Kein richtiges Bett. Nur eine Matratze auf einem alten Lattenrost.

Er hatte geglaubt, das Bild würde etwas verändern. Das hatte es auch. Aber ganz anders als vermutet. Denn plötzlich wurden sie gesucht. Besser gesagt: »Die Täter« wurden gesucht. Die Polizei fahndete offenbar nach mehreren Personen.

Der Einbruch in der Villa in Grunewald hatte hohe Wellen geschlagen. Abgesehen von einem »nicht unbeträchtlichen Geldbetrag« sei einiges an Schmuck gestohlen worden, berichteten die Zeitungen. Familienerbstücke, hieß es.

Das Gemälde wurde mit keinem Wort erwähnt.

Da hatten Bruni und Heinz begonnen, Nachforschungen anzustellen. Mit dem ganz erstaunlichen Ergebnis, dass es das Bild, das sie in der Villa im Grunewald gestohlen hatten, nicht gab.

»Vielleicht ist es nur ein Druck«, hatte Heinz gemutmaßt, obwohl er von der fremden Einbrecherin wusste, dass es sich um ein Original handelte. Und sie hatte mit Sicherheit noch mehr gewusst.

Interessanterweise war auch Brunhilde felsenfest davon überzeugt, dass das Bild echt war.

»Warum diese Lügen?«, fragte sie immer wieder.

Heinz wusste, was Bruni meinte. Sie hatten kein Bargeld in der Villa erbeutet, und das einzige Schmuckstück, das sie entwendet hatten, war eine goldene Herrenarmbanduhr, die auf der Konsole im Badezimmer gelegen hatte. Ein Gemälde und eine Uhr. Das war alles. Damit war dieser Einbruch, der gewissermaßen die Krönung ihrer Einbrecherkarriere hatte werden sollen, der am wenigsten ergiebige überhaupt geworden. Und das, obwohl sie nie etwas Wertvolleres geklaut hatten.

Für den Fall, natürlich, dass *Die Toteninsel* ein Original war.

Vielleicht, ja, vermutlich saßen sie auf einer Goldgrube. Aber nie im Leben würden sie das Bild gewinnbringend verkaufen können, ohne dabei erwischt zu werden. Das Einzige, was er und Bruni tun konnten, war, es zu verstecken und sich so unauffällig wie möglich zu verhalten. Und zu hoffen, dass der Vorfall in Vergessenheit gerate.

Der Einbruch hatte Heinz verändert. Er dachte seither nur noch an eins: Er wollte auch so ein Haus besitzen wie der alte Becker. Er wollte abends mit seiner Gattin vom klassischen Konzert heimkommen und noch eine Flasche teuren Rotwein vor dem offenen Kamin trinken, in die Flammen blicken und darüber nachsinnen, wie herrlich gut es ihm doch ging.

Er hatte es so satt, nichts zu besitzen.

Dass der alte Becker und sein singendes Huhn eine hübsche Tochter hatten, erwähnte Hannes, der Besitzer seiner Stammkneipe, eher beiläufig. Er hatte in der Zeitung über den Einbruch gelesen und angemerkt, dass die Tochter manchmal im Park um die Ecke hockte und las. Sie studierte wohl und war nicht nur schlau, sondern auch bildschön. Woher er wusste, wer sie war, hatte Heinz gefragt. Hannes hatte gegrinst. So was wusste man als Wirt im Viertel halt.

Und jetzt hatte Heinz sie also gefunden. Da saß sie, in Fleisch und Blut. Sein Fahrschein in ein besseres Leben. Heinz blieb neben der Holzbank stehen und lächelte Christiane an.

»Ein schönes Plätzchen zum Lesen haben Sie sich da ausgesucht«, meinte er.

Ihre Augen wichen seinen aus, aber sie lächelte schüchtern zurück.

»Ich lerne lieber hier als in meinem Zimmer«, antwortete sie mit hoher, dünner Stimme.

Wahrscheinlich würde ihr eine Karriere als Sängerin verwehrt bleiben.

»Was lernen Sie denn?«

»Ich studiere Jura.«

Heinz' Lippen formten ein O.

»Darf ich mich einen Moment zu Ihnen setzen?«, fragte er.

Ihre Körperhaltung verriet, dass ihr das nicht recht war. Bevor sie ihm eine Abfuhr erteilen konnte, log er:

»Ich habe mir den Fuß verstaucht. Ich glaube, ich schaffe es nicht mehr zu der anderen Bank.«

Christianes zweifelnder Blick wanderte zu seinem Knöchel hinunter.

»Die Verletzung ist schon etwas älter, aber ich kann noch immer nicht so lang laufen.«

Christiane Becker-Schild seufzte und schloss das Buch. Sie wies mit einer Hand auf den Platz neben sich.

»Sie dürfen sich gern neben mich setzen, aber ich möchte Sie bitten, mir keine weiteren Lügengeschichten zu erzählen. Ich sehe vielleicht jung und naiv aus, aber glauben Sie mir, der Schein trügt.«

Heinz zögerte, bevor er neben ihr Platz nahm.

»Ich wollte Sie nicht anlügen. Ich würde nur gern ein wenig mit Ihnen reden, weil ich Sie wirklich bildschön finde.«

»So gefallen Sie mir schon besser«, sagte sie.

Sie sah bezaubernd aus, wenn sie lächelte.

Danach war alles sehr schnell gegangen. Es hatte keine zwei Wochen gedauert, da war Christiane bereits so verliebt, dass sie Heinz unbedingt ihren Eltern vorstellen wollte. Der alte Becker und seine Frau gaben sich die Ehre und luden zu einem Abendessen ein.

Um Punkt zwanzig Uhr stand Heinz vor der Eingangstür der Villa in Grunewald, frisch gebadet und mit sorgfältig gestriegelten Haaren, und drückte auf die Klingel. Die Tür öffnete sich, und Frau Schild strahlte ihn an. Heinz hatte sich zur Feier des Tages einen Anzug ausgeliehen. Er wusste, wie gut er darin aussah.

»Sie müssen Heinrich sein«, sagte Frau Schild mit ihrer volltönenden Stimme.

Heinz nickte. Die hochgewachsene Frau bat ihn herein. Bei dem Gedanken, dass er die Haustür der Villa der Familie Becker-Schild im Grunewald nicht zum ersten Mal durchschritt, hatte er grinsen müssen.

Drei Monate später hielt er um Christianes Hand an.

Dabei dachte er an Brunhilde. Aber Bruni gehörte jetzt der Vergangenheit an. Sie war fort, für immer verloren für ihn. Er musste in die Zukunft blicken.

Und das Gemälde?

Er hätte es vielleicht früher oder später verkaufen können, aber er brauchte das Geld nicht mehr. Er beschloss, alles Geld, was da war, Brunhilde zu geben. Das war er ihr schuldig. Er würde den Passmacher zu ihr schicken, damit sie fliehen konnte. Das war das Beste, für alle.

Und Heinz beschloss, das Gemälde zurückzugeben. Es war eine spontane Entscheidung, die er fällte, nachdem er wieder einmal die ganze Nacht wach gelegen und sich von einer Seite auf die andere gewälzt hatte. *Die Toteninsel* ließ ihm keine Ruhe. Solange er sie besaß, würde er nicht mehr richtig schlafen können.

Weil ihm nichts Besseres einfiel, wickelte er das Gemälde wieder in dasselbe Bettlaken, in dem Brunhilde es nach dem Einbruch durch die Dunkelheit getragen hatte, und lehnte es in einer kalten, stillen Dezembernacht an die Haustür der Villa im Grunewald.

Eine Woche später hing *Die Toteninsel* wieder an ihrer gewohnten Stelle. Es war so, als wäre sie nie fort gewesen. Christiane und ihre Eltern verloren kein Wort über das Bild, das auf so mysteriöse Weise den Weg zu ihnen zurückgefunden hatte. Sie behandelten es wie ein ungezogenes Kind, das ausgerissen war. Wo es sich herumgetrieben hatte, das spielte keine Rolle, denn jetzt war es wieder da, gesund und munter. Und das war schließlich die Hauptsache.

Die selbstverständliche, nonchalante Art, mit der Hilde und Christiane an der *Toteninsel* vorbeispazierten und sich dabei über das Wetter oder Politik unterhielten, zauberte Heinrich mehr als einmal Grübelfalten auf die Stirn. Hie und da warfen sie einen gleichgültigen Blick auf die Stelle, an der sich bis vor kurzem nur ein blindes Rechteck befunden hatte.

Wie und warum das Bild »zurückgekehrt« war, schien niemanden in der Familie Becker-Schild zu interessieren.

*Siebenunddreißigstes Kapitel*

# Brunhilde starrte Löcher in die Luft.

Sie saß auf der roten Plüschcouch in dem eigentümlichen Zimmer, dessen Form an eine Sanduhr erinnerte, und milchig-trübes Licht drang von draußen durch die Fenster herein. Die Pferde dahinter schwammen in der Herbstsuppe aus Nebel und grauen, tief hängenden Wolken.

Franziska war da. Brunhilde kannte den Geruch ihres Parfums. Selbst, wenn sie nicht hinsah, wusste sie, dass Franzi da war. Ihre Tochter sah erschöpft aus. Ansonsten schien es ihr gutzugehen.

Brunhildes Augen wanderten zu der Frau hinüber. Sie gab es nur ungern zu, aber sie war fasziniert von ihr, quietschende Anfängerschuhe hin oder her. Sie sah aus wie jemand, der sich seine Nahrung noch täglich selbst beschaffte. Nicht im Supermarkt, sondern mit Pfeil und Bogen.

Und dann war da natürlich noch Heinz. Oder Heinrich. Oder wie auch immer er jetzt genannt werden wollte. Er hatte sie immer wieder verstohlen angesehen, während diese Hünin von Polizistin Fragen gestellt hatte. Und plötzlich war Georg Mauritz aufgetaucht, der Mann von Franzis Nachbarin. Als er Brunhilde erkannte, waren ihm kurz die Gesichtszüge entglitten.

»Frau Albrecht?«, hatte er ausgerufen, »Was machen *Sie* denn hier?«

Brunhilde hatte es ihm nicht verraten. Und Heinz' Blicke hatte sie geflissentlich ignoriert, obwohl sie ihn sich gern genauer angesehen hätte. Manchmal war er als junger Mann kleine zauberhafte Momente lang verletzlich gewesen. Brunhilde hatte dann das Gefühl gehabt, dass sie ihm direkt ins Herz schauen konnte. Sonst hatte er seine Ängste immer mit einem männlichen, großmäuligen Egotanz überspielt. Ich kann! Ich bin! Ich habe! Dabei war er im Grunde genommen ein ganz Weicher gewesen. Nur das Einbrechen war ihm irgendwie nicht bekommen. Es hatte ihn so gierig gemacht.

Brunhilde dachte an den Moment, in dem sie Janas Digitalkamera genommen und sich durch die Fotos geklickt hatte. Wenn sie nicht so neugierig gewesen wäre, säße sie jetzt nicht hier.

Der Anblick der *Toteninsel* auf einem der Fotos war Brunhilde durch und durch gegangen. Sie hatte das Gemälde sofort erkannt. Kein Zweifel. Das war *ihr* Bild.

Sie hatte den kleinen silbernen Apparat ganz ruhig gehalten und auf das Display gestarrt, als ihre Hände plötzlich wie verrückt zu zittern anfingen. Walters Krankheit und Tod. Franzis unter Tränen hervorgebrachte Nachricht, dass sie und Michael sich trennen würden. Janas trauriges Gesicht, wenn sie sich von Micha verabschieden musste. Nichts hatte Brunhilde in den vergangenen Jahren so zu erschüttern vermocht wie dieses Foto.

In Gedanken stand sie wieder in der Villa im Grunewald.

Sie war eine junge Frau und ganz in Schwarz gekleidet. Ein Schatten zwischen den Bäumen, Sträuchern und Häusern. Sie und Heinz hatten sich Zugang zu dem Gebäude verschafft. Keine besonders elegante Lösung. Einfach ein solider Einbruch. Sie war an der Regenrinne hochgeklettert, hatte das Badezimmerfenster ausgehebelt und war eingestiegen. Anschließend hatte sie ein Seil an der Heizung befestigt, an dem Heinz wieselflink hinaufkletterte. Sie war den langen Flur auf der oberen Galerie entlanggeschlichen. Dort hatte sie das Gemälde entdeckt, das sie seither nie wieder losgelassen hatte.

Heinz war irgendwo im Erdgeschoss. Undeutlich konnte sie den schwachen Lichtschein seiner Taschenlampe durch die geschnitzten Sprossen der Galerie erkennen.

Das Gemälde war das vorletzte vor der schweren Holztür am Ende des Flurs gewesen. Das Motiv war dunkel und schien dennoch aus sich heraus zu leuchten. Es zeigte eine Insel, deren Klippen steil zum schwarzen Wasser abfielen. In der Mitte ragten schlanke Bäume in den Nachthimmel. Zypressen. Ein Boot steuerte auf die Insel zu. Darin befanden sich zwei Personen und ein Sarg. Eine Person ruderte, die andere, ganz in Weiß, stand mit dem Rücken zum Betrachter aufrecht hinter dem Sarg. Brunhilde konnte nicht weitergehen. Wie angewurzelt starrte sie das Bild an.

Sie wusste nicht, wie viel Zeit vergangen war. Aber plötzlich war da dieses Geräusch, wie ein Kratzen.

Jemand war an der Haustür.

Heinz schaltete die Taschenlampe aus.

Brunhilde nahm das Bild von der Wand. Es war groß und sperrig, aber sie konnte es nicht dort hängen lassen. Sie musste es haben. Sie rannte in langen Sätzen zurück in die Richtung, aus der sie gekommen war. Als sie die Badezimmertür aufschob, hörte sie Schritte und Stimmen im Erdgeschoss. Das Licht ging an.

Leise schloss Brunhilde die Tür hinter sich. Sie sendete ein kurzes Stoßgebet gen Himmel, dass Heinz nicht entdeckt wurde. In Windeseile zog sie das schwarzgefärbte Bettlaken aus ihrem Rucksack und wickelte das Bild darin ein, bis es ein dick gepolstertes Paket war. Sie warf es aus dem geöffneten Fenster in das Gebüsch, das keine zwei Meter neben der Längsseite der Villa verlief. Anschließend setzte sie sich auf den breiten Sims und ließ sich an dem dicken Seil an der Hauswand hinabgleiten. Ihre Handflächen brannten wie Feuer. In der Eile hatte sie vergessen, ihre Handschuhe wieder anzuziehen. Sie biss sich auf die Zunge, um nicht vor Schmerz aufzuschreien. Unten angekommen, rannte sie los und stolperte keine drei Schritte weiter über eine Wurzel. Sie fiel der Länge nach hin. Als sie sich aufrichtete, spuckte sie feuchte Erde aus. Den Geschmack hatte sie heute noch im Mund.

Daran musste Brunhilde denken, als sie im Halbdunkel des beginnenden Tages auf dem Sofa in dem eigentümlich sanduhrförmigen Salon auf Gut Hämmerling saß, vor sich hin starrte und sich in Erinnerung an damals über die Innenflächen ihrer Hände rieb.

Hier lebte er also, der Mann, mit dem sie einst die Welt erobern wollte. In Saus und Braus. Wut stieg in Brunhilde auf.

Sie spürte, dass Franzis Augen auf ihr ruhten.

»Du bist abgehauen«, stellte Brunhilde fest.

Franzi reagierte nicht.

»Und wo warst du, wenn ich fragen darf?«, fuhr Brunhilde fort, weil sie die Stille kribbelig machte.

»Ich habe mich einfach in den Zug gesetzt und bin losgefahren«, gab Franzi mit hohler Stimme zurück.

»Und wohin bist du gefahren?«

»Ich wollte nach Mehlem, bin dann aber schon in Bad Godesberg ausgestiegen«, antwortete Franzi.

»Bonn-Mehlem?«, entfuhr es Brunhilde.

Franzi verzog keine Miene.

Wie viele Minuten fuhr man wohl vom Hauptbahnhof bis Bad Godesberg und Mehlem? Fünf? Brunhilde konnte nicht anders, sie musste lachen. Franzis Mundwinkel zuckten ein paarmal, dann fiel sie mit ein.

»Ich weiß gar nicht, was es in Ihrer Situation so zu lachen gibt«, bemerkte die hünenhafte Polizeibeamtin, »immerhin liegt die arme Frau Ruthemann im Krankenhaus.«

»Die arme Frau Ruthemann«, entfuhr es der dritten Frau im Raum, »millionenschwer und sauer wie ein Sack Zitronen.«

*Achtunddreißigstes Kapitel*

# Die dritte Frau.

Christianes Finger krampften sich um die Krankenhausbettdecke. Ihr Kopf sah zwischen den hochgezogenen Schultern unnatürlich winzig aus. Sie blickte düster auf die kahle Wand unterhalb des Fernsehers und wirkte teilnahmslos, doch Christianes Verstand arbeitete auf Hochtouren.

Die Krankenschwester. Deren Mutter. Und die dritte Frau.

Die Mutter der Krankenschwester war Brunhilde. Heinrich hatte sie hinters Licht geführt. Er war nicht mit ihr nach Bonn gezogen, weil Bene hier wohnte. Er war hierhergezogen, weil Brunhilde *und* seine uneheliche Tochter *und* Bene hier wohnten. Vielleicht hatte er all die Jahre Kontakt zu Brunhilde gehabt, obwohl er stets das Gegenteil beteuert hatte. Vielleicht hatte er ihr Geld geschickt. *Ihr* Geld.

Und die Frau, die sie pflegte, die sie gebadet hatte und ihr Bett machte, war Heinrichs Kind, die uneheliche Tochter. Die, von der der Privatdetektiv Herr Schmidtbauer damals Fotos hatte machen lassen.

Sie hatte schon immer gewusst, dass rote Haare Unglück brachten.

Und diese beiden Frauen saßen gerade gemeinsam auf dem Sofa in ihrem Haus. Das war ungeheuerlich! Aber es war dennoch nichts im Vergleich zu der Gegenwart der dritten Frau.

Was hatte sie hier zu suchen?

Und das Gemälde? Wo war das Gemälde?

Darüber hatte sich Christiane schon eine Weile den Kopf zerbrochen und war zu folgendem Schluss gekommen: Die Einzige, die das Bild genommen haben konnte, war Franziska. Sie hatte in den vergangenen Wochen ausreichend Gelegenheit gehabt, das Haus auszukundschaften. Möglicherweise war sie durch Zufall auf den Geheimgang gestoßen, wer konnte das schon sagen. Vielleicht hatte sie sich später mit ihrer kriminellen Mutter zusammengetan. Der Apfel fiel bekanntlich nicht weit vom Stamm.

Wer das Gemälde geraubt hatte, spielte letztendlich keine Rolle für Christiane, denn das Ergebnis blieb dasselbe: Es war weg. Und Christiane hatte das unbestimmte Gefühl, dass sie es nie wiedersehen würde.

Unter anderen Umständen hätte ihr dieser Gedanke das Herz gebrochen. Doch Brunhilde, Franziska und das verschwundene Bild waren gerade ihr geringstes Problem.

Die dritte Frau, *die* war das Problem.

Christianes Gedanken wanderten zurück in ihre Kindheit. Sie konnte das Haus ihrer Eltern vor sich sehen, die wunderschöne Villa im Grunewald, umgeben von hohen Bäumen.

Im Spätsommer, wenn die Sonnenstrahlen schon schräg auf den Garten fielen, war sie immer in die Krone des alten Pflaumenbaums geklettert, um die weichen Früchte zu sammeln. Sie hatte sie in einen Beutel gesteckt, den sie sich über den Arm gehängt hatte. Das war mühsam, aber in all den Jahren war ihr nie in den Sinn gekommen, sich etwas Praktischeres zu überlegen. Warum auch? Es gab nichts Schöneres, als in der Krone des Pflaumenbaums zu sitzen und den Blick über die Wiese und die dunkleren Bäume, die sie wie eine Nadelmauer umgaben, schweifen zu lassen.

Wenn der Beutel voll war, hatte sie sich vorsichtig an den Ästen herabgehangelt wie ein Äffchen. Dabei zerdrückte sie immer einige Früchte, und der Stoff des Beutels verfärbte sich unter ihren Armbeugen. Anschließend rannte sie durch das dichte Gras zur Rückseite der Villa und stürmte in die Küche. Zwei Steinstufen führten vom Garten in den rechteckigen Raum, der komplett weiß gekachelt war. Dort stand Louise und rührte in einem großen Kochtopf. Schweiß stand auf ihrer Stirn.

»Schau mal«, rief Christiane der Haushälterin zu und streckte ihr den fleckigen Beutel entgegen.

Louise schaute auf und wischte sich mit ihrem kräftigen Unterarm über die Augen.

»Ach, Kindchen. Die Zwetschen.«

Louise benutzte oft komische Wörter. Christiane strahlte sie an.

»Machst du Kuchen für uns?«

Louise lächelte und streichelte ihr über den Kopf.

»Natürlich. Sobald die Suppe fertig ist, setze ich einen Hefeteig an.«

Niemand konnte besseren Pflaumenkuchen backen als Louise.

Christiane Becker-Schild hatte eine glückliche Kindheit. Sie spielte mit Louises Tochter, die etwa im gleichen Alter war wie sie, sie nahm an Reitturnieren auf ihrem Pony teil, sie lag viele lange, faule Nachmittage auf dem Rücken im Gras und hörte den Insekten zu, während sie die Wolken zählte. Sie tanzte Ballett, bis es ihr zu langweilig wurde, dann lernte sie Fechten. Ihre Eltern erfüllten ihr jeden Wunsch.

Ihren Vater liebte sie ganz besonders. Er war ein gutmütiger Mann mit einem freundlichen Lächeln. Seine Haare standen immer in alle Richtungen von seinem großen, runden Kopf ab. Vielleicht verliebte sich Christiane deshalb in Heinrich. Er hatte dasselbe dichte, strubbelige Haar, in das man hineingreifen konnte wie in einen Sack Hafer, um sich die dicken Haare durch die Finger fließen zu lassen.

Helmut Becker war ein erfolgreicher Geschäftsmann, mit vielen einflussreichen Kontakten und illustren Freunden. Das hielt ihn nicht davon ab, sich mit den Angestellten, ob im Haus oder in der Fabrik, zu unterhalten. Er kannte jeden von ihnen beim Namen und wusste alles über ihre Familienverhältnisse. Er blieb stets mit beiden Beinen fest auf dem Boden. »Ich weiß, woher ich komme«, sagte er oft zu Christiane, »das ist wichtig und gut so.«

Christiane sah ihn an und nickte vage. Sie verstand damals noch nicht, was er ihr damit sagen wollte.

Hildegard Becker-Schild, ihre Mutter, die Opernsängerin, war oft auf Tournee. Manchmal sah Christiane sie mehrere Wochen am Stück nicht. Dann war es Louise, die sie abends ins Bett brachte, ihr Märchen vorlas, mit ihr das Abendgebet sprach und zuletzt die Decke um sie herum feststopfte. Louise arbeitete rund um die Uhr, um genug Geld für sich und ihre Tochter zu verdienen.

»Und dein Mann?«, fragte Christiane einmal, »was macht der?«

Louise sah sie mit müden Augen an und seufzte.

»Einen Mann habe ich nicht, Christianchen.«

Das konnte Christiane nicht verstehen.

»Aber du hast doch –«

Ja. Ein Kind hatte sie. Aber das hieß nicht, dass man auch einen Mann hatte. Christiane war noch jung, aber dass sie Glück hatte, Mama *und* Papa zu haben, verstand sie dennoch.

So hätte das Leben ewig weitergehen können, ein Tanz zwischen Sorglosigkeit und Muße, Sonnentagen in den Obstbäumen und verregneten Nachmittagen voller Tagträume auf dem Teppich in ihrem Kinderzimmer. Doch dann passierte es.

Sie wollte nur ein Stück Pflaumenkuchen stibitzen. Nicht, weil sie hungrig war, sondern weil Louises Pflaumenkuchen so gut schmeckte und sie das Gefühl hatte, nicht bis zum nächsten Morgen warten zu können.

Der Mond stand hell über dem Haus und leuchtete so

bleich, dass es Christiane fröstelte. Sie schlich Stufe für Stufe ins Erdgeschoss hinunter. Als sie durchs Wohnzimmer auf die Küche zuging, glaubte sie, Geräusche von jenseits der Tür zu hören. Aber es war schon spät, mitten in der Nacht. Alle schliefen. Sie musste sich geirrt haben. Sie öffnete die Tür, ohne innezuhalten, und machte einen Schritt in den Raum hinein.

Was sie sah, erschütterte sie so sehr, dass ihr ganzer Körper zu zittern anfing. Mit weit aufgerissenen Augen ging sie rückwärts wieder aus der Küche, sobald sie sich von dem Anblick losreißen konnte.

So etwas hatte sie noch nie gesehen. Und sie war sich sicher, dass sie so etwas auch nie wieder sehen wollte. Sie schlich die Treppenstufen hinauf und flitzte über die Galerie zurück in ihr Zimmer. Als sie dort angelangt war, streifte sie die Pantoffeln ab und stellte überrascht fest, dass sie sich in die Hose gemacht hatte. Sie zog die nassen Sachen aus, legte sich ins Bett, zog die Bettdecke bis zum Kinn hoch und krallte sich daran fest.

Ihre Mutter war auf Tournee. Zwei Wochen mit Auftritten in Hamburg, Köln und München. Die Frau, die sie bei ihrem Vater in der Küche gesehen hatte, musste –. Sie konnte den Gedanken nicht zu Ende denken. Louise und Elisabeth hatten ein eigenes Zuhause. Warum war Louise nicht dort? Und wer passte auf Elisabeth auf, wenn Louise in der Küche war?

Christiane wurde übel. Sie dachte kurz, dass sie sich übergeben musste. Sie versuchte, sich zu beruhigen, indem sie ein Kinderlied sang, aber ihre Stimme klang so fremd, dass sie sich vor den Wörtern gruselte. Also beschloss sie, den Mund zu halten.

Wenig später überlegte sie, dass das nicht ausreichte. Sie würde ganz aufhören zu reden. Sie nickte einmal kurz und entschlossen, als stünde sie vor ihrem Spiegelbild und wollte sich ein Zeichen geben, dass es nun eine stille Abmachung zwischen ihnen beiden gab, und schlief ein.

Am nächsten Tag blickte die Welt sehr freundlich zu ihr durch das Fenster hinein. Die Sonne schien, und eine Hummel prallte mit einem dumpfen Botz gegen die Scheibe.

»Guten Morgen, mein Schatz«, sagte ihr Vater.

Er kam jeden Morgen in ihr Zimmer, um sie zu wecken, anschließend machte er sich auf den Weg in die Firma. Aber heute wollte Christiane ihn nicht sehen. Sie drehte sich auf die andere Seite, mit dem Gesicht zur Wand, als er näher kam. Er versuchte, mit ihr zu reden, und berührte sie leicht an der Schulter, aber Christiane rückte nur noch weiter von ihm ab.

»Was ist denn los mit dir?«, fragte er verwundert.

Christiane stiegen Tränen in die Augen. Um sie zu verbergen, vergrub sie sich tiefer unter ihrer Bettdecke.

An diesem Tag verließ sie das Bett nicht. Und auch am Abend, als ihr Vater erneut das Zimmer betrat, um sich nach ihr zu erkundigen, wandte sich Christiane wortlos von ihm ab und zog die Bettdecke über den Kopf. Sie wollte ihn nie wieder sehen.

»Schatz? Was ist denn passiert? Bist du krank?«

Aber Christiane hatte nicht mehr geredet. Weder mit

ihm noch mit Louise. Auch als ihre Mutter von der Tournee zurückgekehrt war, blieb Christiane stumm. Wochenlang.

Und mit Elisabeth hatte sie auch nicht mehr spielen wollen.

## *Neununddreißigstes Kapitel*

# »Mmmh, mmmh, mmmh.«

Elisabeth summte vor sich hin und kickte Steinchen. Eins, dann das nächste. Ohne den Kopf zu heben, folgte sie dem Feldweg und lauschte dem Klackern der Steine. Zweimal stolperte sie über ihre Schnürsenkel.

Sie mochte ihren Heimweg nicht. Immer die gleichen schwarzweißgescheckten Kühe glotzten sie auf ihre stoische Art von der anderen Seite des Stacheldrahtzauns aus an, mit sanften, dunklen Augen, während ihre Unterkiefer rhythmisch von links nach rechts und wieder zurück wanderten. Das machte Elisabeth rasend.

Sie blieb stehen.

»Zum Kuckuck mit euch!«, rief sie, hob einen Stein auf und schleuderte ihn auf die Kuhweide.

Die Kühe rührten sich nicht von der Stelle. Ungefähr so musste Elisabeth an diesem Morgen ausgesehen haben, als sie strahlend auf Christiane zugelaufen war, die ihr aber nur einen verächtlichen Blick zugeworfen hatte. Kurz darauf hatte die feine Tochter aus gutem Hause auf dem Absatz kehrtgemacht und war gegangen, ohne ein Wort.

Elisabeth stiegen die Tränen in die Augen.

Christiane wollte nicht mehr mit ihr spielen. Das konnte nur einen Grund haben. Sie hatte herausgefunden, dass Elisabeth ihre Lieblingspuppe kaputtgemacht hatte. Dabei war es ein Versehen gewesen. Niemals hätte sie Marie den Arm absichtlich abgerissen! Elisabeth holte tief Luft und schloss die Augen. Manche Dinge konnte man einfach nicht wiedergutmachen.

Manche Dinge waren unverzeihlich.

Als ihre Mutter Louise an Krebs erkrankte, war Elisabeth 19 Jahre alt. Sie arbeitete als Bürokraft bei einer Versicherung in Berlin, ihre Mutter arbeitete als Köchin in einem kleinen Restaurant. Zusammen reichten die beiden Gehälter für die größere Wohnung in Nikolassee. Eigentlich hatte das Leben gerade angefangen, besser zu werden. Elisabeth traf sich seit geraumer Zeit mit einem netten jungen Mann, und ihre Mutter hatte einen festen Freund, der ihr guttat. Er führte sie zum Essen aus und schenkte ihr Blumen. Und dann die Diagnose. Es ging rapide bergab mit ihr.

Ihre Mutter war immer rundlich gewesen, mit kräftigen Hüften und rosigen Wangen, doch jetzt erkannte Elisabeth sie kaum wieder. Wie konnte jemand in so kurzer Zeit so wenig werden? Elisabeth musste jedes Mal schlucken, wenn sie das eingefallene Gesicht betrachtete.

»Wie geht es dir, Mama?«

Elisabeth hatte auf der Bettkante Platz genommen. Ihre Mutter antwortete nicht. Stattdessen strich sie ihrer Tochter ein paar Strähnen aus dem Gesicht.

»Du darfst es der Christiane nicht übelnehmen, dass sie nicht mit dir reden will.«

»Christiane? Wie kommst du denn auf die?«, fragte Elisabeth verwundert.

Christiane war wohl die letzte Person, über die sie sich Gedanken machte. Sie waren als Kinder wie Geschwister gewesen und hatten jeden Tag zusammen gespielt, aber die arrogante Ziege hatte irgendwann beschlossen, nicht mehr mit ihr zu reden. Da waren sie noch klein gewesen, sieben oder acht.

Ihre Mutter ergriff Elisabeths Hand und drückte sie so fest, dass es weh tat.

»Versprich mir, dass ihr euch wieder vertragt!«

»Streng dich bitte nicht so an, Mama. Dafür gibt es doch gar keinen Grund«, bat Elisabeth.

»Doch!«, stieß die Mutter heftig hervor, »Doch! Sie hat allen Grund!«

Sie? Elisabeth verstand nicht.

»Schhhhh, Mama, beruhige dich«, sagte sie, doch die Mutter wollte sich nicht beruhigen.

»Es ist alles meine Schuld«, flüsterte sie.

»Schuld? Mama«, Elisabeth redete jetzt ganz sanft, »gar nichts ist deine Schuld. Wovon sprichst du überhaupt?«

Die Mutter richtete ächzend den Oberkörper auf und lehnte sich an das Kopfende des Betts.

»Weißt du noch, wie der alte Becker immer gesagt hat, dass er noch weiß, woher er kommt? Und dass das wichtig ist?«

Elisabeth nickte stumm. Das hatte der alte Becker bei jeder Gelegenheit gesagt.

»Weißt du, woher du kommst?«

Ihre Mutter gab Elisabeth nicht die Gelegenheit zu antworten, sondern sprach einfach weiter.

»Nein. Weil ich es dir nie gesagt habe.«

Das stimmte nicht ganz. Ihre Mutter hatte ihr erzählt, sie sei die uneheliche Tochter des Bäckers aus Backnang. Elisabeth wollte das jedoch nie so recht glauben. Zu vage die Beschreibungen, zu unlogisch die zeitliche Abfolge, zu wenig Gefühl in den Ausführungen ihrer Mutter. Aber sie hatte gewiss gute Gründe, den leiblichen Vater zu verleugnen. Vielleicht hatte er sie geschlagen? Oder getrunken? Oder beides?

»Helmut ist dein Vater.«

Elisabeth saß wie erstarrt neben ihrer Mutter. Onkel Helmut? Das war unmöglich.

Oder doch nicht?

»Helmut Becker?«

Sie sprach den Namen aus, als hätte sie ihn gerade zum ersten Mal gehört. Er klang fremd in ihren Ohren.

»Er war meine große Liebe«, sagte ihre Mutter leise.

Elisabeth dachte an Helmut Beckers untersetzte Figur und seinen großen, runden Kopf. Die große Liebe?

»Und Christiane weiß das?«

Die Mutter nickte kaum merklich.

»Das ist für mich die einzige Erklärung, warum sie damals von einem auf den anderen Tag nicht mehr mit dir reden wollte. Und mit mir hat sie auch nur noch das Allernötigste gesprochen. Selbst wenn sie es nicht hundertprozentig weiß, ahnt sie es zumindest. Vielleicht hat sie etwas gehört. Oder gesehen. Wir –«

Ihre Mutter suchte nach den richtigen Worten.

»Wir waren manchmal unvorsichtig.«

Elisabeths Überraschung schlug in Zorn um.

»Christiane wusste es also, aber ich durfte es nicht wissen?«

Wenn Christianes Vater auch ihr Vater war, warum hatte er sie dann nicht ein einziges Mal väterlich in den Arm genommen, als sie noch ein kleines Kind war? Sie war doch dauernd zum Spielen bei Christiane gewesen! Und wenn ihre Mutter seine Geliebte gewesen war, warum hatte er Mama immer nur wie eine Hausangestellte behandelt? Weil seine Frau, die Jodeltante, es nicht wissen durfte? Und wenn Christiane wirklich wusste, dass sie Schwestern waren, warum hatte sie sich dann von ihr abgewandt? Als ob es Elisabeths Schuld wäre, dass der alte Becker etwas mit ihrer Mutter gehabt hatte!

Es war so ungerecht! Am liebsten hätte Elisabeth mit den Fäusten auf die Bettdecke geschlagen.

»Du darfst gleich mit mir schimpfen. Aber erst musst du mir zuhören, Lissy«, sagte Elisabeths Mutter eindringlich. »der alte Becker hat nämlich etwas, was uns gehört, mir und dir. Es ist eine Art Lebensversicherung. Bevor ich gehe, soll er sie dir auszahlen, hörst du! Ich will, dass du ein gutes Leben hast, wenn ich nicht mehr bin.«

Elisabeth schluckte. Sie mochte es nicht, wenn ihre Mutter über ihren Tod sprach.

»Das Gemälde. Du weißt, welches ich meine.«

Ja, Elisabeth wusste sofort, von welchem Gemälde ihre Mutter sprach. Es war *das* Gemälde. Die Beckers besaßen etliche, aber dieses eine stellte alles in den Schatten. Elisabeth hatte schon als kleines Kind nicht an ihm vorübergehen können, ohne stehenzubleiben.

»Was ist damit?«, fragte sie tonlos.

»Er hat es stehlen lassen. Aber ohne meine Hilfe hätte er es nie bekommen.«

Darauf hatte ihr ihre Mutter erzählt, wie sie aus Liebe zur Komplizin geworden war.

»Bevor ich angefangen habe, für deinen Vater zu arbeiten, war ich bei Helmut Beckers wichtigstem Geschäftspartner angestellt«, begann sie. »Er hieß Huber mit Nachnamen und war mindestens genauso reich wie Helmut und Hildegard. Zudem war er gierig. Aber es gab einen ganz entscheidenden Unterschied zwischen ihm und deinem Vater: Dietmar Huber hatte keinerlei Skrupel.«

Elisabeths Mutter befeuchtete ihre Lippen mit der Zunge und starrte einen Moment lang ins Leere.

»Ich war damals noch ein ganz junges Mädchen, gerade mal 17 Jahre alt, und völlig unbedarft. Das klingt wie eine Entschuldigung, aber es war wirklich so, dass ich viele Dinge in meiner Naivität zunächst nicht richtig verstand. Oft habe ich Gespräche zwischen dem Huber und seinen Mitarbeitern und Geschäftspartnern mitbekommen. Es ging da um Geld, das hin- und hergeschoben wurde, Kredite unter der Hand. Manchmal wurde auch ganz offen von Schmiergeldern gesprochen, von Betrug. Hubers Frau war eingeweiht und hat brav mitgemacht«, erzählte Elisabeths Mutter. »Denen ging es nur darum, so viel Kohle wie möglich zu scheffeln.«

Ihre Augen wurden dunkel.

»Wenn ich nicht so verdammt arm gewesen wäre und eine bessere Schulbildung gehabt hätte, dann wäre ich nicht bei ihnen geblieben, das schwöre ich dir. Aber ich hatte damals einfach nicht den Mut zu gehen.

Irgendwann kam dein Vater zum ersten Mal zum Essen vorbei. Ich habe mich sofort in ihn verliebt. Er war oft zu Besuch bei den Hubers. Ich bin immer rot geworden, wenn er mir zur Begrüßung über die Wange gestreichelt hat.«

Erneut machte Elisabeths Mutter eine Pause und verlor sich in ihren Erinnerungen.

»Helmut und Dietmar saßen häufig zusammen auf der Terrasse und unterhielten sich über gemeinsame Projekte. Eines Tages hatte Dietmar mal wieder zu tief ins Glas geschaut und war in der richtigen Stimmung für Vertraulichkeiten. Er führte deinen Vater in sein Büro. Nicht in das öffentlich zugängliche, sondern das private. Dort hing das Gemälde. Es kam nur ganz selten vor, dass Huber diesen Raum in Begleitung betrat, deshalb blieb mir die Situation im Gedächtnis. Das Zimmer war gewöhnlich abgeschlossen.

Ein paar Wochen darauf eröffnete mir Dietmar Huber, dass ich von nun an bei den Beckers arbeiten würde. ›Die brauchen noch jemanden, und uns reicht Cornelia‹, erklärte er mir. Ich konnte meine Freude darüber kaum verbergen und habe nicht nach dem Warum gefragt, ich war einfach nur glücklich.«

Ein flüchtiges Lächeln glitt über das Gesicht ihrer Mutter.

»Kaum war ich bei den Beckers eingezogen, da fragte mich Helmut nach dem Gemälde in Hubers Büro. ›Es ist so ein dunkles, düsteres Bild, Louise, das einen in sich hineinzieht wie ein Sog. Man hat das Gefühl, plötzlich unter den Zypressen zu stehen, wenn man es betrachtet, oder auf dem Boot zu sitzen und auf die Insel zuzutreiben.‹ Ich mochte es, wenn er so mit mir redete.

Natürlich konnte ich mich an das Bild erinnern. Ich selbst mochte es nie besonders und habe stets gedacht, dass es keinen gottvergesseneren Ort geben könnte als auf dem Gemälde.

Bereitwillig gab ich Auskunft über Dietmar Hubers Büro. Außerdem erzählte ich Helmut von dem Haustürschlüssel, den Cornelia unter einem schweren Terrakottatopf auf der Terrasse deponiert hatte, nachdem sie sich einmal ausgesperrt hatte.

Eines Tages hing *Die Toteninsel* plötzlich in der Galerie im ersten Stock der Villa. Sie hing einfach da. Ich weiß noch, wie ich staunend vor dem Gemälde stand. Ich war mir sicher, dass es das Bild aus Hubers Büro war. Als ich Helmut darauf ansprach, lächelte er nur vielsagend und legte den Zeigefinger an die Lippen. ›Das muss unser kleines Geheimnis bleiben‹, sagte er und grinste verschmitzt.

Ich weiß bis heute nicht, wie er es angestellt hat, das Gemälde aus dem geheimen Zimmer zu stehlen.

Später, wenn Gäste erwartet wurden, dazu zählten natürlich auch Dietmar Huber und seine Frau, gab mir Helmut immer am Tag zuvor Bescheid, damit ich das Bild abhängen und im Schlafzimmer an den Wandschrank lehnen konnte. Sobald die Gäste gegangen waren, hängte er das Bild zusammen mit Hilde wieder auf.«

Elisabeths Mutter verstummte. Sie sah erschöpft aus. Lange starrte sie auf ihre ausgestreckten Arme auf der Bettdecke.

»Die Hubers haben Cornelia, die Haushälterin, hinausgeschmissen. Aber es gab niemals einen Artikel in der Zeitung, ja nicht einmal dumme Gerüchte. Es war so, als wenn die Hubers dieses Bild nie besessen hätten. Verstanden habe ich das erst viel später. Die Hubers haben den Verlust nie gemeldet, weil sie offiziell nicht im Besitz des Gemäldes waren. Es existierte nämlich gar nicht: Es war im Zweiten Weltkrieg zerstört worden, so heißt es zumindest in Fachkreisen.

Aber ich weiß, dass es sehr wohl existiert. Ich habe es schließlich mit eigenen Augen gesehen. Die Hubers müssen es illegal aufgetrieben haben. Und später hat Helmut es ihnen mit meiner Hilfe gestohlen. Wenn man das überhaupt so sagen kann. Denn das Gemälde gehörte ihnen ja nicht.«

Elisabeth hatte so viele Fragen, dass sie nicht wusste, wo sie anfangen sollte.

»Ich verstehe nicht, wie mir das Bild helfen soll, wenn es illegal erworben wurde. Wie soll es meinen Lebensunterhalt sichern, wenn ich es nicht mal verkaufen kann?«, begann sie.

»Du sagst Helmut, dass du Bescheid weißt. Und dass du zu den Hubers gehst, wenn er dich nicht entsprechend entlohnt. Oder zur Polizei.«

»Ich soll ihn *erpressen*?«

Elisabeths Stimme überschlug sich. Ihre Mutter antwortete nicht, aber Elisabeth kannte ihren trotzigen Blick.

»Was ist zwischen euch passiert? Du hast mir doch gerade noch erzählt, dass Helmut deine große Liebe war?«

»Ich habe irgendwann begriffen, dass er sich nie von Hilde trennen wird, und habe gekündigt. *Das* ist passiert. Aber es hat sehr, sehr lange gedauert. Es gab Phasen, in denen wir versucht haben, die Finger voneinander zu lassen. Doch da wir uns nicht aus dem Weg gehen konnten und uns jeden Tag gesehen haben, bestand keine Möglichkeit, Abstand zu gewinnen. Da brauchte es nicht viel, und es ging wieder von vorn los.«

»Wusste Hilde von euch beiden?«

»Offen zur Rede gestellt hat sie keinen von uns, aber sie hat sicher etwas geahnt. Als sie noch regelmäßig auf Tournee war, konnten wir problemlos zusammen sein. Später, als ihre Stimme an Kraft verlor und sie die Singerei an den Nagel hängte, wurde es schwieriger für uns. Aber nicht unmöglich.«

»Und was habt ihr ihr erzählt, als du schwanger wurdest?«, wollte Elisabeth wissen.

»Christiane war frisch auf der Welt, vielleicht vier, fünf Wochen alt, da blieb meine Regel aus. Die Ärztin bestätigte mir die Schwangerschaft. Helmut ging erst einmal an die Decke und tobte, wie das bloß passieren konnte. Nachdem er den ersten Schock verwunden hatte, freute er sich und versprach, dass er sich um mich und uns kümmern würde. Als mein Babybauch nicht mehr zu übersehen war und Hilde mich zur Rede stellte, erzählte ich ihr, dass ich im Urlaub in Backnang schwanger geworden sei. Vom Bäckerssohn, einem faulen Hund. Ich habe geweint, weil ich ein schlechtes Gewissen ihr gegenüber hatte. Hilde dachte, es sei aus Verzweiflung, und hatte Mitleid mit mir. ›Wir kriegen das schon hin‹, hat sie gesagt, nahm mich in den Arm und tröstete mich. Sie hatte zu dem Zeitpunkt offensichtlich noch keinen Verdacht, dass das Kind von Helmut sein könnte. Ich fühlte mich furchtbar, aber es gab keinen Weg zurück. Ich war unendlich froh darüber, dass du ein Mädchen geworden bist. Stell dir mal vor, du wärst ein Junge und Helmut wie aus dem Gesicht geschnitten gewesen!«

Elisabeths Mutter schüttelte bei der Vorstellung den Kopf.

»Und all die Jahre habt ihr diese Lüge aufrechterhalten? Die Geschichte vom faulen Bäckerssohn aus Backnang erzählt und euch zu heimlichen Schäferstündchen in der Villa getroffen?«

Elisabeths Mutter schwieg.

»Warum hast du es mir nicht früher gesagt?«, wollte Elisabeth wissen.

Ihr war bewusst, wie vorwurfsvoll ihre Stimme klang.

»Weil ich Angst hatte, dass du zu Helmut rennen und ihn mit deinem Wissen konfrontieren würdest.«

»Aber jetzt möchtest du, dass ich genau das tue!«, rief Elisabeth aus.

»Ja. Jetzt bin ich krank, und es ist mir egal, was aus

Helmut wird. Ich habe nicht mehr das Bedürfnis, ihn zu schützen. Jetzt geht es nur noch um dich.«

Elisabeth glaubte ihr nicht. Sie hatte vielmehr das Gefühl, dass ihre Mutter Helmut Becker als Rache für die falschen Hoffnungen, die sie sich gemacht hatte, nachträglich einen ordentlichen Denkzettel verpassen wollte.

## *Vierzigstes Kapitel*

# Elisabeth war sehr aufgeregt.

Sie hatte sich ein schlichtes graues Flanellkleid angezogen und die Haare hochgesteckt. Ein paar weiche Strähnen fielen ihr in die Stirn. Sie betrachtete ihr Gesicht in dem Dielenspiegel, der ein paar blinde Flecken hatte, die wie Sommersprossen aussahen. Es fühlte sich komisch an, sich für ihren Vater hübsch zu machen, aber sie hatte das Gefühl, dass sie mehr Erfolg haben würde, wenn Helmut Becker sie attraktiv fand. Vielleicht, weil sie ihn auf diese Weise an die Geschichte mit ihrer Mutter erinnerte.

Sie spürte ihren wummernden Herzschlag und drückte die kleine Lederhandtasche fest an ihre Brust, als könnte sie ihn dadurch in Schach halten.

Als sie vor der Haustür der alten Villa im Grunewald stand, kam sie ihr kleiner vor als früher. Sie drückte auf die Klingel und fühlte sich sehr brav und harmlos, wie sie hübsch zurechtgekämmt mit blankpolierten Schuhen auf der Fußmatte stand, eine Art auswendig gelerntes Sprüchlein im Gepäck.

Elisabeth dachte an ihre Mutter, die krank im Bett lag. Wahrscheinlich wusste Helmut nicht einmal, wie schlecht es ihr ging.

Nichts rührte sich. Elisabeth wurde ungeduldig.

Der alte Becker. Alle nannten ihn so. Hinter vorgehaltener Hand und zum Teil sogar öffentlich. Der Patriarch, der Fabrikant, der erfolgreiche Geschäftsmann mit dem glücklichen Händchen. Aber er war mehr als das.

Für Elisabeth war er ein Dieb.

Und er war ihr Vater.

Plötzlich schwang die Tür auf, und er stand vor ihr. Der alte Becker trug Hemd und Krawatte, aber keine Schuhe. Ihr Anblick brachte ihn völlig aus dem Konzept.

»Elisabeth«, entfuhr es ihm.

Er machte keinerlei Anstalten, sie hereinzubitten. Elisabeth überlegte, wann sie ihn das letzte Mal gesehen hatte. Sie konnte sich nicht mehr daran erinnern.

»Ich muss mit Ihnen sprechen«, sagte Elisabeth ohne Umschweife und wunderte sich darüber, wie sicher und geschäftsmäßig sie klang. Sie hatte ihn nie gesiezt. Als Kind hatte sie »du« und »Onkel« gesagt, und es klang falsch, ihn jetzt so förmlich anzusprechen.

»Ich … Worum geht es denn? Ich war gerade auf dem Sprung nach …«, begann er.

»Es dauert nicht lang«, schnitt ihm Elisabeth das Wort ab, »versprochen.«

Widerstrebend machte Helmut Becker einen Schritt zur Seite und zog dabei die Tür ein Stück weiter auf. Elisabeth fand sich im kühlen Flur wieder. Im Haus war es sehr still. Der Fliesenboden, der Spiegel und die Bilder an der Wand, alles zeugte von gutem Geschmack und einem Gespür für teure Dinge, die nicht protzig wirkten.

»Ist Tante Hilde auf Reisen?«, fragte Elisabeth.

Tante Hilde, das klang vertraut.

Helmut Becker nickte.

»Und Christiane ist in der Stadt«, fügte er hinzu.

»Wie geht es dir?«, fragte Elisabeth höflich.

Ihr Vater zuckte die Achseln.

»Ganz gut. Ich werde alt. Willst du etwas trinken?«

Elisabeth schüttelte den Kopf.

»Wie geht es deiner Mutter?«, wollte der alte Becker wissen.

Er sah Elisabeth nicht an, als er die Frage stellte.

»Schlecht. Sie wird bald sterben.«

Ihre Stimme klang sehr laut in dem großen, hohen Raum. Der alte Becker hielt den Blick gesenkt.

Plötzlich schien er sich auf seine guten Manieren zu besinnen.

»Komm doch bitte richtig rein, mein Kind«, sagte er und zeigte in Richtung Wohnzimmer.

Er hatte sie schon früher oft Kind genannt. Ihr hatte das immer gefallen, aber nun besaß das Wort für sie einen neuen Beiklang.

Auf dem Kaminsims stand ein einzelnes gerahmtes Foto. Es zeigte Helmut Becker mit seiner stolzen Frau, der gefeierten Opernsängerin, die dastand wie ein Fels, unumstößlich, und einer jugendlichen Christiane, stocksteif und blass, mit großen Augen und lebloser Miene.

Elisabeth blieb abrupt stehen und deutete mit dem Kinn auf das Foto.

»Ich fehle«, sagte sie.

Der alte Becker wusste sofort, was sie meinte. Er zog

die Brille von seiner Nase und rieb sich über die Nasenwurzel.

»Irgendwann musste sie es dir wohl erzählen«, meinte er schließlich und setzte die Brille wieder auf.

»Weiß Tante Hilde Bescheid?«

Helmut schüttelte den Kopf.

»Nein. Sie würde es nicht verstehen.«

»Was ist mit Christiane?«

Helmuts Lippen wurden schmal.

»Von mir weiß sie nichts. Deine Mutter und ich haben damals beschlossen, es vorerst geheim zu halten.«

»Vorerst«, schnaubte Elisabeth, »weißt du, wie alt ich inzwischen bin?«

»19. Was hat deine Mutter?«

»Krebs.«

Elisabeth stiegen Tränen in die Augen. Sie versuchte, sie zu unterdrücken, aber es gelang ihr nicht. Helmut machte eine beschwichtigende Geste.

»Ich habe mich immer um euch gekümmert, und ich werde mich auch jetzt um euch kümmern.«

»In der Tat«, sagte Elisabeth kalt, »das wirst du.«

Sie machte einen Schritt auf ihn zu und spürte selbst, wie aggressiv diese Geste war. Er wich vor ihr zurück.

»Ich weiß von dem Bild«, erklärte Elisabeth.

Alle Farbe verschwand aus seinem Gesicht.

»Was für ein Bild?«

»*Die Toteninsel*. Du hast sie deinem ehemaligen Geschäftspartner Dietmar Huber gestohlen.«

Helmut Becker lachte auf. Dabei warf er den Kopf nach

hinten, und Elisabeth konnte seinen Gaumen und seine dicke, rosa Zunge sehen.

»Der Huber hat noch nie irgendwas besessen, was ich hätte haben wollen.«

»Lüg mich nicht an!«

»Ich weiß nicht, wovon du sprichst.«

»Doch. Das weißt du sehr wohl.«

Helmut Becker hielt inne und betrachtete sie ernst. Dann sagte er:

»Was, wenn deine Mutter gelogen hat?«

Eine Stunde später pfefferte Elisabeth ihre Handtasche in die Zimmerecke und trat wütend gegen das Bettgestell. Sie war frustriert.

Was hatte sie erwartet?

Sie ließ sich auf die Matratze fallen und vergrub ihr Gesicht im Kissen. Ihr war zum Heulen zumute.

Er hatte alles abgestritten. Dieses wertvolle Gemälde, von dem ihre Mutter gesprochen hatte, diese *Toteninsel*, sei nicht echt gewesen. Nur eine Reproduktion. Inzwischen habe er das Gemälde verschenkt, weil er sich an dem Motiv sattgesehen hätte. Dann hatte er abrupt und sehr bestimmt das Thema gewechselt.

»Elisabeth, ich kümmere mich um dich und deine Mutter. Ich stehe zu meinem Wort. Aber jetzt muss ich dich bitten zu gehen.«

Mit diesen Worten hatte er sie vor die Tür gesetzt. Sie hatte vor Zorn am ganzen Körper gebebt und die Zähne so fest aufeinandergebissen, dass ihr der Kiefer weh tat.

Wie sie ihn hasste!

Während Elisabeth auf dem Bett lag und sich gedemütigt und verraten fühlte, nahm ein Gedanke in ihr immer mehr Gestalt an. Sie musste *Die Toteninsel* finden. Wenn der alte Becker so vehement leugnete, dass er das Gemälde besaß, und ihre Mutter sogar als Lügnerin bezeichnete, musste ihm *Die Toteninsel* wirklich etwas bedeuten.

Elisabeth wollte sie ihm wegnehmen.

Und wenn es das Letzte war, was sie tun würde.

## *Einundvierzigstes Kapitel*

# »Was zum …!«

Joschi traute seinen Augen nicht. Er schaute unter die schwarze Plastikplane auf die leeren Sperrholzpaletten und konnte es nicht glauben.

Das Gras war weg.

Nachdem Joschi gestern mit dem Hund auf dem Rücksitz vom Gelände der Jutespinnerei gefahren war, hatte Torben das Gras im Gebäude der Schauspielhalle versteckt. Die Location komplett zu wechseln war ihm zu riskant gewesen. Er musste schließlich damit rechnen, vielleicht doch mal in eine stinknormale Straßenkontrolle zu geraten. Das war ihm zwar bislang noch nie passiert, aber –

Der Teufel war ein Eichhörnchen.

Dieses Eichhörnchen schien mannigfaltige Gestalt annehmen zu können. Ganz offenbar war es hier schon wieder emsig am Werk gewesen, stellte Joschi angesichts der leeren Sperrholzpaletten resigniert fest.

Das neue Versteck war ebenfalls aufgeflogen, wie der rote Käfer. Das waren knapp vier Kilo Gras, die da verschwunden waren, und ein ganzer Haufen Kohle mit ihnen. Und das bedeutete jede Menge Ärger. Vor allem, weil Torben ihm noch zweimal eingebleut hatte, dass

Joschi sich von nun an keinen Fehler mehr erlauben durfte.

Joschi versuchte, die Panik, die in ihm aufstieg, hinunterzuschlucken. Er machte einen Schritt nach rechts und zog zur Kontrolle auch dort die schwarze Plastikplane zur Seite. Doch auf dieser Seite türmten sich einzig Kartons mit alten Theaterrequisiten.

Joschi schüttelte den Kopf. Er machte einen Schritt nach links und hob die Plastikplane noch einmal hoch. Das Ergebnis blieb dasselbe: Da war nichts. Gut, vielleicht lag da noch ein Hauch von Gras in der Luft, wenn man mit einem besonders feinen Näschen schnüffelte.

Bei dem Wort »Schnüffeln« verzog er missmutig das Gesicht. Der Hund hatte in der Nacht einen großen Haufen auf seinen Badvorleger gesetzt, wahrscheinlich aus Rache. Joschi konnte es ihm nicht einmal verübeln.

Davon abgesehen schien der Hund die Entführung gut zu verkraften. Er war quietschfidel, hatte gut gefressen und sich anschließend mit gespitzten Ohren vor den Fernseher gesetzt, so dass Joschi seinen Sessel hatte verschieben müssen, um auf den Bildschirm schauen zu können.

In der Nacht hatte er Joschis Schlaf mehrmals unterbrochen, weil er ungefähr jede Stunde Patrouille gelaufen war. Einmal hatte der Rüde mucksmäuschenstill vor Joschis Bett gestanden und ihn angeschaut. Joschi hatte eher zufällig die Augen aufgeschlagen und sich zu Tode erschreckt. Der Hund hatte sich ebenfalls erschreckt und war aus dem Zimmer gerannt.

Joschi fühlte sich jetzt wie gerädert. Das half ihm in seiner gegenwärtigen Situation nicht eben weiter.

Das Gras war weg.

Das konnte doch einfach nicht sein, dass er schon wieder beklaut worden war! Und dieses Mal handelte es sich nicht nur um eine Tüte, nein. Das *ganze* Gras war weg. Bis auf das letzte Säckchen.

Joschi blickte um sich. Niemand war zu sehen. Der Lagerraum war genauso leer wie die Paletten. Weit und breit keine Menschenseele. Er kratzte sich am Kopf. Torben würde ihn umbringen. Plötzlich leuchtete in seinem Kopf die sprichwörtliche Glühbirne auf. Ob Torben es selbst gewesen war? Um ihn auflaufen zu lassen?

Joschi zog die Augenbrauen zusammen. Zuzutrauen wäre es ihm ja, aber war er wirklich so raffiniert?

Das weniger.

Die Glühbirne erlosch wieder.

Joschi kaute auf seinem Zeigefinger herum. Das half ihm beim Denken. Kurz vor Beginn der Abendschicht hatte er noch mal nach dem Rechten geschaut. Da war das Gras noch an Ort und Stelle gewesen, schön versteckt hinter der schwarzen Plastikplane.

Jemand musste ihn beobachtet haben. Aber wer?

Erst da entdeckte Joschi den Zettel. Er war mit einem Klebestreifen an der Schmalseite des Regalbodens ein Stück über Augenhöhe angebracht worden und nach innen geklappt.

Joschi zog den Klebestreifen vorsichtig von dem Metallboden und faltete den linierten Zettel auseinander,

der aussah wie eine herausgerissene Seite aus einem Schulheft. Die Botschaft darauf war mit Bleistift in krakeligen Blockbuchstaben geschrieben.

Hallo. Wir haben gesehen wie sie den Hund ins Auto getan habn. Wenn sie ihr heu widerhabn wollen bringen sie den Hund morgenfrüh um 8 zur Bäckerei Schmitz in Pützchen. Binden sie ihn an den Fahradstännder. Da finden sie neue Innsturktionen. Dann kaufen sie zwei CroßBongs und gehen weg. Den Hund lassen sie da. Geben sie ihm ein CroßBongs sonst belt er. Dann kriegn sie die tüten zurück.
Mit freundlichen Grüssen.

Joschi blinzelte mehrfach. Heu? Instruktionen?

Jetzt wurde er auf einmal erpresst? Das hatte er sich eigentlich anders vorgestellt.

Er las den Zettel zum zweiten Mal und schüttelte langsam den Kopf. Das durfte Torben auf keinen Fall erfahren. Und dass das Gras weg war, erst recht nicht.

Mit freundlichen Grüßen?

Er schüttelte abermals den Kopf.

Joschi blieb auf der anderen Straßenseite gegenüber der Bäckerei stehen, um sich einen Überblick zu verschaffen. Der Rüde setzte sich derweil brav hin und hechelte. Er hatte auf dem Weg hierher wie verrückt an der Leine gezogen, dabei laut gekeucht und mehrmals gehustet.

»Der hat es aber eilig«, hatte eine ältere Dame gesagt und geschmunzelt.

Joschi hatte sie etwas gequält angelächelt. Unter seinem Käppi juckte die Kopfhaut, weil er wie verrückt schwitzte. Er befürchtete, dass irgendjemand das Tier erkennen könnte.

»Komm«, sagte Joschi kurz, und der Schäferhund machte erschrocken einen Satz auf die Straße.

Joschi rückte seine Sonnenbrille zurecht, wickelte die Leine um den Fahrradständer vor der Bäckerei und sah sich noch einmal um. Alles sah so unverdächtig aus, es war zum Verrücktwerden!

An dem Fahrradständer hing ein Zettel, wieder mit einem Klebestreifen befestigt. Grauliniert, mit Bleistift beschrieben, ungelenke Blockbuchstaben.

Neben der tapetnfabrick ist ein Baumhaus. Gegenüber vom Kefer.
Da ist das heu. Guten Tag.

Ein Baumhaus?

Unschlüssig blieb er stehen, seine Arme hingen nutzlos seitlich herab wie bei einer Marionette. Er könnte den Hund einfach wieder mitnehmen. Er könnte ihn zu Hause abladen und schnell zur Schauspielhalle fahren, um sich zu vergewissern, ob der Stoff wirklich da war. Aber irgendetwas sagte ihm, dass es genau so war, wie es auf dem Zettel stand. Er würde das Gras in dem Baumhaus finden.

Joschi fasste einen Entschluss.

Er betrat die Bäckerei, die um diese Uhrzeit ziemlich voll war. Vor ihm kauften mehrere Mütter Brot und süße Teilchen für ihre Familien ein, und obwohl zwei Verkäuferinnen hinter der Theke hin- und herflitzten, kam er ihnen nur sehr langsam näher. Er drehte sich um. Der Hund saß immer noch brav neben dem Fahrradständer. Mit gespitzten Ohren fixierte er Joschi durch die Scheibe und begann zu wedeln. Vielleicht dachte er, dass Joschi sein neues Herrchen war.

Niedlich.

»Der Nächste, bitte.«

Joschi bestellte ein Schokoladencroissant und verfolgte jeden Handgriff der jungen Blondine, die das Croissant in eine bedruckte Tüte steckte und über die Theke reichte.

»Sonst noch einen Wunsch?«

Joschi schüttelte den Kopf.

Er bezahlte und verabschiedete sich. Als er sich zum Gehen wandte, fiel ihm ein, dass er ein Croissant für den Hund hatte kaufen sollen. Oder war das nur ein Scherz gewesen?

Der Hund musterte Joschi aufmerksam, als er den Laden verließ. Sie holen ihn später ab, dachte Joschi. Natürlich holen sie ihn später. Damit ich sie nicht sehe.

Joschi warf dem Hund einen letzten, sogar etwas wehmütigen Blick zu und wandte sich nach links. Der Hund folgte ihm mit seinen Augen. Sein buschiger Schwanz klopfte auf den Boden, das Wedeln wurde aber langsam schwächer, als das Tier begriff, dass Joschi nicht vorhatte, ihn mitzunehmen. Der Rüde stand auf und begann zu winseln.

Joschi beschleunigte seinen Schritt. Er überquerte die Fußgängerampel und stellte den Kragen seiner Jacke hoch. Es fing an zu regnen. Das arme Vieh, dachte Joschi. Hoffentlich kommen sie schnell.

Noch wenig später glaubte er, das Winseln des Hundes zu hören. Er fragte sich, ob er einen Fehler gemacht hatte. Vielleicht war er in eine Falle getappt und hatte jetzt beides verloren, das Gras und den Hund.

Ein Baumhaus.

Guten Tag.

*Zweiundvierzigstes Kapitel*

# Jana hockte im Schneidersitz auf den Holzbrettern.

Sie zog die Wolldecke enger um ihre Schultern und seufzte.

Als sie und Jan gestern vom Baumhaus aus beobachtet hatten, wie die beiden Männer Werner kidnappten, war ihr das Herz in die Hose gerutscht.

»Der arme Werner! Wir müssen die Polizei anrufen«, hatte Jana ausgerufen, nachdem der Mann mit dem Käppi mit Werner im Wagen weggefahren war.

»Warte«, rief Jan, »warum ist Werner in den Wagen gekrabbelt?«

Jana wusste es nicht.

»Der büxt doch dauernd aus. Ich hab ihn neulich schon mal im Auto gesehen«, berichtete sie, »vielleicht bringen die Männer Werner ins Tierheim, weil sie glauben, dass er ein Streuner ist.«

Jan wollte gerade etwas darauf erwidern, als er abgelenkt wurde:

»Guck mal, der andere Mann kommt zurück. Was macht der denn da?«

Der Mann machte sich an dem alten Käfer zu schaffen und lief dann mehrmals zwischen der Lagerhalle und dem Auto hin und her. Dabei presste er etwas an die Brust und sah sich hektisch um, als ob er befürchtete, beobachtet zu werden.

Wenn der wüsste!

Schließlich verließ er die Lagerhalle und ging in die andere Richtung davon. Das Gelände lag wieder verwaist da.

Jana und Jan waren vorsichtig über den Hof geschlichen und hatten sich die Rückbank des alten Käfers genauer angesehen. Im Fußraum vor dem Rücksitz lagen zwei Plastiktütchen voller Kaninchenfutter. Jan öffnete die Tür und hob eine davon auf.

»Das ist Heu«, sagte Jana.

Jan schüttelte den Kopf.

»Das riecht nicht wie Heu.«

Jana schnupperte. Jan hatte recht.

»Das hab ich schon mal gerochen«, meinte sie, »bei uns zu Hause.«

Auf Jans Stirn bildete sich eine steile Falte. Er dachte angestrengt nach.

»Er hat das alles da reingetragen. Das scheint irgendwie wichtig zu sein. Meinst du nicht?«

Jana zuckte die Achseln.

»Ich möchte jetzt wirklich gern die Polizei rufen«, sagte sie.

Doch Jan hörte ihr gar nicht richtig zu.

»Vielleicht hat Werner eins von den Tütchen geklaut«, mutmaßte er, »und dann haben sie ihn entführt, damit er ihnen nicht noch mehr von dem Zeugs klaut.«

Jana stülpte die Unterlippe vor. Gut möglich.

Plötzlich hatte Jan einen entschlossenen Gesichtsausdruck.

»Wir kriegen das auch ohne Erwachsene hin. Wir holen ihn uns zurück!«

Erst war Jana skeptisch gewesen, doch dann hatte die Wut auf die beiden Männer gesiegt. Sie waren in die Lagerhalle hineingeschlüpft und hatten nach kurzem Suchen (ihre Nasen hatten sie geleitet) die restlichen Tüten von dem grünen Kraut gefunden – und es anschließend gemeinsam ins Baumhaus gebracht. Den Erpresserbrief hatte Jan formuliert. Er meinte, er hätte da neulich so einen Film gesehen.

Jetzt hockte Jana also im Baumhaus und betrachtete ihre intensiv duftende Beute aus der Lagerhalle halb staunend, halb stolz. Nur wie es weitergehen würde, darüber hatte sie sich nicht wirklich Gedanken gemacht.

Da hörte sie das Geräusch, und ihr gesamter Körper verkrampfte sich.

Sie war nicht allein.

»Uargh«, stöhnte Toni.

Seine Arme waren wie Pudding.

Als er sich an dem nächsten dicken Ast hochgezogen hatte, konnte er über den Rand der Holzplatte spähen und traute seinen Augen kaum.

Toni war Jana nachgegangen. Sie hatte Oma erzählt, dass sie mit Lilly zum Spielen verabredet war. Kurz nachdem sie das Haus verlassen hatte, schlüpfte Toni durch die Tür, um ihr noch etwas hinterherzurufen, da stellte er fest, dass Jana nicht den Weg zu Lilly eingeschlagen hatte. Sie ging in die entgegengesetzte Richtung.

Aber wohin?

Mama war verschwunden, Werner war fort, und Jana belog Oma. Tonis Entscheidung fiel blitzschnell. Er musste seiner kleinen Schwester folgen. Um sie zu beschützen, natürlich. Nicht aus Neugier.

Als er die Umrisse des großen Fabrikschornsteins der alten Jutespinnerei erkannte, war er nicht wirklich überrascht. Der Zaun des Geländes lag hinter allerlei Sträuchern versteckt. Plötzlich verließ Jana den Bürgersteig und verschwand zwischen den Büschen. Toni legte einen Zahn zu.

So leise wie möglich stieg er durch das Gestrüpp und bog sich ein paar Äste aus dem Gesicht. Er konnte Jana nicht mehr sehen und hoffte, dass sie nicht irgendwo stehen geblieben war, weil sie ihren Verfolger bemerkt hatte.

Er befand sich auf der Rückseite der Schauspielhalle. Bald entdeckte er das Loch im Zaun und wusste sofort, dass Jana dort hindurchgeschlüpft war. Mit ein paar Verrenkungen gelang es ihm, sich auf die andere Seite hindurchzuquetschen.

Er bewegte sich im Schutz des Dickichts unter den hohen Bäumen und behielt dabei das Betriebsgelände im Auge. Da war der alte Käfer, neben dem Werner noch vor ein paar Tagen gestanden hatte. Toni versuchte, sich zu beeilen, ohne allzu viel Krach zu machen, aber das erwies sich als ziemlich schwierig.

Wo zum Kuckuck war Jana? Seine kleine Schwester

schien wie vom Erdboden verschluckt. Er konnte unmöglich an ihr vorbeigelaufen sein, ohne sie zu sehen.

Es sei denn –

Er lief denselben Weg zurück, den er gekommen war, und sah dabei immer wieder nach oben. Es dauerte nicht lang, da hatte er die Plattform in den Baumkronen entdeckt. Das ideale Versteck.

Jana hatte gehört, wie Äste unter Schuhsohlen abgeknickt waren, und den Atem angehalten. Unfähig, sich zu bewegen, hatte sie einfach nur gelauscht. Als sich die Schritte entfernten, hatte sie sich vorsichtig und langsam zum Rand der Plattform vorgeschoben und den Kopf nach vorn gereckt.

Da war jemand. Ein Mann. Ein –

Toni. Sie erkannte seine Jeansjacke.

Jana wurde heiß und kalt. Toni war ihr gefolgt.

Sie drehte sich um und betrachtete das Diebesgut. Wenn Toni das sah, gab es sicherlich fürchterlichen Ärger. Er würde sie verpetzen, und sie würde lebenslang Stubenarrest bekommen. Ihre besten Jahre würde sie allein in ihrem Zimmer verbringen, während Maria und Paul heirateten und Kinder bekamen.

Toni kam zurück. Auch das noch. Er kam zurück und würde sie finden. So fieberhaft sie auch überlegte, ihr wollte nichts Schlaues einfallen. Das Baumhaus war ein großartiges Versteck, aber sobald man es einmal entdeckt hatte, war es aus. Sie saß in der Falle. Sie würde nicht unbemerkt hinunterklettern können.

Aber das wäre vielleicht ein gutes Ablenkungsmanöver.

Gerade wollte sie ihre Tasche packen und sich an den Abstieg machen, da hörte sie Tonis Schritte drei Meter unter sich.

Zu spät.

Als sein Kopf mit dem wuscheligen dunklen Haar über dem Rand der Plattform auftauchte, machte sie ein betretenes Gesicht. Gleichzeitig war sie glücklich, dass es nicht einer der Mitarbeiter der Schauspielhalle war. Diese fiesen Männer zum Beispiel, die Werner entführt hatten.

»Hallo«, begrüßte sie ihren Bruder kleinlaut, noch bevor Toni irgendetwas sagen konnte.

»Was machst du denn hier?«, fragte Toni.

Seine Stimme überschlug sich. Er war aufgeregt.

»Das ist meine geheime Zentrale. Du darfst gern ganz hochkommen«, meinte Jana großzügig, »ich habe sogar noch ein bisschen Tee.«

Toni wollte etwas sagen, aber die Worte blieben ihm in der Kehle stecken. Stattdessen schwang er sich auf die Plattform. Die Holzbohlen knarrten und ächzten unter seinen Füßen. Das Holz war sehr morsch.

»Trägt mich das überhaupt?«, fragte er zweifelnd.

Jana nickte.

»Klar. Es ist alt, aber noch ganz gut in Schuss bis auf die eine Stelle da hinten.«

Tonis Blick folgte Janas Finger zu ein paar Brettern, denen man schon von weitem ansah, dass sie besonders feucht und rissig waren.

»Okay.«

Toni staunte einen Moment wortlos.

»Du hast gesagt, dass du zu Lilly spielen gehst«, sagte Toni vorwurfsvoll.

»Da hab ich dann wohl gelogen.«

Jana klang so abgeklärt, dass Toni noch mehr staunte.

»Warum bist du nicht zu Lilly gegangen?«

»Lilly ist doof. Außerdem hatte ich was zu erledigen.«

»Hier?«

Jana nickte.

Tonis Unterbewusstsein weigerte sich noch einen Moment, sich mit dem Anblick der übereinandergestapelten Graspäckchen auseinanderzusetzen, aber je länger er hinüberschaute, umso unruhiger wurde er. Jana rutschte zur Seite, um Platz neben sich zu machen.

»Nimm dir die Decke.«

Sie deutete auf einen gefalteten Haufen Stoff.

Toni griff nach der Decke und legte sie sich um die Schultern, bevor er sich neben seine kleine Schwester setzte.

»Vielleicht kannst du uns helfen«, sagte Jana unvermittelt.

»Helfen? Wobei?«

»Ich glaube, ich weiß, wer Werner hat«, erwiderte Jana.

Sie erzählte Toni, was sie und Jan am Vortag beobachtet hatten und dass sie eine Übergabe planten. Toni lauschte ungläubig.

»Wie alt bist du noch mal?«, fragte er zuletzt.

»Neun. Hilfst du uns?«

Toni antwortete nicht sofort. All diese Informationen

musste er erst noch verdauen. Was, wenn diese beiden Männer gefährlich waren? Jana hatte ganz offensichtlich keine Ahnung, was sie da gestohlen hatte.

»Hilfst du uns?«, fragte sie erneut.

»Klar«, gab Toni zurück.

Währenddessen starrte er weiter geradeaus, auf die Grastürme.

»Was ist das überhaupt für ein Bild?«, fragte er nach einer Weile.

## *Dreiundvierzigstes Kapitel*

# »Ja?«

Kriminaloberkommissar Georg Mauritz hielt den Hörer ans Ohr und lauschte.

»Gerade hat ein junger Mann angerufen. Er behauptet, eine größere Menge Drogen auf dem Gelände der alten Jutespinnerei in Beuel gefunden zu haben. Er sagt, er ist ein Mitarbeiter, wollte aber seinen Namen nicht nennen«, berichtete Karl Möller, einer seiner Mitarbeiter.

»Mmmm«, brummte Georg, »aber dafür ist doch Marlies zuständig.«

»Schon«, stimmte Möller zu, »aber außer Gras besteht dieser Fund anscheinend auch noch aus einem alten Gemälde.«

Jetzt wurde Georg hellhörig.

»Wie?«

»Du hast schon richtig gehört.«

»Wir fahren sofort los.«

Damit knallte Georg den Hörer auf und rief Martinas Namen so laut, dass alle anwesenden Kollegen die Köpfe nach ihm umdrehten und ihn neugierig und zum Teil auch erschrocken ansahen.

Wie die Erdmännchen, dachte Georg.

Martina trat an seinen Schreibtisch. Sie hatte tiefe

Ringe unter den Augen und hielt einen Becher Kaffee in der Hand.

»Vielleicht haben wir das Bild gefunden. Hol deine Jacke.«

Als Georg und Martina auf dem Gelände der Schauspielhalle Beuel ankamen, hatten zwei junge Streifenpolizisten, deren Namen Georg ständig vergaß, bereits einen Mann festgenommen.

»Auf frischer Tat ertappt«, verkündete einer der Streifenpolizisten stolz.

Er hatte einen riesigen Pickel auf der Nase. Georg konnte seine Augen nicht von dem gelben Punkt lassen, während er sagte:

»Sehr gut gemacht, äh …«

»Starke.«

»Ah ja, genau.«

»Der Verdächtige heißt Joschi Krüger. Eigentlich Johannes Krüger. Er arbeitet fürs Theater. Als wir hier eintrafen, war er gerade dabei, mehrere Tüten Gras aus einem Baumhaus da drüben runterzutragen und in eine Sporttasche zu packen. Wir wissen noch nicht, wie viele Kilo Gras das insgesamt sind, aber es ist eine Menge. Ich schätze, so an die fünf.«

Martina nickte bedächtig und war sichtlich beeindruckt.

»Hat Herr Krüger schon etwas gesagt?«, erkundigte sich Georg.

Starke schüttelte den Kopf. Jetzt mischte sich sein Kollege in die Unterhaltung ein.

»Er verweigert die Aussage und hat eben schon mitgeteilt, dass er keinen Anwalt hat und auch keinen kennt, aber gern einen hätte. Er macht einen etwas –«

Der junge Mann suchte nach den richtigen Worten.

»– benebelten Eindruck«, kam ihm Starke zu Hilfe und lachte über seinen eigenen Witz.

So was konnte Georg überhaupt nicht leiden.

»Möller hat gesagt, dass auch ein Gemälde gefunden wurde?«

»Ja«, sagte Starke, »das steht noch oben auf der Plattform im Baum.«

»Haben Sie es sich angesehen?«, klinkte sich Martina in das Gespräch ein.

Starke nickte.

»Es sieht alt aus. Könnte ein Original sein. Ziemlich düsteres Motiv, im Zentrum ist eine Insel.«

Volltreffer, dachte Georg.

»Ich möchte kurz mit dem Mann reden«, sagte er.

Starke machte eine aufmunternde Geste.

»Vielleicht bekommen Sie mehr aus ihm raus.«

Georg ging zu dem Streifenwagen seiner Kollegen hinüber. Der Mann auf dem Rücksitz wirkte ungepflegt. Er war sehr groß und dünn und trug ein Basecap auf dem Kopf. Georg vermutete, dass es eine Menge fettiges Haar verdeckte. Er klopfte an die Fensterscheibe, bevor er die Tür öffnete.

»Herr Krüger, darf ich kurz mit Ihnen sprechen?«

»Ich sage nichts ohne meinen Anwalt«, gab Krüger zurück, ohne ihn anzusehen.

Seine Zunge war schwer, und Georg fragte sich, ob er getrunken hatte.

»Geht es Ihnen nicht gut? Möchten Sie vielleicht ein Glas Wasser?«, fragte Georg liebenswürdig.

Jetzt blickte der junge Mann ihn an.

»Ich hab tierischen Hunger«, sagte er.

Fressflash, dachte Georg.

»Wenn Sie wollen, schicke ich einen meiner Kollegen los zu McDonald's. Im Gegenzug müssten Sie mir aber erlauben, Ihnen ein paar Fragen zu stellen. Sie können dann immer noch entscheiden, nicht zu antworten. Das ist ganz Ihnen überlassen.«

Johannes Krüger betrachtete Georg misstrauisch.

»Du willst mich doch verarschen.«

Georg schüttelte den Kopf.

»Ich würde Sie bitten, mir gegenüber einen anderen Ton anzuschlagen und mich nicht zu duzen. Dafür haben Sie hoffentlich Verständnis.«

Krüger schaffte es nicht, seinen Blick zu fokussieren. Total breit, dachte Georg. Der ideale Zeitpunkt für ein Geständnis.

»Ich möchte ein BigMac-Menü. Mit 'ner großen Cola.«

»Starke!«, rief Georg mit lauter Stimme. »Besorgen Sie Herrn Krüger doch bitte ein BigMac-Menü mit einer großen Cola.«

Starke machte ein verblüfftes Gesicht.

»Echt jetzt?«

»Echt jetzt. Und beeilen Sie sich bitte, der Mann hat Hunger.«

Starke und der andere junge Polizist schauten sich ratlos an, dann zuckte Starke die Achseln.

»Steigen Sie doch bitte aus, Herr Krüger, wir unterhalten uns ein bisschen hier draußen, im Freien.«

Johannes Krüger stand schwerfällig auf und hatte offenbar Probleme, sich auf den Füßen zu halten. Georg zog in Erwägung, die Handschellen aufzuschließen, damit sich Krüger abstützen konnte, falls er doch noch das Gleichgewicht verlieren sollte.

Georg drehte sich zu Martina um. Sie hatte erst die Sporttasche in Augenschein genommen und war dann zum Gebüsch hinübergegangen.

»Ich kann kein Baumhaus entdecken«, rief sie jetzt.

»Es ist total gut versteckt«, brummte Krüger, »viel besser als der Scheißkäfer.«

»Wie meinen Sie das?«, hakte Georg nach.

Krüger reagierte nicht. Anscheinend hatte er schon wieder vergessen, was er gesagt hatte.

»Waren Sie heute Nacht auf Gut Hämmerling und haben ein Gemälde gestohlen?«, fragte Georg so beiläufig wie möglich.

Krüger sah ihn an, als hätte der Polizist den Verstand verloren.

»Was?«

»Ob Sie heute Nacht auf Gut Hämmerling waren«, wiederholte Georg.

»Wo?«

Junge, Junge, dachte Georg. Der war aber schwer von Begriff.

»Gut Hämmerling. In Stieldorf.«

Krüger schüttelte den Kopf.

»Kenn ich nicht.«

Georg hatte das Gefühl, dass er die Wahrheit sagte.

»So viel Gras. Das haben Sie doch bestimmt nicht ganz allein da hochgeschleppt, oder?«

Krüger schwankte erneut.

»Das hab ich *überhaupt* nicht da hochgeschleppt!«, ereiferte sich Krüger urplötzlich.

Sein Blick flatterte, aber es war nur ein kurzes Aufbäumen. Sogleich sank er wieder in sich zusammen.

»Ich hab das da nich hingetan. Ich hab das da gefunden«, sagte er jetzt.

»Ach was. Das ist ja ein Ding. Und wie haben Sie überhaupt dieses Baumhaus gefunden? Hat Sie jemand dorthin geführt?«

Krüger antwortete nicht. Er drehte sich um und wollte weggehen. Georg bekam seinen Oberarm zu fassen.

»Moooment. Nicht so schnell.«

»Ich möchte jetzt lieber mit meinem Anwalt sprechen«, erklärte Krüger. Seine Stimme klang quengelig.

»Chef«, rief Martina plötzlich aus dem Gestrüpp herüber.

»Ja?«

»Ich glaube, ich habe es gefunden. Hier sind sehr viele Äste abgeknickt, und es gibt jede Menge Fußspuren. Ein ganzer Haufen Leute muss hier rumgetrampelt sein.«

»Dann musst du da jetzt nicht auch noch rumtrampeln«, gab Georg zurück und ärgerte sich im nächsten Moment darüber, dass er schon wieder so unfreundlich zu ihr gewesen war.

»Keine Leute«, bemerkte Krüger und hob einen Zeigefinger, »ich sag euch, das waren Kinder.«

## *Vierundvierzigstes Kapitel*

# »Ist ja gut!«

Toni versuchte, Werner zu beruhigen. Der Hund freute sich unbändig, ihn zu sehen, und war völlig aus dem Häuschen, dabei wäre Toni ein bisschen weniger Aufmerksamkeit lieb gewesen. Prompt stand da auch schon eine Verkäuferin aus dem Laden vor ihm und sah ihn wütend an.

»Man kann doch so ein armes Tierchen nicht so lange hier draußen angeleint lassen«, schimpfte sie und stemmte die Hände in die Hüften

»Es tut mir leid«, gab Toni kleinlaut zurück.

Ihm fiel auf die Schnelle keine plausible Erklärung ein. Er hatte sich nicht ausreichend auf diesen Moment vorbereiten können. Zu groß war seine Sorge gewesen, dass der Kidnapper wieder aufkreuzen würde. Toni hatte Angst vor ihm. Immerhin hatte er Werner entführt. Wer wusste schon, wozu der sonst noch fähig war.

Die Verkäuferin bückte sich und tätschelte Werners Kopf. Werner hechelte und wedelte mit dem Schwanz. Es sah nicht so aus, als hätte er ein Entführungstrauma davongetragen.

Toni kramte in seiner Jackentasche und fand ein Leckerli. Werner stürzte sich darauf.

Der Zettel, den Jana an dem Fahrradständer festgeklebt hatte, war weg.

Auf dem Weg zur Bäckerei hatte Toni die Nummer der Polizei gewählt und gehofft, dass der Beamte seinen Tipp ernst nehmen und gleich einen Streifenwagen zur Jutespinnerei schicken würde. Jana hatte ihn kurz zuvor angerufen und gesagt, dass der dünne, böse Mann gerade dabei sei, das Heu aus dem Baumhaus zu holen.

Ob die Polizei ihn schnappen würde?

»Komm, Werner, wir gehen jetzt nach Hause«, sagte Toni laut.

Werner betrachtete ihn mit einem so wachen Gesichtsausdruck, dass sich Toni absolut sicher war, dass er jedes einzelne Wort verstand.

*Fünfundvierzigstes Kapitel*

# »Aber das weiß ich doch schon längst.«

Judith blinzelte Franzi überrascht an. Hatte sie gerade richtig gehört?

»Du weißt es?«

Franzi nickte. Sie sah müde aus. Georg Mauritz, ihr Nachbar und der Geliebte ihrer Schwester Judith, und seine riesengroße Kollegin Martina Raadt hatten sie, Brunhilde und Elisabeth gehen lassen, nachdem sie ihre Personalien aufgenommen hatten. Kein Diebesgut gefunden, keine akute Fluchtgefahr. Die Polizei behielt sich vor, die drei Damen (die große Polizistin hatte sie wirklich als Damen bezeichnet) noch einmal aufs Präsidium zu bestellen, wenn es weitere Fragen gäbe. Heinrich Ruthemann hatte unterdessen mitgeteilt, dass er keine Anzeige erstatten würde. Franzi war ihm unendlich dankbar dafür.

Die mysteriöse fremde Frau, Elisabeth Kaiser, hatte sich mit einem kurzen Kopfnicken verabschiedet und war verschwunden. Sie hatte sich förmlich in Luft aufgelöst. Sie verließ Gut Hämmerling als Erste, und als Franzi und ihre Mutter nur wenige Minuten später aus der Haustür traten, war von Elisabeth Kaiser weit und breit nichts mehr zu sehen gewesen.

»Die hat irgendwo hinten auf der Koppel ihren Helikopter stehen. Komische Person«, brummte Brunhilde schlecht gelaunt.

Franzi hatte ihre Mutter nach Hause gefahren. Unterwegs wechselten die beiden kein Wort. Franzi war verwirrt. Sie musste erst einmal ihre Gedanken ordnen, bevor sie anfangen konnte, Fragen zu stellen.

Nachdem sie Brunhilde abgesetzt hatte, war sie nach Hause gefahren. Die Kinder waren ihr um den Hals gefallen, als sie die Tür aufgeschlossen hatte. Auch Michael war da gewesen. Er hatte einen Schritt auf sie zugemacht, aber Franzi würdigte ihn keines Blickes und ging ins Obergeschoss.

»Ich erkläre euch alles, wenn ich ein paar Stunden geschlafen habe, ja?«

Jana protestierte, aber Michael nahm sie in die Arme und sagte, dass Mama jetzt ein bisschen Ruhe bräuchte.

Franzi fiel in einen traumlosen, tiefen Schlaf, aus dem sie der Klingelton ihres Handys ein paar Stunden später wieder herausriss. Es war Judith. Sie klang aufgeregt.

»Ich muss mit dir sprechen, jetzt gleich.«

Franzi war so schlaftrunken gewesen, dass sie kaum antworten konnte, und zu müde, um Gegenwehr zu leisten. Und jetzt saß Judith also bei ihr auf der Bettkante, stocksteif und ernst.

»Du weißt es?«, fragte Judith, »Seit wann? Und von wem?«

Wenn Judith aufgebracht war, wurde ihre Stimme immer unangenehm schrill. Franzi massierte sich die Schläfen.

»Ich weiß nicht mehr, wann das war«, gab Franzi zurück und gähnte herzhaft, »ich habe einen Streit zwischen Papa und Brunhilde belauscht. Das war, kurz bevor er gestorben ist. Er hat ihr vorgeworfen, dass sie kalt wie ein Eisklotz sei und ihn nie geliebt hätte, und das, obwohl er mich immer wie seine eigene Tochter behandelt hätte. Irgendwie so war das.«

Judith starrte Franzi mit offenem Mund an.

»Warum … warum …«, stammelte sie.

Franzi zuckte die Achseln und sah ihre Schwester dabei liebevoll an.

»Warum ich es dir nicht erzählt habe? Ich habe gedacht, dass es dich traurig machen würde. Es hat schon gereicht, dass ich traurig war deswegen.«

Judith versuchte, sich zu sammeln, aber es fiel ihr schwer. In ihr wirbelte alles durcheinander. Die Reise nach Berlin. Das Gespräch mit Hannes. Die Zufallsbegegnung mit Lukas im Zug. Und schließlich das Kaffeetrinken mit Tante Adelheid.

»Ich … wieso …«, versuchte sie es noch einmal.

»Es ändert sich doch nichts«, meinte Franzi schließlich, »wir bleiben eine Familie, oder? Du bist meine Schwester. Und Walter ist mein Vater. Ich kenne keinen anderen. Und er hat uns immer gleich behandelt, genau, wie er es in dem Streit mit Brunhilde gesagt hat.«

»Seit wann nennst du sie Brunhilde?«, fragte Judith jetzt. »Das mache doch sonst nur ich?«

Franzi stutzte.

»Ist mir gar nicht aufgefallen. Stimmt.«

»Hast du jemals versucht herauszufinden, wer dein leiblicher Vater ist?«, fragte Judith vorsichtig.

Franzis Blick verlor sich irgendwo hinter oder über Judiths Kopf.

»Ich nehme an, du weißt, wer es ist«, sagte Franzi und lächelte müde.

»Willst du es wissen?«

Franzi zuckte erneut die Achseln.

»Was macht es für einen Unterschied?«

»Einen gewaltigen. Du kennst ihn.«

Erst dieser Satz schien Franzi aus ihrer Lethargie zu holen.

»Was?«

Judith nickte.

»Er ist dir ganz nah.«

Franzi starrte sie verständnislos an.

»Es ist Heinrich.«

Franzi begriff nicht. Heinrich?, dachte sie. Ich kenne keinen Heinrich. Erst, als sie nachfragen wollte, kam ihr Heinrich Ruthemanns wirres Haar in den Sinn. Die Lachfältchen um die Augen, das verschmitzte Lachen.

Benes Vater. Ihr Chef. Der Mann von Christiane Ruthemann. »Ruthemann?«, hakte sie unsicher nach, obwohl es überflüssig war.

Es gab keinen anderen Heinrich in ihrem Umfeld.

Judith nickte. Franzi war sprachlos. Ihr fiel nichts Besseres ein, als erneut zu fragen:

»Heinrich Ruthemann?«

Judith nickte weiter.

Das ergab keinen Sinn, dachte Franzi.

»Warum hat er mir das denn nicht gesagt, als er mich eingestellt hat?«

Oder später?

Es hatte immer wieder Möglichkeiten gegeben, sich zu unterhalten, ohne dass Christiane es mitbekommen hätte. Franzi fielen zig Gelegenheiten ein, bei denen sie allein mit Herrn Ruthemann gewesen war. Wie hatte er sich so verleugnen können?

»Ich weiß nicht«, gab Judith zurück, »ich glaube, er hat sich geschämt. Immerhin hat er Mama damals schwanger sitzenlassen, um Christiane Ruthemann zu heiraten.«

Bene, dachte Franzi. Bene hat eine Affäre mit Micha. Ihre Halbschwester schlief also mit ihrem Noch-Mann. Sie wollte sich das lieber nicht weiter vorstellen.

Franzi schloss die Augen und schüttelte den Kopf.

»Das ist gerade ein bisschen viel für mich«, sagte sie entschuldigend. »Wie hast du das überhaupt herausgefunden?«

Darauf erzählte Judith ihr von ihrer Reise nach Berlin.

Sie ließ keine Einzelheit aus.

*Sechsundvierzigstes Kapitel*

# Heinrich Ruthemann.

Franzi konnte es noch immer nicht glauben. Seit Wochen lief sie ihrem Vater nun schon täglich über den Weg, grüßte ihn, plauderte und scherzte mit ihm. Und hatte keine Ahnung, wer er war. Aber er, er wusste es und hatte sich nichts anmerken lassen.

Nichts.

Was für ein Pokerface. Darüber konnte Franzi nur den Kopf schütteln.

Was dachte er sich bloß dabei? Und wie lange hätte er dieses Theater noch weitergespielt?

Sie fühlte sich hinters Licht geführt und betrogen. All die Fragen über ihr Privatleben, die Heinrich Ruthemann ihr so selbstverständlich gestellt und die sie wiederum bedenkenlos und offen beantwortet hatte, bekamen plötzlich ein anderes Gewicht. Was sie bislang als freundliches Interesse gedeutet hatte, kam ihr mit einem Mal übergriffig vor. Ihr Vater hatte sie, ahnungslos, wie sie war, ausgehorcht. Und das machte sie ausgesprochen wütend.

Warum hatte er sich nicht zu erkennen gegeben? Worauf hatte er gewartet? Und was würde er wohl machen, wenn er erführe, dass Bene, ihre Halbschwester Bene, jetzt mit Micha zusammen war?

Franzi merkte, dass sie kurz davor war, sich in Rage zu denken. Sie atmete ein paarmal tief durch und versuchte, sich einzureden, dass es nichts brachte, sich aufzuregen. Sie musste irgendwie versuchen, mit der Situation umzugehen.

Sie ging ins Wohnzimmer und stellte sich vor das Bücherregal, um ein Foto von ihrem Vater Walter in einem altmodischen Goldrahmen zu betrachten, der vor ein paar bunten Taschenbuchrücken stand. Papa lächelte in die Kamera. Seine Augen waren hinter den getönten Gläsern einer Fliegersonnenbrille verborgen. Der Sand zwischen seinen Zehen in den Jesuslatschen und seine gebräunte Haut sprachen von Urlaub und Sommer.

Papa hatte immer sehr viel gearbeitet, um seiner Familie ein schönes Leben bieten zu können. Er hatte das Haus gekauft, in dem sie und Judith aufgewachsen waren, es zu großen Teilen selbst renoviert und die Kinderzimmer nach ihren Wünschen eingerichtet. Papa rief sie immer mit ihren Kosenamen. Franzi war sein Spatz, und Judith nannte er Schatz. Spatz hatte Franzi besser gefallen, weil es origineller war als Schatz. Nachdem sie den verhängnisvollen Streit zwischen ihren Eltern belauscht hatte, hatte sie sich gefragt, ob Schatz mehr Liebe ausdrückte als Spatz.

Franzi hatte Judith nur die halbe Wahrheit gesagt. Den Streit zwischen ihren Eltern hatte sie nicht erst kurz vor Walters Tod belauscht.

Sie war zwölf Jahre alt gewesen. Sie kam die Treppe hinunter, die Küchentür stand einen Spaltbreit offen.

Franzi verharrte in der Bewegung, wie schockgefroren. Mama und Papa standen sich mit hochroten Köpfen gegenüber und zischten sich über den Esstisch hinweg Gemeinheiten mit gedämpfter Stimme zu.

Das Zischen war das Unheimlichste.

Du liebst mich nicht, raunte Papa, und Mama fauchte: Ich ertrage dich nicht mehr.

Irgendwann schlug Papa mit der Hand auf die Tischplatte und rief aus, dass er Judith und Franzi nie ungleich behandelt hätte, obwohl Franzi nicht seine Tochter war. Da waren Mamas eben noch heftig gestikulierende Hände plötzlich in der Luft stehen geblieben, sie hatte die Rechte hochgeworfen, nach hinten gezogen und in einer fließenden Bewegung wieder nach vorn schnellen lassen. Aufschlag Brunhilde. Und Pamm.

Das hatte gesessen. Papa hielt sich die Wange.

Das laute Klatschen holte Franzi aus ihrer Starre heraus. Sie entfernte sich rückwärts von der Küchentür, öffnete die Haustür und setzte sich auf die Steinstufen in die Sonne. Ihr Herz schlug heftig, und sie kämpfte mit den Tränen, war aber zu aufgewühlt, um zu weinen. Außerdem wollte sie nicht gehört werden.

Was mach ich denn jetzt?, fragte sie sich. Ich kann doch nicht hierbleiben. Aber wo soll ich denn sonst hin?

Feuerwanzen krabbelten ihr über die Knie. Die Treppe fühlte sich warm unter ihrem Po an.

Wenn Papa nicht ihr Papa war, dann war Judith auch nicht ihre Schwester, überlegte sie. Das war furchtbar! Eine dicke Träne kullerte ihr über die Wange.

Was hatte das alles zu bedeuten? Wer war denn dann ihr Vater?

In ihrem Kopf purzelten die Gedanken wild durcheinander. Sie war wie gelähmt.

Und Mama? Was war mit Mama?

Ruhig. Ganz ruhig, beschwor sie sich.

Doch. Mama musste ihre Mama sein.

Oder?

Die Angst brach wie eine Welle über ihr zusammen. Ihre Hände zitterten. Sie musste mit irgendjemandem darüber reden, aber sie wusste nicht, mit wem.

Schließlich fiel ihr Maike ein, eine Mitschülerin. Ohne ihren Eltern Bescheid zu geben, rannte sie los.

Maike wohnte nur ein paar Straßen weiter. Als sie vor dem weißverputzten Haus zum Stehen kam, war sie völlig außer Atem. Doch wie sie die Hand auf das Holztörchen zum Vorgarten legte, verließ sie der Mut. Was sollte sie Maike erzählen? Was würde ihre Freundin denken? Ein Mädchen ohne Vater, das war doch komisch.

Franzi fing an zu weinen. Als ein älterer Mann mit seinem Hund an ihr vorbeispazierte und sie besorgt musterte, drehte sie den Kopf zur Seite und beschloss fortzugehen. Irgendwohin. Wo sie niemand fand. Sie musste in Ruhe nachdenken. Aber ihr wollte kein besserer Platz einfallen als der Spielplatz gegenüber von der Schule. Also war sie dorthin gelaufen.

Sie kannte die anderen Kinder auf dem Spielplatz nicht. Sie setzte sich abseits auf eine Tischtennisplatte und starrte bedrückt auf ihre Füße.

Sie kramte in ihrer Erinnerung nach Situationen, in denen Papa sich ihr gegenüber unfair oder merkwürdig verhalten hatte, aber ihr wollte nichts einfallen. Dennoch brachte sie die Vorstellung, dass er nicht ihr leiblicher Vater war, erneut zum Weinen.

So vergingen zwei oder drei Stunden. Die Sonne ging unter, und es wurde frisch. Franzi trug nur ein leichtes Sommerkleid und Sandalen. Sie bekam eine Gänsehaut an den Beinen. Mit hängendem Kopf trat sie den Rückweg an.

Sie würde Papa einfach fragen, überlegte sie sich. Ganz direkt.

Zu Hause lief sie ihrem Vater, der nicht ihr Vater war, auf der Treppe zur Eingangstür in die Arme und bekam keinen Ton heraus. Verschüchtert verschränkte sie die Arme vor dem Körper und schaute auf den Boden.

»Wo warst du denn, Spatz?«, fragte Papa und hob sie hoch, als wenn sie eine Feder wäre.

Er sah besorgt aus.

Franzi wehrte sich erst ein bisschen, dann entspannte sie sich und ließ sich umarmen. Sie blickte verstohlen auf seine Wange. Sie sah ganz normal aus, die Ohrfeige hatte keine sichtbaren Spuren hinterlassen. Vielleicht hatte Franzi das alles nur geträumt?

»Wir haben dich schon überall gesucht. Ich hab mir Sorgen um dich gemacht«, murmelte Papa gegen Franzis Schulter.

»Ich war bei einer Freundin um die Ecke«, antwortete Franzi und stellte erleichtert fest, dass sie nicht mal lügen musste, wenn Papa jetzt nicht noch mehr Fragen stellte.

»Aber du kannst doch nicht einfach weggehen, ohne uns etwas zu sagen!«

»Tut mir leid«, murmelte Franzi undeutlich.

Sie traute sich nicht, ihrem Vater die Frage zu stellen, wie sie es sich vorgenommen hatte. Sie hatte zu viel Angst vor der Antwort.

Dafür stellte ihm Franzi ein paar Tage später die Frage, wen er lieber mochte: Franzi oder Judith?

Papa hatte sie verwundert angesehen.

»Wie kommst du denn darauf?«

Franzi ließ nicht locker.

»Sag schon. Wen hast du lieber?«

»Niemanden. Ich mache keinen Unterschied zwischen euch.«

»Wir sind gleich?«

»Für mich ja.«

Seine Antwort beruhigte Franzi ein wenig. Dennoch wurde sie seither das Gefühl nicht mehr los, mit einer unsichtbaren Wunde durchs Leben zu gehen.

Sie war nur halb.

Immer wieder gab es Situationen, in denen Franzi kurz davor war, Papa um ein Gespräch zu bitten. Manchmal auch ihre Mutter Brunhilde. Aber im letzten Moment fehlte ihr der Mut. Irgendwann, versprach sie sich, irgendwann traue ich mich. Dann nehme ich all meinen Mut zusammen und frage, wer mein Vater wirklich ist. Und bis dahin –

Bin ich eben halb.

## *Siebenundvierzigstes Kapitel*

# »Hallo, Schwesterchen.«

Elisabeth Kaiser betrat das Krankenzimmer.

Christiane erkannte ihre Stimme sofort, weigerte sich aber, die Augen zu öffnen.

Geh weg, dachte sie dabei. Geh einfach wieder weg.

»Tu nicht so, als wenn du mich nicht hören könntest«, meinte Elisabeth jetzt.

Wie lästig, dachte Christiane und schlug widerwillig die Augen auf.

Ihr Blick fiel auf das Bettzeug. Etwa 1,60 Meter entfernt erspähte sie zwei Hubbel unter der Bettdecke. Das waren ihre Füße. Sie wackelte mit den Zehen.

»Hut ab. Das war eine erstklassige Show, die du da vor deinem Mann und der ganzen Welt abgezogen hast. Die arme kranke Christiane, die weder laufen noch sprechen kann.«

Christiane drehte den Kopf in die Richtung, aus der die störende Stimme kam.

»Kannst du auch mal still sein?«, fragte sie.

Weder barsch noch boshaft. Eher sachlich. So als hätte sie Elisabeth gebeten, das Fenster zu schließen. Eigentlich kannte sie die Antwort schon, aber man konnte ja trotzdem mal fragen.

Elisabeth hatte einen ziemlich verkniffenen Zug um den Mund. Christiane war schon früher aufgefallen, dass Elisabeth eine Spur zu maskulin aussah. Das hatte sich im Alter nicht gerade zu ihrem Vorteil verändert. Christiane musste ihr dennoch zugestehen, dass sie gut aussah. So gesund und frisch, wie gerade aus dem Wald gekommen. Oder vom Erntefeld.

»Du siehst gut aus«, sagte Christiane, »vielleicht ein bisschen dünn. Aber insgesamt gut.«

Elisabeths linker Mundwinkel hob sich Richtung Zimmerdecke.

»Hast du mir gerade ein Kompliment gemacht?«

Christiane sah Elisabeth ohne sichtbare Gefühlsregung an.

»So weit würde ich jetzt vielleicht nicht gehen.«

»Ist dir klar, dass wir das erste Mal seit Jahrzehnten wieder miteinander reden?«, fragte Elisabeth.

Christiane grunzte abfällig.

»Ich hätte gut darauf verzichten können«, meinte sie.

Elisabeth zog ihre Stirn in Falten.

»Warum machst du mich dafür verantwortlich, dass dein Vater und meine Mutter etwas miteinander hatten?«

Christiane antwortete nicht. Sie wusste es selbst nicht.

Aber auf irgendjemanden musste sie schließlich wütend sein, oder nicht?

Statt zu antworten, fragte sie:

»Weißt du noch, wie wir früher immer hinter dem Haus mit dem blinden Hundewelpen gespielt haben?«

Elisabeth zögerte, bevor sie sich ein kleines Lächeln erlaubte.

»Ja. Das weiß ich noch. Aber ich erinnere mich nicht mehr, wie der Hund hieß.«

»Ella«, sagte Christiane, »sie hieß Ella.«

»Wir haben ihr beigebracht, sich durch das Haus zu bewegen, ohne sich weh zu tun.«

Christiane nickte.

»Und wir sind immer durch den Garten gezogen und haben uns vorgestellt, dass wir Prinzessinnen sind.«

»Du musstest dir das nicht vorstellen. Du warst es schon«, gab Elisabeth zu bedenken.

Dieses süffisante Grinsen hätte sie sich ruhig sparen können, dachte Christiane.

»Hast du das Bild genommen?«, fragte sie jetzt.

Elisabeth schüttelte den Kopf.

»Nein.«

»Wer hat es dann?«

Elisabeth zuckte die Achseln.

»Ich weiß es nicht. Aber ich habe so eine Ahnung, dass wir es nie wiedersehen werden.«

Eigenartig, dachte Christiane, genau diesen Gedanken hatte ich doch auch schon. Sie spürte, wie ihre Muskeln verspannten.

»Vielleicht ist es besser so«, meinte Elisabeth, »das war doch immer anstrengend mit dem Bild.«

Ihre eisblauen Augen ruhten auf Christianes Gesicht.

Anstrengend? Christiane kaute kurz auf dem Wort herum und entschied, dass es ihr nicht richtig schmeckte.

»Es hat dir vielleicht nicht so viel bedeutet wie mir«, gab sie zu bedenken.

Elisabeth lächelte und sagte versöhnlich:

»Es ist auch nur ein Bild, wenn man es mal genauer betrachtet. Ein ziemlich hässliches noch dazu.«

Christiane blinzelte. *Die Toteninsel,* hässlich? Die hatte wohl nicht mehr alle Tassen im Schrank!

»Wenn du meinst«, sagte Christiane gedehnt.

»Wie geht es nun weiter?«, fragte Elisabeth.

Christiane hatte sich darüber noch keine Gedanken gemacht. Sie starrte auf die weißen Falten der Bettdecke über ihren dünnen Beinen und dachte kurz nach.

»Ich werde mich wahrscheinlich von Heinrich trennen«, sagte sie.

Elisabeth nickte langsam.

»Vielleicht willst du ja zurück nach Berlin kommen.«

Christiane hob den Kopf und betrachtete lange das hagere Gesicht ihrer Halbschwester.

*Achtundvierzigstes Kapitel*

# Heinrich stand in der Bibliothek am Fenster.

Er beobachtete den Tag beim Kampf gegen die Nacht. Es sah schwer danach aus, als ob die Nacht auch heute gewinnen würde. Feiner Bodennebel füllte die Lücken zwischen den Grashalmen aus. Ein paar Krähen hockten in den Bäumen und machten ihr bedrohlich klingendes Kra-kra.

Christiane konnte laufen. So wie sie die ganze Zeit über hatte sprechen können. Sie hatte sich einfach nur an ihm rächen wollen.

Es geschah ihm recht. Er seufzte.

*Die Toteninsel* war weg. Entgegen seiner Erwartung war er erleichtert. Das Bild war der sprichwörtliche Mühlstein um seinen Hals gewesen.

Christiane lag seit gestern im Krankenhaus, und er genoss es, allein auf Gut Hämmerling zu sein. Na ja, nicht ganz.

»Herr Ruthemann?«

Überrascht drehte sich Heinrich um. Franziska stand kaum zwei Meter hinter ihm. Die Fähigkeit, sich leise zu bewegen, musste sie gleichermaßen von ihm und ihrer Mutter geerbt haben. Er lächelte sie freundlich an.

»Franziska.«

Es tat gut, ihren Namen sagen zu können.

Sie wirkte ernst.

»Nun weißt du Bescheid?«, wollte Heinrich wissen.

Franzi nickte.

»Du musst wütend auf mich sein.«

Franzi zuckte die Achseln.

»Ich weiß ehrlich gesagt nicht, was ich bin. Verwirrt auf jeden Fall. Ich verstehe das alles nicht. Wer wütend auf dich ist, ist Mama.«

Heinrich Ruthemann musste lachen.

»Das ist normal«, meinte er.

Bildete er sich das nur ein, oder lächelte Franzi? Er drehte seinen Kopf wieder in Richtung Fenster und sprach weiter.

»Sie hat allen Grund dazu. Ich habe sie damals einfach sitzenlassen. Und ich habe sie bei der Polizei angeschwärzt, so dass sie aus Berlin fliehen musste. Sie hat alles verloren wegen mir.«

»Und warum hast du das getan?«

Heinrich seufzte.

»Weil ich die verrückte Vorstellung hatte, dass mich ein Leben mit Christiane glücklicher machen würde als ein Leben mit Bruni. Aber du weißt ja selbst, was hier los ist. Ich habe mich geirrt.«

Franzi steuerte auf einen der altmodischen Sessel vorm Fenster zu und nahm Platz.

»Wie hast du uns gefunden, Mama und mich?«, fragte Franzi.

»Ich habe einen Privatdetektiv engagiert.«

Franzi nickte langsam.

»Warum hast du keinen Kontakt zu uns aufgenommen?«

»Habe ich doch«, flüsterte er.

»Du hast mich eingestellt. Das ist eine Form von Kontaktaufnahme, das stimmt, aber ich meinte eher, warum du dich nicht zu erkennen gegeben hast.«

Natürlich wusste Heinrich, wie sie das gemeint hatte. Aber es gab nun einmal Fragen, die sich nicht zufriedenstellend beantworten ließen.

»Christiane hätte es nie akzeptiert«, sagte er, »aber ich wollte euch unbedingt nah sein. Vor allem dir. Und vor allem nach Christianes Schlaganfall. Ich habe mich sehr einsam gefühlt.«

»Sie hätte das doch gar nicht akzeptieren müssen«, entgegnete Franzi.

Heinrich konnte den wütenden Unterton in ihrer Stimme heraushören. Er schüttelte unwirsch den Kopf.

»Doch«, presste er dann zwischen geschlossenen Lippen hervor, »aber das versteht eh keiner.«

»Erklär's mir«, bat Franzi.

»Christiane hat mich in vielerlei Hinsicht gerettet. Ich fühle mich ihr verpflichtet. Das hat nicht unbedingt etwas mit Liebe zu tun. Aber ich weiß, dass es ohne sie damals schlimm mit mir geendet hätte. Sie hat mich aufgefangen. Und ich habe sie ausgenutzt und bin schuld daran, dass sie im Rollstuhl sitzt. Ich meine, saß.«

»Sie hat dich hinters Licht geführt«, unterbrach ihn Franzi, »sie kann laufen. Sie war nie wirklich gelähmt.«

»Ja«, rief Heinrich aus, »aber das hat sie doch nur gemacht, weil ich sie so verletzt habe! Sie hat geglaubt, es mir auf diese Weise heimzahlen zu müssen. Und ich hab schon deine Mutter damals im Stich gelassen. Ich wollte es diesmal besser machen. Mit Christiane und Bene, meine ich. Aber das ist mir offenbar nicht geglückt.«

Heinrich dachte einen Moment nach. Ein kleines Lächeln spielte um seine Lippen.

»Deine Mutter und ich, wir waren ein richtig gutes Einbrecherpaar«, sagte er schließlich.

Er zwinkerte Franzi zu.

Franzi versuchte, ein Lächeln zu unterdrücken.

»Deine Tochter, Bene, meine Halbschwester, hat was mit meinem Mann. Exmann. Also, mit Michael.«

Der Themenwechsel war so abrupt, dass Heinrich eine Weile brauchte, um zu reagieren. Er machte ein betretenes Gesicht.

»Ja, also das«, begann er und biss sich auf die Unterlippe, bevor er weitersprach, »ja, also, als Bene mir das … Das war wirklich unglücklich.«

Franzi wunderte sich über die Formulierung. Unglücklich? Ja, so konnte man das wohl auch sehen.

»Weiß Bene, dass ich ihre Schwester bin?«

Heinrich nickte.

Franzi fühlte, wie eine große Ladung Luft durch ihre Nase rutschte. Sie schnaubte laut. Das war wirklich ein starkes Stück.

»Ich weiß nicht, ob das etwas ändert, aber ich glaube, dass Bene wirklich verliebt ist«, meinte Heinrich.

Franzi hob die Hände, um ihrem Vater zu signalisieren, dass er aufhören sollte. Bene war ein anderes Thema, mit dem sie sich später auseinandersetzen wollte.

»Oder liebst du deinen Mann etwa noch?«

Franzis Antwort war spontan und ehrlich.

»Nein. Ich habe jemanden kennengelernt, mit dem ich mir gern etwas aufbauen möchte.«

Dass es sich dabei um Pablo handelte, behielt sie erst einmal für sich.

»Wann wolltest du mich eigentlich wissen lassen, dass du mein Vater bist?«, fragte Franzi stattdessen.

»Ich habe auf einen geeigneten Moment gewartet. Wirklich.«

Franzi musterte ihn eingehend. Sie wusste nicht, ob sie ihm glauben konnte. Er war ganz offensichtlich jemand, dem das Lügen leichtfiel.

»Wie geht es jetzt weiter?«

Heinrich schien ratlos.

»Ich meine, Christiane wird kaum wollen, dass ich mich weiter um sie kümmere, oder?«

»Ich weiß nicht. Sie ist immer für eine Überraschung gut.«

Heinrich lächelte schwach, doch Franzi blieb ernst.

Sie dachte an Jana, Toni und Maria. Sie würde sicherlich einen neuen Job finden, aber irgendwie musste sie die Kinder in der Zwischenzeit ernähren. Heinrich schien ihre Gedanken lesen zu können.

»Mach dir keine Sorgen, Franziska. Ich kümmere mich schon um euch.«

Sie lächelte schwach. Lieber nicht, dachte sie. Das geht nur in die Hose.

Auf dem Weg nach Hause machte Franzi einen Abstecher zu Judith. Sie setzen sich ins Wohnzimmer.

Ihre Schwester hatte Neuigkeiten.

»Ich habe eben mit Georg telefoniert. Sie haben die verschollene vierte Version der *Toteninsel* von Böcklin auf dem Gelände der alten Jutespinnerei gefunden. Es handelt sich wohl um einen richtigen Kunstschatz.«

Franzi hob die Augenbrauen.

»Ach ja? Und was passiert jetzt damit?«

»Es kommt in ein Museum, nehme ich an.«

»Da wird Mama wahrscheinlich nicht sehr glücklich drüber sein«, vermutete Franzi.

»Sie kann ja dann da einbrechen und es klauen«, bemerkte Judith trocken.

Franzi musste kichern.

»Ich kann immer noch nicht glauben, dass Mama eine Einbrecherin war. Du?«, fragte Judith.

Franzi schüttelte den Kopf.

»Ich kann aber auch nicht glauben, dass Herr Ruthemann, also, mein Chef, mein Vater ist. Und mit Mama *zusammen* in Villen eingebrochen ist. Bonnie und Clyde.«

»Habt ihr geredet?«

»Mama und ich? Nein. Vielleicht fahre ich später noch bei ihr vorbei.«

»Ich meinte Herrn Ruthemann«, erläuterte Judith.

»Ach so. Ja, ich war gerade dort. Ich weiß nicht, was ich

von ihm halten soll. Und ich weiß auch nicht, was jetzt wird. Mit dem Job und so.«

Judith streckte ihr ein Glas Rotwein entgegen. Franzi nahm es dankend entgegen und genehmigte sich einen ordentlichen Schluck.

Tat das gut nach so einem verrückten, chaotischen Tag, dachte sie.

»Bene hat heute den ganzen Tag versucht, mich anzurufen. Wahrscheinlich hat sie ein schlechtes Gewissen und will mit mir reden.«

Franzi erzählte ihrer Schwester, dass Bene, ihre Halbschwester, eine Affäre mit Micha hatte. Judith staunte.

»Junge, Junge, was ist denn hier los? Und? Hast du vor, mit ihr zu reden?«

»Ja klar. Irgendwann. Aber nicht heute.«

Franzi lächelte schief.

»Und was machst du mit Micha? Ich meine, er hat dich mit Bene betrogen.«

»Ja. Irgendwie hat er das. Dafür möchte ich ihn auch am liebsten einen Kopf kürzer machen. Aber tatsächlich waren wir zu dem Zeitpunkt schon nicht mehr zusammen. Und ich habe inzwischen einen neuen Freund.«

Judith zog die Augenbrauen hoch.

»Ach! Seit wann denn das?«

»Seit ein paar Wochen. Ich mag ihn sehr. Er arbeitet auf Gut Hämmerling. Pablo.«

»Der Gärtner?«

»Genau der.«

»Soso.«

Franzi hörte sofort, dass Judith eingeschnappt war.

»Ich wollte es dir erst erzählen, wenn es sich lohnt.«

»Schon klar«, gab Judith knapp zurück.

»Hey, Schwesterchen. Alles gut?«

Judith nickte, ohne Franzi anzusehen. Es brauchte immer einen Moment, bis sie sich wieder beruhigte. Franzi beschloss, das Thema zu wechseln.

»Was ist mit Georg? Ich muss ja sagen, in seiner Rolle als Polizist hat er mich schon irgendwie beeindruckt.«

Judith verdrehte die Augen.

»Der hat mich so genervt, als ich in Berlin war! Ich denke, dass ich das beenden muss. Zumal ich auf der Zugfahrt nach Berlin jemanden kennengelernt habe.«

Franzi grinste.

»Ah ja? Erzähl!«

Judith bedachte sie mit einem süffisanten Lächeln.

»Erst, wenn ich weiß, dass es sich lohnt.«

Ist angekommen, dachte Franzi.

»Wo warst du überhaupt gestern Nacht?«, fügte ihre Schwester hinzu.

»In Bad Godesberg.«

»Bad Godesberg?«, meinte Judith ungläubig, »Was hast du denn da gemacht?«

»Ich habe mir ein Hotel gesucht.«

»In Bad Godesberg?«

Franzi zuckte die Achseln.

»Ich musste plötzlich an Papa denken. Also, an Walter. Der kam doch aus Mehlem. Zuerst wollte ich da hin, aber ich bin dann doch in Bad Godesberg raus.«

»In Mehlem ist ja auch nichts.«

»Ja. Das habe ich mir dann auch gedacht.«

»Und? Wie war Bad Godesberg?«

Franzi lachte verschämt.

»Na ja. Nicht so der Kracher. Auf so einer weichen Matratze habe ich noch nie geschlafen.«

»Und das Einhorn?«

Franzi blinzelte. Wie kam Judith denn jetzt darauf?

»Ja«, antwortete sie zögerlich, »das gibt es noch. Aber es ist jetzt lila.«

Judiths Mund ging auf. Sie machte ein stummes Ah.

»Sonst noch irgendwelche Fragen?«

Franzi grinste.

»Natürlich«, rief Judith aus, »was denkst du denn? Was ist mit Werner? Der war doch auch verschollen.«

»Ja, aber er ist wieder zu Hause«, gab Franzi zurück.

»Und wo war er?«

Franzi zuckte die Achseln.

»Das werden wir wohl nie erfahren. Prost, Schwesterchen.«

Judith hob das Glas.

»Prost.«

*Neunundvierzigstes Kapitel*

# Das Shirt kann in die Tonne.

Resigniert verfolgte Brunhilde, wie Jana jede Spaghettinudel einzeln aus der Tomatensoße zog und geräuschvoll in den Mund einsaugte. Es war eine Riesensauerei. Janas T-Shirt war rot gesprenkelt. Die Tischplatte auch. Aber Jana hatte einen Heidenspaß. Sie kicherte albern, und ihre Wangen leuchteten.

»Was hast du heute noch vor?«, fragte Brunhilde.

»Och, ich treff mich mit Jan«, antwortete Jana und kicherte weiter.

»Seid ihr ein Paar?«, wollte Brunhilde wissen.

Jana sah sie vorwurfsvoll an.

»Das geht dich nichts an, Oma.«

Obwohl sie wusste, wie Kinder waren, verletzte es sie doch immer ein bisschen, wenn Jana ihr so etwas um die Ohren schlug. Sie nahm ihrer Enkelin gegenüber am Küchentisch Platz.

»Verrätst du mir dafür etwas anderes?«

Jana war ihr veränderter Tonfall nicht entgangen. Sie ließ die halb eingesaugte Nudel einfach auf den Teller fallen und betrachtete Brunhilde aufmerksam. Sie war jetzt auf der Hut. Brunhilde musste ihre Worte mit Bedacht wählen.

»Kann es sein, dass du auf Gut Hämmerling etwas entdeckt hast, das ein Geheimnis sein sollte?«

Jana antwortete nicht sofort. Dann, gedehnt:

»Zum Beispiel?«

Brunhilde überlegte fieberhaft und entschied sich für den direkten Weg.

»Du hast den Geheimgang gefunden, der vom Salon in der ersten Etage hinunter in die Bibliothek und ins Untergeschoss führt.«

Es war keine Frage, sondern eine Feststellung. Jana saß wie versteinert auf ihrem Stuhl.

»Ich verspreche dir, dass ich nicht mit dir schimpfen werde«, meinte Brunhilde, »aber ich muss wissen, wie du das Bild von Gut Hämmerling zur Schauspielhalle transportiert hast, ohne dass irgendjemand etwas gesagt oder gesehen hat.«

Janas Blick wanderte hektisch von links nach rechts. Sie rang mit sich. Schließlich sagte sie:

»Ich bin mit dem Bus gefahren.«

Brunhilde blinzelte.

»Was?«

Jana zuckte die Achseln.

»Ich habe das Bild genommen, bin zur Straße runtergelaufen und habe mich damit an die Haltestelle gesetzt.«

Brunhilde versuchte, sich die Situation vorzustellen: Wie Jana mit dem Gemälde auf dem Schoß auf der Bank an der Bushaltestelle gesessen und gewartet hatte. Hinter dem großen Rahmen war von dem Kind sicher nichts außer den baumelnden Beinen zu sehen gewesen.

»Allein?«, fragte Brunhilde, »Das Bild ist doch schwer!«

Jana nickte.

»Es hat ein bisschen gedauert. Aber ich habe es geschafft.«

»Hat dich denn niemand gesehen?«

»Doch. Ein Mann hat mir noch geholfen, es in den Bus zu laden.«

Brunhilde war sprachlos.

»Du hast das Bild geklaut«, entfuhr es ihr schließlich.

Jana zuckte zusammen. Das war unklug von mir, dachte Brunhilde. Immerhin hatte sie versprochen, dass sie nicht böse werden würde. Und überhaupt: Sie war wohl die Letzte, die sich über einen Diebstahl ereifern durfte.

»Schon gut«, sagte sie beschwichtigend, »ist schon gut.«

Janas Gesichtszüge entspannten sich ein wenig.

»Ich wollte dir eine Freude damit machen. Weißt du noch, Oma, als ich meine Digitalkamera bei dir vergessen hab? Als du sie mir wiedergegeben hast, hast du gesagt: Ich hab mir deine Fotos angeschaut. Besonders gut hat mir das von dem düsteren Gemälde gefallen.«

Brunhilde nickte langsam.

»Ich wusste gleich, welches Foto du meinst, aber ich hab mich gewundert, weil es gar nicht gut geworden ist. Es ist viel zu dunkel, und eigentlich kann man nichts erkennen«, fuhr Jana fort, »ich hab mich dumm gestellt und es mir noch mal von dir zeigen lassen. Als du es gefunden hattest, bist du richtig an ihm klebengeblieben. Es hat ewig gedauert, bis du mir die Kamera zurückgegeben hast. Und dann hast du mir ganz viele Fragen gestellt. Wo ich das Gemälde gefunden habe, ob es immer da im Dunkeln hängt und wie man da hinkommt. Weißt du noch?«

Brunhilde nickte erneut. Was hatte sie da bloß angerichtet?

»Ich finde das Bild auch so toll! Es ist gruselig, aber man kann nicht aufhören, es anzugucken. Und weil es doch eh nur in dem ollen Keller rumhängt, dachte ich mir, es ist nicht so schlimm, wenn ich es dir mitbringe. Dass die Polizei dazwischenfunken musste, ist natürlich voll doof.«

Brunhilde starrte ihre Enkelin mit offenem Mund an. Das war ja ein dicker Hund, dachte sie. Ob Jana ihr Einbrecher-Gen geerbt hatte? Hoffentlich nicht!

»Jana, man kann nicht einfach Dinge, die einem nicht gehören, nehmen und jemand anderem geben, auch wenn es aussieht, als wenn diese Dinge nicht mehr gewollt sind«, begann Brunhilde.

Ihre Enkelin verdrehte die Augen.

»Das weiß ich doch«, erwiderte sie genervt, »ich wollte es nur ausleihen.«

»Ach, ausleihen nennst du das.«

Brunhilde war ratlos. Das Kind redete auch so, wie sie und Heinz geredet hätten. Dabei war es erst neun Jahre alt! Sie fragte sich, was Jana sich wohl schon so alles »ausgeliehen« hatte in ihrem kurzen Leben, ohne dass irgendjemand davon Wind bekommen hätte.

»Ich dachte, du freust dich, Oma«, sagte Jana niedergeschlagen. »Es tut mir echt leid.«

Brunhildes Besorgnis wich augenblicklich der Rührung. Sie strich ihrer Enkelin liebevoll über den Kopf.

»Ist schon okay. Aber mach so was bitte nie wieder.«

»Versprochen. Was hat die Polizei eigentlich mit dem Bild gemacht?«, wollte Jana wissen.

»Es kommt in ein Museum.«

»Vielleicht können wir es ja mal besuchen gehen«, schlug Jana vor.

»Besuchen?«

Das Gemälde besuchen, dachte Brunhilde. Wie einen alten Freund. Das war ein netter Gedanke, nur wusste Brunhilde nicht, ob sie so einfach Frieden mit der *Toteninsel* schließen konnte. Sie hatte ihr Leben ganz schön auf den Kopf gestellt. Das Gemälde hatte ihr gewissermaßen erst den Mann ausgespannt und sie anschließend aus Berlin verjagt.

»Vielleicht irgendwann mal. Aber ehrlich gesagt habe ich das Bild schon so oft betrachtet, ich muss bloß die Augen schließen, und schon sehe ich es vor mir.«

»Mach mal«, bat Jana.

»Jetzt?«

»Ja.«

Brunhilde schloss die Augen. Ein paar Sekunden später öffnete sie sie wieder.

»Und?«, fragte Jana neugierig.

»Es ist genau so, wie ich es gesagt habe«, erwiderte Brunhilde nachdenklich. »*Die Toteninsel* ist in mir drin.«

»Wie cool!«, rief Jana aus.

Brunhilde war sich da nicht so sicher.

**– Ende –**

# Die Toteninsel

Diese Geschichte und die darin vorkommenden Personen sind frei erfunden. Das gilt auch für den Handlungsstrang rund um *Die Toteninsel.*

Vor ein paar Jahren habe ich einen Abreißkalender geschenkt bekommen. Eins der Kalenderblätter zeigt *Die Toteninsel* von Arnold Böcklin. Auf der Rückseite steht ein Zitat des Malers:

> *Sie werden sich hineinträumen können in die dunkle Welt der Schatten, bis Sie den leisen, lauen Hauch zu fühlen glauben, der das Meer kräuselt. Bis Sie Scheu haben, die feierliche Stille durch ein lautes Wort zu stören.*

Das Bild hat mich fasziniert. Ich konnte nachlesen, dass es insgesamt fünf Versionen gibt: Vier hängen in Kunstmuseen, eine wurde während des Zweiten Weltkriegs zerstört. Durch Letztere nahm die Idee von dem abhandengekommenen und wieder aufgetauchten Gemälde Gestalt an, aus der diese Geschichte entstanden ist.

# Reale und fiktive Orte

Diese Geschichte spielt in Bonn und Berlin, die Figuren und zahlreiche Schauplätze sind jedoch frei erfunden bzw. existieren zwar, sehen aber tatsächlich anders aus als im Buch beschrieben. Gut Hämmerling, die Villa in Berlin-Grunewald und das Haus des Privatdetektivs in Berlin-Charlottenburg zum Beispiel gibt es nur in meiner Vorstellung.

Die alte Jutespinnerei in Beuel-Ost (später Halle Beuel oder Schauspielhalle, jetzt Pantheon) und das Viertel ringsum musste ich ein wenig verändern, damit sie in die Erzählung passten.

Weitere Ähnlichkeiten und Unstimmigkeiten sind sicher gewollt, bewusst oder unbewusst.

# Danke

Mein Dank gilt meiner Familie und meinen Freunden, die mich ermutigt haben weiterzuschreiben.

Ein ganz besonders dickes Dankeschön geht an meine Freundin Petra Buttenberg. Ohne dich gäbe es dieses Buch nicht!

Ich danke Ariadne von Schirach für ihre großartige Unterstützung und mutmachenden Worte und Wiebke Bolliger, Claudia Puls und Heike Clemens, durch die der Text Schritt für Schritt immer besser geworden ist. Ohne sie hätte ich das nicht geschafft!

Ich danke Heike Poy für ihr aufmerksames Ohr und ihren schlauen Verstand. Mit dir würde ich jederzeit noch mal durch die Weltgeschichte reisen.

Ich danke Günter Staggenborg für seine vielen hilfreichen Infos rund um die Polizeiarbeit.

Auch Linda Rohnstock und Jörg Müller möchte ich für ihr wertvolles Feedback danken.

Vielen Dank an den »Hl. Donnerstag« für Inspiration und Bauchwehlachen. Prost, Mädels!

Und zuletzt danke ich Käthe Weber. Du fehlst mir.

Deutschlands größte Testleser Community
Jede Woche präsentieren wir Bestseller, noch bevor Du sie in der Buchhandlung kaufen kannst.
Finde Dein nächstes Lieblingsbuch
vorablesen.de
Neue Bücher online vorab lesen & rezensieren
Freu Dich auf viele Leseratten in der Community, bewerte und kommentiere die vorgestellten Bücher und gewinne wöchentlich eins von 100 exklusiven Vorab-Exemplaren.
© PIKSEL · istockphoto